U1017359

读客

读客知识小说文库

读小说 学知识

古风悬疑推理神作

天涯双探

5

沙海之门

七名 著

江苏凤凰文艺出版社
JIANGSU PHOENIX LITERATURE AND ART PUBLISHING

图书在版编目（CIP）数据

天涯双探. 5, 沙海之门 / 七名著. -- 南京 : 江苏凤凰文艺出版社, 2022.8

ISBN 978-7-5594-6932-8

Ⅰ. ①天… Ⅱ. ①七… Ⅲ. ①长篇小说 - 中国 - 当代 Ⅳ. ①I247.5

中国版本图书馆CIP数据核字(2022)第108204号

天涯双探. 5，沙海之门

七名　著

责任编辑	丁小卉
特约编辑	李晓宇　黄雅慧　李玉洁
封面设计	蒋咪咪
插画设计	李元凯
责任印制	刘　巍
出版发行	江苏凤凰文艺出版社 南京市中央路165号，邮编：210009
网　址	http://www.jswenyi.com
印　刷	三河市龙大印装有限公司
开　本	680 毫米 × 990 毫米 1/16
印　张	18
字　数	199 千字
版　次	2022 年 8 月第 1 版
印　次	2022 年 8 月第 1 次印刷
标准书号	ISBN 978-7-5594-6932-8
定　价	59.90 元

目 录

序　章 / 001

在离开墓室之前，机关师忽然觉得心里空荡荡的。他在此地耗费十年光阴，造出如此精良的作品，如果封上，十年的心血就此尘封于地下，他怎能甘心？

第一章　梦　境 / 005

白衣青年坐在石头上，长长的衣衫遮住了他的双腿，整个人就像长在石头上一样。他背对着夏乾，没有露脸。

“你是谁呀？”夏乾开口问道。

第二章　地　宫 / 029

这小房间呈六边形，上下和四壁皆为金属所制，底面是六边形，上面也是，而侧面为六个正方形。夏乾觉得这侧面的墙并不是墙，而是门，有的门上有锁，有的却没有。

第三章　蜂　塔 / 034

她开始测量自己的身影，用身高和塔影比例推知塔的大小、高度，再按房间大小进行推算，大致知晓了房间分布情况。

等到夜幕降临的时候，韩姜已经画出了蜂塔的构造图。

第四章　绿荫镇 / 054

很快，他们看到了更多的人，高昌人、西夏人……各地的小商贩零零散散地行至此地，互相买卖着货物。这个镇子虽小，眼下却是大集的日子，商人可以在此或做小买卖，或谈大生意。

第五章　客人们 / 077

此时，又有人从楼梯上下来。这是一个戴着一顶红色小帽子的老人，是中原人的长相，帽子却是回鹘人才戴的样式。他手里拿着三卷书，见桌上有肉，便把书往桌上一丢。

第六章　消　失 / 095

屋内一片漆黑，油灯熄了。

陶忠忽然涌起一种不好的预感。他愣了一瞬，对着黑漆漆的房间喊了一声：“宁烈！”

无人应答。

第七章　生　门 / 121

夏乾又一个人留在了黑暗里。他静静地等待着，手中的丝巾被拉紧了，他知道柳三已经到了踏板处。很快，门开始一点点上升，直到下端露出了缝隙，门开了。

第八章　空房间 / 137

他一把推开了门。屋内的陈设很简单，柜子、椅子、床铺，桌子上摆了一个围棋棋盘。但令人觉得奇怪的不是这些东西，而是地上堆了很多小孩子的衣服。

第九章　偷窥的人 / 153

就在此时，光线再一次消失了。慕容蓉浑身僵硬。他不明白，究竟是什么人站在门口。这个人明明走掉了，却又折返。为什么向隐完全不敢动呢?

第十章　会说话的井 / 169

小孩嚷道：“我没有胡言！院子里的井在说话，井在说话！”

其他的话都没有听清，可“井在说话”这四个字喊得很大声。

第十一章　重　逢 / 193

妮鲁帕尔环顾四周，大声说道：“夏乾哟，你易哥哥来了，还躲着做什么？”

易厢泉的脸色越来越苍白。他想着对策，但他不清楚事情原委，于是没有说话。

第十二章　最后一扇门 / 210

而在这短暂的担心之后，门内突然传来一阵声响。与方才放箭的声音有所不同，这次的声音是闷闷的，像是无数个机械在转动一般。接着，这扇刻满字符的密门在尘土中缓缓升起。

第十三章　盒　子 / 228

阿炆严肃道："你打不开的，开盒子的东西也在我们这儿。它需要青衣奇盗所偷之物才能打开。"

夏乾又仔细看了看盒子。阿炆说得没错，的确是有机关。

第十四章　月　下 / 245

回廊离客房相对较远，其他房间在客栈另一侧。周围静悄悄的。放眼望去，客栈后面是一片荒漠，荒漠上是一轮圆月。

尾　声 / 263

男人斜眼看了鹅黄一眼，随即弓下身，一把拔出了鹅黄心口的箭。噗呲一声，鲜血喷射出来，鹅黄很快便不动了。

序　章

很久很久以前，西域有个商人，名为胡斯。胡斯富可敌国，吃美味珍馐，住奢华宅邸，家中奇珍异宝数不胜数。可他年事已高，觉得自己命不久矣，于是拿出巨额赏金，希望有工匠为自己修筑最豪华的陵墓。

很多西域工匠来到胡斯宅邸，想接这个差事。但胡斯提出了很多严苛的要求：

“墓室三道门，分为四部分，一要有高塔，镇压妖魔邪祟；二要有地宫，修筑轮回之路；三要有墓室，天圆地方，棺椁里边放；四要有宝库，埋于地下最深处。”

工匠们听了面面相觑。这事情有些难办，但只要有钱，倒也不是办不成。

但胡斯又补充道：“宝库之门，坚不可摧。门上刻有为我而造的文字，墙上要画上精美别致的壁画。墓室要有重重机关，死人可以进，活人不能出，每一个盗墓贼都进不来，每一件财宝都带不走。”

胡斯的要求越提越多，总归就是四个字：独一无二，独一无二的塔，独一无二的地宫，独一无二的墓室，独一无二的宝库，甚至文字都得是胡斯自己专属的。工匠们知道之后，都很为难。这样的墓室，究竟是什么样子呢？他们想象不出来，更造不出来。

这个差事没有人能接。胡斯年纪越来越大，他提高了赏金，到处寻找能工巧匠。终于，一个汉人机关师出现了。机关师承诺，可以修筑这“独一无二”的墓室。在胡斯面前，机关师画出了墓室的图。墓室天圆地方，宝库深埋地下。拱顶挂星空，珍珠钻石为星辰；脚下有大地，黄金玉石筑山川；远处有水源，翡翠宝石做湖海。

胡斯看了，颇为满意。但机关师提出了几个要求：

“一，我可以满足您的所有要求，但也要有我自己的主意；二，墓室建立需十年时间，不论十年内发生任何意外，墓室都要继续修建；三，墓室由我亲自封存，我是最后一个走出墓室的活人；四，您不能为了封口，害了我和其他工匠的性命。”

年迈的胡斯答应了机关师的要求，于是，机关师连夜画出了图纸，让数百名工匠开始修筑。十年之后，在玉门关以西，胡斯的墓建成了。这座大墓隐藏在地下，而地面上，只能看到一座孤零零的高塔。

胡斯也偏巧在这一年去世。他的遗体被送入墓室，汉人机关师亲自封上了一道道门。但在离开墓室之前，机关师忽然觉得心里空荡荡的。他在此地耗费十年光阴，造出如此精良的作品，如果封上，十年的心血就此尘封于地下，他怎能甘心？

如有后来人能看到，那该有多好！

汉人机关师左思右想，决定留下一些进入墓室的线索，于是，他在高塔上刻下文字：

莫生贪念，勿入此门
若入此门，谨记此言
门有四重，彼此有别

蜂塔之门，门如其名
密文为引，不可绕行
道路迢迢，莫寻捷径

佛眼之门，迷宫数层
足下成环，交错纵横
生门亦死，死门亦生

青灯之门，灯下重现
心中知理，手持密卷
莫要强入，内藏万箭

三门已过，财物可见
欲念之门，心中重现
若渡此劫，须回原点

机关师留下了自己的名字，拿着赏金，拂袖而去。而这座墓室，就这样被尘封在此。无数盗墓人前来挖掘，却都被一道道门困住，死在了里面。

没有一个人能见到胡斯的宝藏。

直到西夏显道元年，有一位回鹘机关师来到此地。他凭借聪明智慧，破解了墓室之谜，并将进入地宫的方法写成手札，进献给西夏开国皇帝李元昊。

在这之后，这位机关师便没了消息。

墓室的财宝也一直没人见过。

百姓议论纷纷，胡斯的墓室就成了传说。一年又一年过去，无数风沙吹过这里，无数的盗墓人死在这里，胡斯的墓还是无人打开。

直到西夏大安八年，也就是大宋元丰五年，又一伙人来到西域。

他们是一个小胡子商人、一个小白脸富家公子、一个小跟班和一个拿着长刀的姑娘。

还有一个富家公子哥，他叫夏乾。

第一章
梦　境

夏乾抬起了头。

前面就是龙门山。初夏时节，蝉鸣刚起，空气中带着温润暑意。不远处有流水声传来。附近可能有一条小溪。

“我来喽！”夏乾一路小跑，却听水声越发清晰了。很快，他真的看到了一条清澈的小溪。

溪水两岸有一些青色的石头。夏乾觉得好看，便拾取了一颗。石头圆润，晶莹似宝石。他又脱下鞋袜，将双脚浸没到冰凉溪水中。

“只有你一个人吗？”

一个声音突然传来。这是一个青年男子的声音，很温和，就像现在不冷不热的天气。

夏乾赶紧抬头，却看不见人。他觉得自己遇到了山神，便仓皇失措地左顾右盼起来。

只见远处有一片竹林，竹林一隅有一块青石，青石上坐了一位白衣青年。白衣青年坐在石头上，长长的衣衫遮住了他的双腿，整个人就像长在石头上一样。他背对着夏乾，没有露脸。

“你是谁呀？”夏乾开口问道。

风吹竹林，发出一阵哗啦哗啦的响声。白衣青年伸了个懒腰：“那你又是谁呢？”

“我是夏家的孩子，我来这儿玩。”夏乾奶声奶气地回答着，又捡起了一颗小石头，瞅瞅白衣青年，“大哥哥，你是山神吗？”

白衣青年没有回答他，而是歪着头想了想：“你爹是夏松远？”

“是呀。你认识我爹？”

“不认识。”

阳光把云端染成金色，溪水青绿，透明的石头也被磨去了棱角。夏乾抓起一枚，却觉得溪水有了深入骨髓的寒意。他抬眼看了看白衣青年，问道：“大哥哥，你真的不是山神？”

那人微笑摇头，不知在想什么。

夏乾忽然将小石子投掷了出去，砸到了白衣青年的手边。青年被砸，却没有说话。

“哈哈哈，不是山神！是真的人啊！大哥哥，你为什么不躲呀？”

白衣青年侧过头来，脸色似乎阴沉了一下，像一朵浮云遮住了太阳，但是瞬间消散了。

夏乾还是没看清他的脸。不过，他也不在乎，继续低头捡起了小石头。

“你是不是一生都很幸福，没遇到过难事？”

夏乾不懂他为什么这么问，随便答：“难！太难了！念书最让我难过！能不念书就好了！”

他又从溪水中拾起一枚石子，又向白衣青年扔去：“大哥哥，一起玩啊！”

那白衣青年又被石头砸了一下，这次砸中了他的后背。不过石头很小，夏乾力道也小，应该是不疼的。

但他依旧没有反应。

夏乾有些慌了，赶紧喊道：“我不是有意的，我只是想跟你玩一会儿！我自己上山，都没有朋友……”

青年只是道：“我是来找宝物的。”

夏乾问道：“宝物？”

青年指了指西边的山崖：“那里有一颗黄色的石头。传说，它可以让人长生不老。”

夏乾朝着山崖跑了几步。很快，他站到了山崖边。山崖很高，很险峻。他看到，不远处果然有一块黄色的石头，盘踞在险峻的山头，像是一只抓住石壁的秃鹰，缓缓地转过眼眸，注视着夏乾。

夏乾瑟缩了一下：“好可怕，这石头……能拿下来吗？”

白衣青年道：“只有善良又聪明的孩子才能拿到。”

“要长生不老做什么呀？”夏乾抱着胳膊，眉头紧皱，“长生不老有什么用？”

其实夏乾根本不明白“长生不老”这个词是什么意思。

“有了那块石头，你、你爹还有你娘，你们就能永远在一起了。”白衣青年的声音一如既往地温和。

夏乾心动了。他又往前探了一步。此时，他站在了山崖边，离那块石头也很近。

长生不老？

夏乾踮起脚，往山崖下看。

就在这时候，白衣青年突然捡起一块石头，砸到了夏乾身上。

夏乾晃了一下，没站稳，一下子坠了下去——

“夏乾！夏乾！”

夏乾一下子被惊醒了。他睁开眼，朝床边看了看。韩姜正站在床前，一脸担忧地看着他：“做梦了？”

夏乾有些恍惚地坐起来：“嗯，梦到了小时候的事。我独自去山上玩，之后摔下了山崖。本来很多事都不记得了，现在想想……”

现在想想，那个白衣青年是故意的。

那个人是谁呢？夏乾没有看清他的脸。十年过去了，记忆也越来越模糊。

韩姜道：“我刚才听见你在叫‘易厢泉’。”

夏乾愣了愣，点头道：“是他救了我，我们就是那样认识的。现在想想，已经十年了。”

韩姜犹豫了一下，没有说话。

夏乾问道：“现在几更天了？”

“一更了。”

韩姜刚说完，夏乾却一下子从床上跳起来，赶紧穿上鞋：“一更时，有高昌国商人抵达，我要去订货，去晚就没了！”

韩姜赶紧道："可是我还有事要讲——"

"回来再讲吧！我要走了！"夏乾抓起外套就往外跑，却看到慕容蓉站在走廊里，喊道，"慕容，你去不去订货？"

"我已经订了。夏公子，你——"

夏乾点点头，急匆匆地下楼了。

就在此时，打更的人从客栈楼下经过，用西夏语、回鹘语和汉话分别报了时。夏乾推开客栈的门，风沙迎面吹来，一粒粒砸在脸上，像是江南地区冬天夹着冰碴的小雪。

元丰五年九月，玉门的夜晚很凉。这里是西夏领地，但因为毗邻西州回鹘，常有散兵出没。白天，商人聚集在此，贩卖马匹、骆驼，还有各国的珍玩。可到了夜晚，那些卖散货的小贩也不知去了哪里。这一带便只有几家孤零零的客栈，以及两三家驿馆而已。

夏乾推开客栈大门，迅速跑开了。伯叔却躲在一家驿馆的柱子后面，直到夏乾的身影消失不见，才转身敲了敲驿馆的大门。

咚咚咚咚，门响了四声。很快，一个大汉开了门。大汉很年轻，高鼻梁，白皮肤，显然是个回鹘人。

伯叔迅速进去落座。大汉从怀里拿出信："你看看这个，是白大人亲自写的。"

伯叔将信拿过来，迅速看了看。信中文字不多，不过重要信息不少。伯叔看了一遍，又认真重读一遍，不由得一惊："那个人没死？"

"没有。悬空寺分为左右两室，炸药只炸毁了右室，因为失重，连同左室一起掉入山下。左室嵌在山体里，但山体有空隙，是原来藏棺材用的，就在佛像后面。他就一直躲在那里，根本没有坠崖。"

伯叔眯眼道：“这是谁跟你说的？信中写得没有这么详细。”

“无面。”回鹘大汉用不标准的汉话说道，“而且，那个人必须来到西域，原因在信中已经说明了。”

伯叔的眉头皱了起来：“我不赞成。这个人很聪明，而且——”

“但他有伤在身，不懂武功，身边也没有帮手。你说的这些，白大人都考虑过了，而且，无面也会紧盯着他。”

回鹘大汉的汉话说得不好，却也说清楚了。伯叔没有答话，只是眉头紧皱，把信放到烛火上点燃了。

回鹘大汉又道：“天亮的时候，阿炆会在这里与你碰面，之后你把他们带到西边的沙漠，一切按原计划行事。”

“不会出意外吗？”

“意外？”回鹘大汉笑了笑，“这里又不是大宋，我们二十几个兄弟都在玉门关外守着，杀手无面会一直跟着你们，你还怕什么？”

被他这么一说，伯叔有些不悦：“慕容蓉与韩姜未必肯帮忙。”

“这件事不是早就商议过了吗？”大汉很是不屑，“你也说过，可以用那个叫夏乾的人做诱饵。如果真的出了意外，就直接杀掉他们。在这里杀人，没事的。”

大汉抬了抬眉毛，又用回鹘语说了一句谚语，大意是“玉门关黄金满地，沙漠中孤魂遍野”。

伯叔没再言语，只是点点头，站起身来。

大汉跷着腿，轻蔑道：“不要怕，到处都是我们的人。”

伯叔走出门去，“砰”的一声关上了门。

他踏着夜色回到客栈。眼下还没有到大集的日子，客栈里人不多，二层只住着伯叔一行人。其他屋子都黑漆漆的，只有一间亮着灯。三个人影映在门上，是韩姜、柳三与慕容蓉。

伯叔悄悄走近，侧耳听了听。

“所以，我们到底要不要现在就告诉夏小爷？韩姑娘，你在长安接到信的时候没和他说，如今再往前走，都要到高昌了！”柳三阴郁地坐在凳子上，哀声叹气。

慕容蓉也看向韩姜：“我觉得，今日应该作决定了。如果出了玉门关，前方就是戈壁，穿过戈壁才能抵达科什库都克。若夏公子到那时候知道了这件事，再骑骆驼折回去……只怕路途会更加遥远。”

韩姜轻叹：“我不知道该怎么说。”

慕容蓉道：“我明白。这件事太过突然，且疑点颇多，你在长安的时候没有说出口，是想等事情确定了再告诉他。”

柳三疑惑地看向慕容蓉：“你觉得，易厢泉可能没死？”

慕容蓉想了想，道：“我没见过易公子。但他应该是个很聪明的人，不一定是遇害了。”

“而且没有尸体。”韩姜道，“大理寺动用了许多官兵，也没有找到易厢泉的尸体，夏乾回去只怕也帮不上什么忙。”

柳三“唉”了一声：“这会是谁做的呢？”

韩姜摇摇头：“不知道。但这件事……即便现在不告诉夏乾，他早晚也会知道的。”

只怕到那时，夏乾会怪她的。

韩姜沉默了。她攥紧了袖子里孙洵的来信，想了下，还是将它掏出来放到桌上：“你们觉得要怎么办？”

慕容蓉对她道："我还是持原来的观点——现在就把死讯告诉夏公子。至于是否立即回京，由他自己来定。"

柳三摇头："我觉得应该瞒着。即使现在回去，夏小爷也帮不上什么忙。"

三个人看着桌上的信，半天没有说话。

韩姜思考了一下，将信拿起，站起身道："慕容蓉说得对。如果事情真有转机，汴京应该会来信通知我们的。但是过去了三个月，汴京城没有传来任何消息，夏乾有必要知道这件事。"

柳三急道："可是——"

韩姜道："你放心，夏乾不是小孩子。如果他要回汴京城，我会和他一起。"

柳三问道："眼看我们就要抵达回鹘了，那你岂不是白走这一趟？伯叔会让你走？"

韩姜抱着手臂，道："他管不了我。"

慕容蓉问道："韩姑娘，那你师父怎么办？"

韩姜的眼神有些黯淡："我再想办法。"

柳三看了看窗外，夜已经深了。

韩姜放下手臂，道："就这么说定了，等夏乾明早回来，我就告诉他。"

自从经历了钱府的事，夏乾变得勤快多了，总在忙着生意的事，也很少和大家聊闲话。

柳三打着哈欠站起来："行，那咱们明天见。"

听到这里，门口的伯叔立即离开了。紧接着，几人各自回了房。明天一早，夏乾会知道易厢泉身故的消息。

他会是什么反应呢？

没有人知道。

一夜过去，天亮了。韩姜被敲门声惊醒。只听慕容蓉站在门外道：“昨夜夏公子没回来。他出了玉门关，和一群带着骆驼的人谈生意去了。”

韩姜赶紧开门，问道：“他在哪儿？”

慕容蓉道：“听说是玉门关外的绿洲。”

韩姜点头：“我这就去收拾行李，咱们现在出发去找他。”

就在这时，却听走廊内传来一阵说话声。

韩姜和慕容蓉朝门外看去，发现走廊尽头站着几个人，一个是伯叔，他们都认识，此外还有一个人。这个人身材矮小，眼睛也小，有些像老鼠。

伯叔道：“骆驼雇好了，我们走吧。”

韩姜警惕地看着陌生人：“他是谁？”

伯叔没有答话。

“他是阿炆，对不对？”韩姜后退一步，右手摸上腰间的刀，“他是昨天夜里来客栈的？”

听到“阿炆”这个名字，慕容蓉也警惕起来。这一路上，夏乾曾经提及阿炆几次，还描述了阿炆的身形和外貌。夏乾虽然没有明确说出阿炆和青衣奇盗的关系，但字字句句都说这个阿炆很是可疑。

还有更可疑的——易厢泉遇难当日，青衣奇盗越狱了。

慕容蓉盯着阿炆道：“如果我没记错，大理寺还在通缉他。”

伯叔摇头："韩姑娘也被通缉过，那我们是不是也不能带着韩姑娘走？"

韩姜眉头一拧，把刀鞘举高，刚要开口，慕容蓉低声道："不要耽误太多时间，当务之急是找到夏公子。但阿炆是朝廷要犯，绝不能和我们一路。"

韩姜同意，冷声对伯叔道："如果你执意让阿炆跟着，我们就分开走。"

伯叔点头："可以，但我们会一直跟在你们后面。"

韩姜和慕容蓉对视了一眼，觉得可行。

此时，柳三的房门慢慢打开。他头发凌乱，睡眼惺忪地问道："怎么啦？"

见慕容蓉和韩姜脸色不好，柳三呆了一呆，看向不远处的伯叔，又指了指阿炆："他是谁？"

韩姜直接招手，示意三人一起进屋。三人坐下商议了一会儿，便带着行李，拿着地图，出关去和夏乾会合。

等找到夏乾，他们会立即返回汴京城。

正午时分，骆驼队从玉门关出发了。

这是一个连眼泪都能被风干的地方，到处是一望无际的戈壁。

周遭无风声，无人声，无鸟鸣，唯有驼铃幽幽作响。虽然无风，但骆驼走过的时候，干裂的土地会掀起一阵阵沙尘。韩姜将头巾裹好，骑在骆驼上向西行进。他们三个人在前，伯叔和阿炆跟在后面。

慕容蓉在骆驼上时不时往后看，一直很担心。

柳三半眯着眼道："慕容小哥，别看啦，我看那个伯叔和阿炆虽然鬼祟，却是带着目的来的，应该不会管咱们的事。"

慕容蓉点了点头。正午的阳光太过热辣，三人都觉得口干舌燥。本以为很快就能找到夏乾，但骆驼一直在行进。韩姜看了地图，又看了司南，确定方向没错。一路上，他们什么人都没看见，直到太阳渐渐落下，西边已是漫天的红色。又过了一会儿，夕阳就沉入了地平线，离开得有些突兀。

柳三有些急了："走了一天，怎么还没有见到夏小爷？"

韩姜低头道："方向没错，看来这个戈壁比想象中还要大。"

慕容蓉问道："如果今夜要露宿在这里，你们带帐篷了吗？"

韩姜摇头："急着出来找夏乾，没有带。以前伯叔都会准备的。"

"说了半天，又要靠那个大叔。"柳三哀叹一声，"我还以为走半天就能回去了。夏小爷在绿洲等我们，绿洲在哪里呀？"

"到了！"韩姜忽然指了指前方。

借着夕阳的余晖，隐隐可见西边有一小片绿洲，可以看到一点点火光——有人在那里生火。

柳三眯眼看过去，忽然一喜："是夏小爷！"

是夏乾。他身后还有好几头骆驼以及一个支好的帐篷，应该是商队留给他的。夏乾也恰好转身，看到了韩姜一行人，高兴地振臂呼喊："喂！你们怎么才来呀？快过来！"

柳三心里有些不是滋味："夏小爷……看着挺高兴的。"

慕容蓉也犹豫地看着韩姜："要不等明天再告诉他，今天先……"

"我去说。"韩姜骑着骆驼朝夏乾走去。

夏乾高兴地迎过去："韩姜！我生意谈成了！我把价格压下来了——咦，你怎么了？"

韩姜从骆驼上下来，招了招手，带夏乾来到一片小沙丘旁边，二人低声说话。

沙土有些硬，泛着灰土般的暗色蔓延开来，沙丘连着沙丘，一眼望不到尽头。天色越发昏暗，夏乾旁边的火焰明晃晃地照着他的眼睛。

接着，火光慢慢暗了下去。

夏乾眼里的光消失了。他愣了一会儿，又问了韩姜不少问题。渐渐地，他的情绪越发不稳，独自跑到沙丘后面去了。

慕容蓉和柳三赶紧上前。韩姜拦住他们："让他一个人待一会儿。"

柳三问道："他要回汴京城去吗？"

韩姜叹气："回不回去，明日再说。"

慕容蓉问道："那今晚在这里扎营？"

"先在这里住下。"韩姜去拿了夏乾的包袱，掏出一些干粮和果子，给夏乾送过去。

夏乾没有吃。风呜呜地吹着，也不知是风声还是抽泣声。

慕容蓉眼神有些黯淡。他是个很容易心软的人，夏乾难过，他心里也难过。

柳三担心地看向沙丘："夏小爷他……会好吗？"

慕容蓉沉默了一会儿才道："我没有经历过亲朋离世之痛，但我觉得……他可能一时接受不了，但会好的。他还有父母，还有韩姑娘。"

柳三蹲下，盯着火焰，道："我爹去世的时候，我年纪不大。那天，我独自在树林里躺着，脸上盖了一块帕子。我不停地哭，帕子湿了又干，干了又湿，来来回回不知道重复了多少次，后来……熬过去便好了。”

柳三一边说着，一边往火里添些柴火。火焰烧到了他的手，而他竟然一声没吭。

这是柳三第一次说出自己的家事。慕容蓉有些同情，问道：“你爹是怎么……”

柳三淡淡答道：“病死的。不过，我也早有心理准备。”

慕容蓉刚要问什么，却见不远处阿炆和伯叔走了过来。伯叔朝慕容蓉点了点头，意思是，他们也在这里扎营。

慕容蓉有些不愿意。

柳三低声对慕容蓉道：“放心，若那个阿炆真是青衣奇盗，恐怕也不会做出什么谋财害命的事来。说书的都讲过，青衣奇盗没有害过人。”

尽管如此，慕容蓉还是觉得不安。柳三从夏乾的包袱里掏出一壶酒，打开闻了闻，递给慕容蓉：“喝点酒，心就放宽啦。”

慕容蓉谢绝了。此地虽然冷，但饮酒还是不妥。他回头看着阿炆，却发现阿炆也在看着他们。

“我们坐过去吧。”慕容蓉把柳三拉起来，二人一起坐到了更远一些的地方。

柳三似乎不怎么担心阿炆，可是慕容蓉不一样。他对阿炆和伯叔都很是警惕，尤其是伯叔。这个人来历不明，又颇具本领。最近大宋开始五路伐夏，按理说路上并不太平。但伯叔带着他们几人从西夏边陲走到这里，竟然没有遭遇任何意外。

能带人穿过战火纷飞的地方，显然不是一般人能做到的。这个伯叔不知是什么来头。

慕容蓉还在想着这些事，柳三却在一旁咕咚咕咚地喝酒。他放下酒囊，用袖子擦了擦嘴，盯着火焰低声道："说实话，我觉得有些奇怪。"

他这句话说得有些突兀。见慕容蓉没有反应过来，他又戳了戳他的胳膊："你觉得呢？易厢泉真的死了吗？"

慕容蓉回过神来："不知道。"

柳三抿嘴道："我记得信上说，易厢泉是在悬空寺遇难的。寺院下面是千丈深渊，旁边是瀑布。易厢泉当着几个人的面进了寺院，接着爆炸发生，官府派了好些官兵顺着瀑布和河流一路找寻，但只找到残缺的躯体，没有完整尸骨。在这种情况下，人要怎么生还呢？"

他的声音有点大。慕容蓉赶紧看了看身后，生怕他们的声音会传到不远处的小沙丘那边去。

小沙丘在夜幕里安静地矗立着，没有一丝风吹过它。韩姜从远处走过来，步子很是沉重，面色也一片阴郁。慕容蓉见她手中的干粮还在，问道："夏公子怎么样？"

韩姜摇头道："不吃不喝，一直发呆。他有些不相信。"

柳三撇嘴道："我以为他会立即回汴京呢。他一向性急，这次反倒不急了。"

慕容蓉担心地看着小沙丘："他应该是不愿意面对。"

柳三拍拍屁股站了起来："我去叫他过来吧，也不能总让他一个人待着。有些事越想越伤心，越想越可怕，吃完，喝完，也就该休息了。有些事，还是待明日再说。"

柳三跑开了。篝火边，只剩下慕容蓉和韩姜两个人。远处，伯叔和阿炆还在火堆旁，不知在说些什么。

慕容蓉问韩姜："你和夏公子一起回京……伯叔会让你们回去？"

韩姜没有回答。

慕容蓉犹豫了一下，才道："有件事我没有和你讲，几日前，伯叔拿来一些吐火罗文让我翻译。"

韩姜眉头一皱："吐火罗文？"

慕容蓉点点头："对。我虽然答应帮忙，但我也只是略通梵文，吐火罗文认得不多，所以翻译得不快。"

韩姜问道："你在汴京城时，伯叔不曾和你说过这些事？"

慕容蓉摇头："他只是说路途上可能会拿一些经文来请我翻译，别的没有说。那些吐火罗文很奇怪，好像是什么地图。"

慕容蓉虽然没有明说，但他的意思已经很明显了。他越发觉得此趟行程不对劲。等明天，他们一起回汴京城，这趟西域之行就此结束，大家散伙，队伍里就只剩下伯叔和阿奺。

韩姜点头："我们明天回去。"

而此时，柳三从沙丘后面走过来，叹道："夏小爷不听我说话，不让我们过去，他要一个人待着。"

韩姜担忧地转过头去。

柳三道："夏小爷不是悲观的人，睡一觉，也许明日就好了。"

几人开始扎营，夏乾的帐篷还在那里支着，可是他整夜都没有回来。韩姜虽然躺下，却睡不着。在大漠的黑夜里，她似乎总能听见沙丘后面的啜泣声。

一夜过去，东方泛起灰土一般的颜色。韩姜醒了。她从帐篷里出来，看着远处的小沙丘。沙丘下的篝火已经熄灭，而夏乾窝在山丘下的角落里，一动不动，似乎刚刚睡着。

韩姜想过去看看，却不想伯叔突然冒出来，拦住了她的去路。他好像是专门在这里等着她似的。

韩姜冷冷地看着他，没有说话。

伯叔问道："我只想再问一句，我们西行至此，你们当真要回汴京城？"

韩姜眉毛一挑："我们去哪里，当然由自己决定。"

她直接绕过伯叔往前走。伯叔拦住她，问道："在长安城的时候，一共四封举报信，是不是有韩姑娘你一封？"

韩姜道："是又怎样？不是又怎样？"

伯叔道："看来韩姑娘背后还有高人，肯出大价钱，让韩姑娘这样的高手来西域办事。如果韩姑娘提前回去，事没办妥，不知又当如何？"

韩姜没说话。

伯叔道："还望韩姑娘三思——"

"还是那句话，"韩姜转过身来，抱着胳膊，"我们去哪里，由自己决定。"

"好自为之。"伯叔只说了四个字，便转身离开了。

韩姜没有理会。这个叫伯叔的人有些莫名其妙，好像一路引着他们过来似的。就在这时候，太阳升起来了。夏乾一下子醒了。他坐起来，看了看韩姜，又看了看沙漠，有些恍惚。他揉了揉发红的眼睛，道："我……我想回汴京城。"

他的声音很小，像是不愿意面对似的。

“没事的，”韩姜点头，“我们一起回去。”

太阳越升越高，众人起身收拾行囊。柳三牵来了骆驼，嘀咕道：“回去又要走一天。”

慕容蓉问韩姜：“有没有近路？”

韩姜也不知。她从怀中掏出地图，却惊愕万分——地图的一半被撕毁了。

柳三挠了挠头：“找得到吗？还是……被什么虫子吃啦？”

韩姜冷声道：“是被人撕的。”

她话一说完，众人霎时间安静了，立即看向远处的伯叔和阿炆。而伯叔和阿炆站在离他们稍远的地方，只是静静地看着他们，没有说话。

柳三压低了声音，紧张道：“他们是故意的？”

韩姜没说话，冷冷地把地图放回怀中。

慕容蓉问韩姜：“还有没有别的地图？”

“只有这一份。”韩姜直接骑上了骆驼，“我们直接回去。”

柳三问：“你们还认得路吗？”

韩姜抬头看了看太阳：“咱们从东边来的，趁着太阳未升高，能看出大致方向，也许能转出去。”

不久之后，队伍重新出发，每个人都骑了一头骆驼。夏乾直挺挺地坐着，一声不吭，像是冬日里干枯的树杈，风一吹便会硬生生倒下去。

韩姜一步三回头地看着他。夏乾带着水囊，却一口都没有喝。

队伍在荒漠中行进，但越走越荒凉。

慕容蓉擦了擦额头的汗水：“是不是位置偏了？”

韩姜皱了皱眉：“我们应该是向东走的，但太阳始终在移动，所以，我们现在应该在……”

“你们看那边！”柳三指了指远方。

众人顺着他手指的方向望去，前面隐约可以看到一座白色的小城。待众人又走了一段路，却发现那并不是城，而是一片废墟，似乎是古城池遭人劫掠，将草木、石柱，甚至壁画全部搬走，只剩下断壁残垣。

韩姜掏出残缺的地图：“我们的确走偏了，这里应该是地图上标注的胡人旧宅。现在我们知道自己的位置，应该很快能回去。”

柳三担忧地看了看夏乾，道：“我觉得，我们可以在这儿歇会儿。”

众人同意了。他们来到旧宅前面，柳三跳下骆驼，爬上残破的建筑，登高望远。从残存的建筑来看，这里像个巨大的院落，房屋、花园都被划分得整整齐齐，不像是西域建筑，倒像是中原地区的园林。

柳三瞠目结舌：“胡人旧宅？这里过去是宅子？不是城池？谁能住这么大的宅子？”

“这里残存的砖石虽多，但感觉高度不够，没法遮阳。咱们去那边吧，那个建筑似乎没有被毁坏。”慕容蓉指了指西边的一座黑色建筑，在荒漠里如同一棵怪异的枯树。

韩姜低头看地图，道：“那是蜂塔。”

柳三抬手覆于额头，眯眼瞭望，道：“蜂塔？哪个‘蜂’字？是山峰的峰，还是风景的风？”

“蜜蜂的蜂。”韩姜看向夏乾，“去休息一会儿？”

夏乾的嘴唇有些发白。他点了点头，也跟上了。

烈日当头，几人行至蜂塔。这是一座奇怪的、孤零零的塔，完全不似西域建筑，反倒像是中原地区的佛塔。抬头看去，塔身似乎是圆柱形的，外侧有一个楼梯盘旋而上，直通塔顶，就像是缠绕在树干上的蛇。

柳三感叹了一声："我第一次看到这样的塔。"

韩姜从骆驼上下来，走上前，想带着大家进塔歇会儿，却发现这个塔的塔底是没有入口的，只有楼梯。

入口竟然在塔顶。

韩姜眯着眼睛抬头看了看，若要爬上去，还是需要费些功夫的。她又转身看了看塔底。塔底有一个小房间，有一扇门可以进入，门被上了锁。

韩姜推了几下，道："打不开，只能从塔顶进入。"

慕容蓉上前看了看，皱了皱眉头："这塔真是怪异，我以前所看的西域书卷中也没有记载。"他端详了一会儿，心中好奇，便走上外面的楼梯，登了几层。

"我可不爬这个破东西，我们去阴凉处坐着吧。"柳三招呼夏乾坐过去。

韩姜忧心地看着夏乾。

"我没事。"夏乾摇了摇头，"就是有点难过，你们不用担心，会好的。"

柳三赶紧道："其实还不一定呢……也许是汴京城的那些傻衙差弄错了！"

夏乾没说话，心里更难过了。

而在不远处，伯叔和阿炆站在一旁，即蜂塔一层的小屋子那里。阿炆好像在检查蜂塔的砖石。

慕容蓉只登了几层，觉得太高，便走了下来。

柳三一屁股坐在地上，翻了翻包袱："我把大家的包袱都拿来了，本想给夏小爷找点藿香制的药丸，可是他这里没有哇。"

韩姜道："我有，在骆驼上，我这就拿过来。"

她起身朝不远处的骆驼走去。此时，慕容蓉正从塔上走下来，伯叔和阿炆站在塔的另一侧。夏乾和柳三背靠着蜂塔，坐在阴影处。

柳三好像突然想起了什么，对着韩姜高喊了一句："喂！"

"怎么了？"韩姜转过头来。

然而，令人始料未及的事发生了。

突然一声巨响，夏乾和柳三所坐的地面开始晃动！夏乾还没来得及反应，而柳三"啊"地叫了一声，连站起的机会都没有——地面似乎是活板，在一瞬间突然翻转，将二人掀了下去！

接着又是一声巨响，地板轰然合上了！却见烟土阵阵，柳三和夏乾消失得无影无踪。

韩姜呆住了。她僵直片刻，才反应过来，拔腿就向阴影处跑去。只见他们原来坐的地板下有一扇暗门，如今已经死死地关紧了。

慕容蓉慌忙从塔上跑下来，急道："怎么回事？怎么会——"

"夏乾！柳三！"韩姜趴到地上喊了几声，又试图将门板掀开，"他们掉下去了！"

门板夹着柳三的衣服碎片，怎么也打不开。韩姜和慕容蓉喊了几声，却听不见任何回应；他们拼命想要撬开门板，而门板纹丝不动。慕容蓉急道："也许可以借助工具，把门板撬开。"

韩姜观察了门板片刻，拨开上面的沙土："不行，地板门和塔是镶嵌在一起的。"

慕容蓉道：“如果是这样，也许有机关。”

韩姜赶紧四下摸索。她敲了敲地板门，又敲了敲塔，沉声道：“里面是空的。你别出声。”

韩姜在塔的阴影中央站定，闭上双眼，将耳朵紧紧贴在塔上，张开双手不断地横向敲击塔的侧壁。直到她发现了一块可以按进去的砖块，才发出一声惊呼。

慕容蓉瞪大眼睛，欲上前：“这是机关？”

“退后！”韩姜离开地板门，伸手按了一下砖块——

没有任何反应。

韩姜愣了一下，再次按了一下，依旧没有反应。她道：“慕容，你站在地板门上试试，用手撑住地面，小心别掉下去！”

她想看看是不是只有地板门承重了才会翻转。慕容蓉很快照做。可韩姜再按，门板依然没有反应。

慕容蓉看向不远处的伯叔和阿炆，道：“刚才你们一直站在这附近，我从塔上看到了。”

韩姜一向冷静，但这次她直接上前揪住了伯叔的领子：“你们是故意的！”

伯叔摇头：“我们不是故意的。”

韩姜冷声道：“你肯定知道怎么放他们出来！”

伯叔很平静地道：“只能进入地宫，把他们带出来。”

他说完这句话，慕容蓉和韩姜都愣住了。他们忽然明白了伯叔的意思。这一行人被召集来到西域，就是为了进入这个所谓的地宫。而他们一行决定提前离开西域，伯叔不得不作了这个决定——把夏乾和柳三关进去。

韩姜直接拔出了刀，被慕容蓉拦下。慕容蓉转身问伯叔："你既然想把门打开，总该知道一些开门的方法和线索。"

站在一旁的阿炆忽然开口："肯定有方法，但从这里是进不去的。"

他走到塔下的小房间，用刀将锁撬开，打开了门。里面是一个大型擒纵器。他检查了一下，道："有一个人按下这个隐蔽的砖块，这样地板门就会翻转。但地板门受擒纵器控制，只能打开一次。如果想再度打开，要过很长一段时间。"

韩姜问道："要多久？"

阿炆仔细查看了擒纵器，低声道："一年。"

韩姜和慕容蓉都愣住了。令人意外的是，阿炆说话时也有些发抖。他似乎也在焦虑。

"一定有别的办法。"慕容蓉赶紧看了看地板门，"也许可以用外力打开。"

韩姜把刀深入地板门的缝隙里撬了一会儿。她的力道很大，而地板门依旧纹丝不动。她摇头道："撬不开。"

慕容蓉问道："用炸药呢？"

韩姜看了看附近的情况，道："不清楚他们在地下的情况，无法控制药量，容易误伤夏乾和柳三。而且，这里是塔的根基，如果用了炸药，塔有坍塌的风险。"

见这些方法都行不通，慕容蓉也有些急了。他低头想了一会儿，却没有更好的办法，于是看向伯叔，道："若你想让我们进入地宫，最好把你知道的情况都说出来。"

伯叔指了指盘踞在塔四周的楼梯："你们跟我上去便知道了。"

韩姜的声音很冷："你先上去。"

伯叔知道她不信任自己，就没有说什么，率先上了塔。

余下几人跟着伯叔上去。他们走了一阵儿，这才发现，这塔从远处看似乎是圆柱形，但其实是有棱角的。韩姜数了一下，对慕容蓉轻声道："塔是十二边形的。"

慕容蓉有些惊讶。他读过一些佛经，对佛塔的构造也略知一二，但是没有听说过有十二边形的塔。

慕容蓉低声道："可能西域的建筑和中原的不太一样。韩姑娘行走江湖数年，也没见过这样的？"

韩姜摇头："没见过。"

塔的形状很奇怪，入口在顶端，而且整个塔没有窗户。众人顺着楼梯走了一阵儿，终于来到蜂塔顶层。居高临下向四周望去，大漠在他们脚下就像是一片绵延无际的金色沙海。不远处的夕阳慢慢沉下去，大漠染上了赤红色。西边的天空没有一丝云彩，只有几只鹰一样的鸟在孤零零地盘旋。

"我们到了。"伯叔指了指前面的入口，"你们进去看看就知道了。"

其他人朝门内看了一眼，犹豫了一下，还是走了进去。可里面空荡荡的，什么都没有。地板上画了七个六边形，中间有一个，剩下六个围着它。七个六边形组合起来，像是一朵绽开的花。

韩姜踩了上去，地板发出咣当的响声——地板像是某种金属制成的。再蹲下去细看，这地面呈现出的七个六边形并不是地板花纹，倒像是七扇金属小门。

韩姜见过不少大墓，却没见过这样的地板，不由得吃了一惊。

伯叔上前用手拉住地板间隙，用力一拉，打开了中间的六边形小门。众人凑过去看，发现地板门下面是一个小房间。韩姜点了支火把，朝下面看了看，突然明白了：“这是……迷宫？”

伯叔点头：“对，是迷宫，入口在塔顶，出口在塔下。如果要找到夏公子，必须从这迷宫穿过去。”

第二章
地　宫

月夜微云，小雪将至，千岁山黑黝黝的影子在月夜下显得有些孤单。黑山之下是黑色的水，水上漂着一叶冰舟，冰舟上有两个人。

一阵猫叫声传来。

夏乾陡然睁开眼睛，只见自己身处冰舟上，眼前是一只小白猫。这只猫有一双一黄一蓝的眼睛。它看了夏乾一眼，就跳回主人的怀里。

猫主人坐在冰舟的前面，背对着夏乾。他穿着一身白衣，有些单薄，不住地将手中的干粮撕碎丢到水里，好像在喂鱼。

扑通扑通，干粮落水的声音清晰可闻。

“厢泉……我们这是要到哪儿去？”

夏乾伸手想去拍他，可是他的手很重，根本抬不起来。

“我也不知道要到哪里去。”易厢泉的声音还是很轻。

夏乾哼了一声：“那你还不划船？”

易厢泉道："我不划，你划。"

夏乾揉揉眼睛："我不划。我困了，而且胳膊疼。"

易厢泉道："我划不了。"

夏乾问："你为什么划不了？"

易厢泉没有说话。

夏乾觉得这对话有些莫名其妙。他瞧了瞧四周，秦叔宝和尉迟恭两座山就在前面，好像永远都到不了的样子。就在这时，天空中明黄的月亮消失了。薄云散去，寒冷的水面起了雾。那些雾越来越浓，山川、河流、草木的颜色都淡了下去。

易厢泉依旧坐在船头，没有回头。他的白衣好像也要随着雾气消散了。

"厢泉，这……没有船桨啊。"

"是啊。"

"没有船桨怎么走？"

"你自己想办法。"

易厢泉还是不肯回头。

夏乾往后一仰，像是要小睡片刻。他缓缓闭上了眼睛："唉，等找到了路，我还得背你游回去。"

"找到了路，你自己走就行了。"

听到这句话，夏乾闭上眼睛，沉默了片刻。

"厢泉。"

"嗯？"

"我是不是在做梦？"夏乾紧紧地闭着眼，因为他觉得雾气正慢慢地在自己的脸上凝结，逐渐成了眼泪。

“厢泉，再和我说会儿话吧。”

“说什么？”

“说什么都行……实在不行，你絮叨絮叨案子，或者你数落我一顿，随你高兴，怎么样？”

易厢泉没有说话。

“厢泉，你再说几句话，随便几句。”夏乾还是闭着眼睛，他的声音开始颤抖，“求求你说几句话……”

易厢泉没有再应声。他好像再也不会应声了。

雾气渐渐散了，夏乾的眼前出现了一点光。柳三举着长明灯，用手在他眼前晃了晃，焦急道：“夏小爷，你还好吧？伤着没有？我刚听见你在说胡话。”

“没有，我没事。”夏乾的左手有点疼，像是伤到了，但为了不让柳三担心，他慢慢站起来环顾四周，“这是哪儿？”

话音未落，他的脑袋“砰”的一声撞到了房顶。柳三急忙上前去扶他：“夏小爷，你可小心些，别再伤着了！呀，你的手……”

夏乾晃了晃手：“没事，只是扭到了。”

柳三赶紧瞧了瞧，见的确只是扭伤，松了口气：“若是断了，那你以后就别想再射箭了。还好这地下有些沙土垫着，估计是随着翻转门落下来的。”

夏乾没有回应。他有些恍惚地看了看四周。周围很是漆黑，像是个封闭的小屋，而全部的光来自柳三手中的长明灯。

夏乾心中一凉：“我们这是……掉下来了？”

柳三没有作声，丧气地点了点头。

夏乾绕开柳三，低头朝前走了两步，却见地上有数具白骨。他们衣衫褴褛，散发着恶臭，不知在这里躺了多少年。夏乾后退一步，脸色惨白，深吸了一口气，道："这些，你都看见了？"

柳三点头："看见了，长明灯还是从这白骨手边捡的，不知还能亮多久。我还把这些鬼东西往边上踢了踢，怕你醒来突然看到被吓着。"

夏乾见柳三如此记挂自己，心中有种说不出的滋味。

柳三问道："夏小爷，怎么了？"

"没什么。"夏乾深吸一口气，打消了一些不好的念头，"咱们一定要出去。"

柳三赶紧应和："那当然，夏小爷，你是幸运神，和这些倒霉鬼不一样。"

夏乾朝四下看了看，又看了看柳三，可柳三低头避着他的目光。夏乾一看便知柳三有事瞒着他，问道："我们是不是没有水和食物？"

"有的，有的！"柳三赶紧举了举包袱，"真是万幸，你、我、慕容蓉，还有韩姜的包袱，我都带着呢，水和干粮不少。"

夏乾开心地点头："条件这么好，你为什么还哭丧着脸？"

柳三摇头："我哪有哭丧着脸？明明是夏小爷你脸色煞白。"

"我那是手疼。"夏乾撇撇嘴，"咱们有水有吃的，还怕出不去？"

柳三见夏乾恢复了精神，有些高兴，却也正经道："夏小爷，你真是乐观得很。可这里没有出口啊。"

夏乾摸了摸四周的石壁。这石壁结实至极，想必是塔的基底。若是通过外力将这石壁毁坏，恐怕这间石室有坍塌的风险。

屋顶很矮，像是金属板制成的。夏乾伸手朝屋顶摸去。他戳了戳屋顶，却“刷”的一声推开了一个小门，露出一个六边形洞。

柳三仰头看着屋顶，道：“你昏迷的时候，我已经观察了周围情况，没看到出口，只瞧见了这一个洞。夏小爷，你上去看看便知道怎么回事了。”

夏乾想上去，但他的手使不上力气。柳三便托着他进入房顶的洞，又把长明灯递给他。

刚才他们所站的地方，虽然高度不高，但空间不小。他本以为这屋顶之上是个大空间，哪里想到，却是一个很小的房间。

这小房间呈六边形，上下和四壁皆为金属所制，底面是六边形，上面也是，而侧面为六个正方形。夏乾觉得这侧面的墙并不是墙，而是门，有的门上有锁，有的却没有。他轻轻一推，竟然推开了一扇，便钻了进去。

可他又进入了一个六边形房间。夏乾怔了片刻，看了看这间小房间的顶部，伸手推开了顶部的金属门，硬撑着爬了上去——

又是一个六边形的房间。这是第三个六边形房间，和前两个一模一样。

夏乾脑袋里嗡嗡作响，他不明白怎么会这样。

“夏小爷，别走了，快回来！”不远处传来柳三的声音。夏乾这才回过神来，赶紧往回走。待他重新回到柳三身旁，只觉得心情更加沉重了。

柳三小心翼翼地问道：“夏小爷，你看到了？”

夏乾咬了咬牙：“这也太奇怪了，就像迷宫，也像……”

“像蜂窝。”柳三举起长明灯抬头看了看，“我记得……这个塔的名字就叫蜂塔。”

第三章

蜂　塔

“你们退后。”韩姜举起刀，直接砸向了金属门。众人只听咣当一声巨响，而这门却毫发无损。韩姜检查了刀刃，很是沮丧：“门比我的刀还硬，不知是什么制成的。”

慕容蓉道：“也许可以用火直接烧变形。”

“一般都需要很高的温度，在这种地方很难做到。”韩姜说完，直接跳了下去。

她进入了第一个小房间。韩姜看了看四周，发现周围一共有六扇门，每扇门上都刻了一个奇怪的小字，不是汉文，似乎也不是回鹘文。而脚下的地板也是一道六边形的门。这些门有的有锁，推不开，有的却一推就能开。

韩姜慢慢明白了，整座塔的外表是砖石，内里却是金属所制。她再次以刀敲击了下侧壁。“砰”的一声巨响，门锁依旧毫发无损。

看到这种状况，韩姜没了主意。如果真的如伯叔所说，这是一个巨大的迷宫，入口在塔顶，出口在塔下，迷宫形如蜂巢，若置身其中，身边共有六扇门，非常容易迷失方向。

“韩姑娘！”

慕容蓉唤了她一声，但韩姜没有回应。她强迫自己冷静，今日必须想出对策。

这种情况要怎么做？

先要知道迷宫的形态和大小，才能在行走之中判定出所处方位。

韩姜抬头，问外面的伯叔：“你知不知道这塔的内部形态？一共几层？多少个房间？”

伯叔答道：“并不清楚。”

韩姜叹了口气。她立即蹲下，开始用随身携带的绳索进行丈量，先测出这小房间的大小、高度，随后从塔顶走回地面，从地面测量塔的边长、塔影长度。此时正逢夕阳西下，她开始测量自己的身影，用身高和塔影比例推知塔的大小、高度，再按房间大小进行推算，大致知晓了房间分布情况。

等到夜幕降临的时候，韩姜已经画出了蜂塔的构造图。

“这是个十二边形的塔。假设整个塔自上而下的格局不变，且每层的高度均等，那么整个塔总共有七层，每一层都有七间六边形的房间，一共是四十九间房。”

慕容蓉站在一边，眉头一皱：“太多了。”

韩姜却舒了口气：“不，这样反而更清楚了。每层七间房，一间在中间，余下围在四周，在塔内的人可以相对容易地断定自己的方位。带上纸笔，更加便于记住位置。若是将绳索拴在身上，没日没夜地走，七日之内应该也能走得通。”

慕容蓉摇头：“不行的。”

韩姜道：“总共只有四十九间房，应该并不难走。”

“刚才，阿炆也绑着绳子下去了一趟，证实了一点。韩姑娘，每层有七个六边形小房间，但拼不出十二边形的塔，塔和房间之间是有三角形空间的。如你所画，这空间并没被石头填满，而是空出来放了钥匙。

钥匙？

韩姜看向自己所画的图，这才想起方才有些门确实是锁着的。

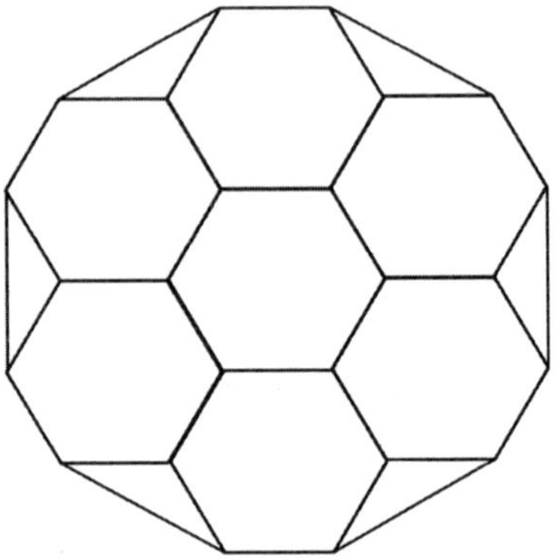

蜂塔单层俯视图

“每层有七间六边形的房间，而在它们的边缘，还有六个三角形小房间，这样能拼出来一个大十二边形。阿炆确认过，小房间内藏有钥匙，但不保证每个房间都有……”慕容蓉继续道。

月亮升起来了，荒漠的气温骤降。

韩姜慢慢坐到了地上。慕容蓉的话让她感到绝望。如果真的是这样，那这个迷宫便不止四十九间房这么简单。举个例子，如果正确的路线是先开第一层的某一扇门，但这扇门锁了，要去第九层的三角小房间取钥匙，再折返回第一层。如此，行走路线多得可怕。

如果按之前韩姜的推断，他们无论怎么走，都很难找到正确的路线。

韩姜的思绪乱了。慕容蓉却道："韩姑娘，先不必着急，现在事情还有转机。你来看这里。"

慕容蓉带着韩姜回到塔顶，把火把举起。火光照到了蜂塔入口的石壁，壁上竟然有字，只是年代太久，模糊不清了。

韩姜急忙上前去看，只见上面写了如下字句：

莫生贪念，勿入此门
若入此门，谨记此言
门有四重，彼此有别

蜂塔之门，门如其名
密文为引，不可绕行
道路迢迢，莫寻捷径

佛眼之门，迷宫数层
足下成环，交错纵横
生门亦死，死门亦生

青灯之门，灯下重现

心中知理，手持密卷

莫要强入，内藏万箭

三门已过，财物可见

欲念之门，心中重现

若渡此劫，须回原点

在全文的尽头，韩姜看到了七名道人的落款。她又抬头念了几遍，却不解其中的意思："若真如门上所写，地宫一共有四重门，蜂塔只是第一重？"

慕容蓉点头："应该是这样，所以他说'密文为引，不可绕行'。"

"密文？"

"在这里。"慕容蓉打开中间的门，探下头去，用火把照亮第一间小室，指了指每个门上的密文。

韩姜刚才就发现了门上有密文，之前一时没有留意，但好在慕容蓉心细。她用火把照亮，看了一个又一个密文，忽然觉得这些文字很是眼熟。

这些文字在猜画时出现过。

韩姜立即看向伯叔："你很久以前就知道这个塔的存在，也知道这些'回'字形密文？"

"是，我在汴京的时候就知道。"伯叔的声音很平静，"穿过门，抵达地宫，这就是我们来西域的目的。不管你们用什么方法，只要正确穿过蜂塔，夏公子和柳三就可以得救。"

韩姜冷声道："为了这个，你就让夏乾和柳三掉下去？"

慕容蓉也很是生气：“这便是你们草菅人命的理由？”

伯叔淡淡道：“即便你们现在杀了我，柳三和夏公子还是救不上来。但如果我们合力解密，至少可以先把人救出来。在这个过程中，我会尽力协助你们的。”

几个人都沉默了。虽然他们气愤至极，但都不是意气用事之人，知道现在并无他法。韩姜盯了伯叔半晌，终于，咣当一声收起了刀。这笔账日后一定会算，现在，他们必须先把人救出来。

“夏小爷，你看这里的字。”柳三指了指墙壁。在灰色的墙壁上，刻着一些文字：

蜂塔之门，门如其名

密文为引，不可绕行

道路迢迢，莫寻捷径

夏乾借着长明灯慢慢细看：“这是什么意思？”

柳三指了指下方：“这儿还有一段呢。”

佛眼之门，迷宫数层

足下成环，交错纵横

生门亦死，死门亦生

夏乾念道：“这都是什么呀？这底下还有好几段，落款是七名道人。”柳三一拍大腿：“这个人我知道，是一个机关师。这是不是七名道人的提示？”

夏乾摇头：“现在还不知道。既然我们能从外面掉进来，就一定可以从里面走出去——这屋内也许还有机关。”

柳三叹道：“可我找了，并没有找到。”

夏乾道：“我们敲敲墙壁，说不定能敲到空墙。以前跟韩姜聊天的时候，她说过的，找不到机关，就先找空墙。”其实，易厢泉也这么说过，但是夏乾现在提起他，心里就会难受。

柳三指了指里面不远处的地方：“我敲过了，那面墙是空的，上面画着壁画。”

夏乾赶紧过去，却觉得房顶越发高了起来，他可以站直了。如果说他们方才还站在蜂塔的塔底，那他们现在就是穿过了一个走廊。走廊尽头是一面墙，墙上绘了一尊佛像。

这是一尊女佛，面色红润，就如真人一般，似乎是用了极高的绘画技术渲染而成。在中原，很难见到如此精美的佛像壁画。夏乾有些吃惊：“戈壁中怎么会有这种建筑呢？这又是谁画的？”

柳三走过来，道：“刚才你昏迷的时候，这些我都看过了。奇怪的事不止这个，你看那些尸体，都是堆在一起的。”

夏乾一愣：“我以为是你堆的。”

柳三摇头：“不是我。我不想碰，只是踢了踢。这些尸体被摞成一堆，说明是被人搬运过的，但是没有看到搬运人的尸骨。”

柳三这么一说，夏乾一下子就明白了。有人把尸体摞成一堆，自己却离开了这个地方。

夏乾心中燃起了一丝希望。柳三却又哼唧道："但是，那个搬尸体的人也许是去了刚才那个蜂巢迷宫，想拼命朝上走，却死在途中了。"

夏乾叹气，踢了尸体一脚："我可不想变成这样。"

其中一具尸体掉了下来，摔在地上，掉了几根骨头。尸体上的衣服耷拉着，怀中似乎藏着什么。夏乾犹豫了一下，上前小心翼翼地把东西拿了出来："这是什么？"

这是一个小水囊。柳三拧开，道："不知道还能不能喝。"

但里面不是水，而是油。柳三一拍大腿："这是长明灯的灯油。夏小爷，我们还能点好久的灯呢！"

"再翻翻。"夏乾又开始扒拉尸体，没找到其他什么有用的，却从尸体怀中掏出一册书卷，像是一本汉文书写的手札。

"显道元年。这是哪个朝代的？"夏乾翻了翻，发现自己漏看了"大夏"两个字，不由得震惊，"这是个西夏人！"

"我看看。"柳三赶紧凑过来，低头看了看，"西夏建国也没有多久，大概也就几十年的事。这是本手札，作者的名字是刘……刘梗。"

夏乾挠挠头："西夏人也用汉人名字？他们不是有自己的文字吗？"

"他们几种语言通用的，汉人也是有的。其他的事我也不清楚。"柳三很感兴趣地看了看手札，只见上面写道：

显道元年九月，吾掘塔数年，终于得入。然蜂塔机关重重，道路诡谲，吾困于此门不得出，命丧于此。观墙间壁画，菩萨数位，佛祖垂目，悲悯之态尽显，不由悲从中来。愿后世人哀之鉴之，莫要……

看到这段话，二人忽然有了新的想法。这个刘梗绝不是死在此地，因为这里只画了一尊佛像，而不是手札中所写的“菩萨数位”。

夏乾想了想，道：“看这些文字所记，这里的门可能不止一道。”

说完，他又没了主意。柳三叹道：“如果我们要回到地面，就要穿过蜂巢一样的迷宫。不过，虽然看着复杂，但也不是没有可能，每个门上都标着字的。”

“在哪里？我怎么没看到？”

“你看得太不仔细啦。”柳三提灯照亮。夏乾抬头看去，真的看到了蜂塔门上的文字。这文字他曾经见过，就是“回”字形密文。

韩姜跳入第一间房。六边形的房间，一共八扇门。除去入口处没有密文，剩下的七扇门上各有一个密文。她快速地记录下这七扇门上的密文。七扇门中，有两扇是被锁上的，她用“封”字标注出来。其余五扇分别通往另外的房间。韩姜分别进入这些房间，再次将门上的密文记录下来。这样，就抄下了六间房，共四十七个密文。若再继续向前，很容易迷路，因此，韩姜带着记录下的密文退了出来。

她将抄好的密文递给慕容蓉：“这些密文的形态很眼熟，我只在猜画时见过一次，却不知其意。你有没有见过？会不会是某种语言？”

慕容蓉看了看，摇头道：“就我目前掌握的语言来看，它不属于梵文、吐火罗文或回鹘文。西域的很多文字都是由字母组成，但这‘回’字形密文四四方方，倒像是中原的汉字。我们中原的文字自成一体，东瀛文字、西夏文也都是由汉字衍生出来的，但都和‘回’字形密文不同。”

韩姜眉头一皱：“这一带的文字很多，会不会是你从未见过的某种

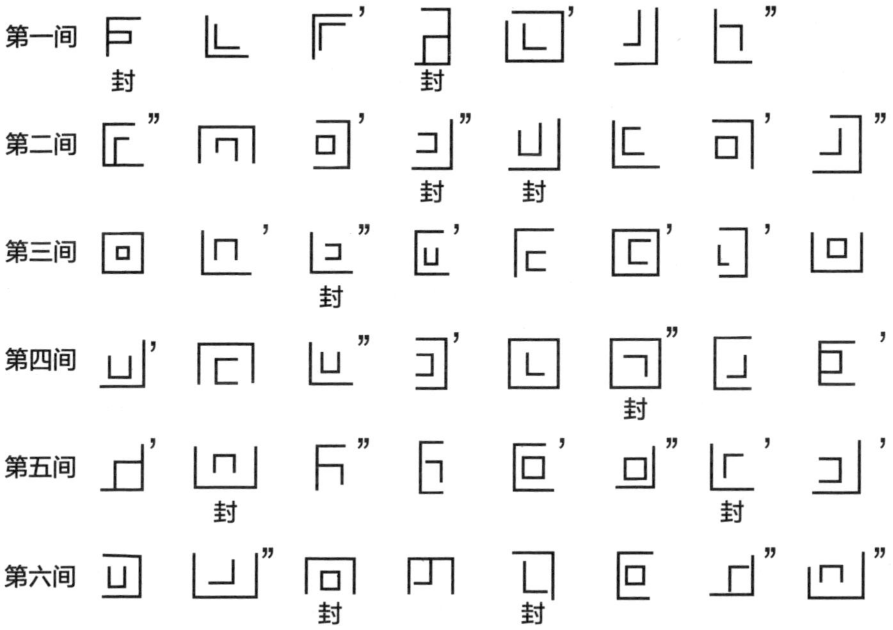

韩姜抄下的密文

文字，比如焉耆文字？”

慕容蓉摇头：“韩姑娘有所不知，焉耆文字与库车文字虽然彼此有别，却都属于吐火罗文。但此事更加怪异。这些文字虽然只抄了几行，每个字的形状都有些相似，却几乎没有重复。我怀疑这不是文字，而是七名道人创造的密文。”

韩姜脸色微白。若是文字，只要没有失传，终究是可以找到解读它的人。如果是密文，他们就必须将密文破解出来。可如今没有线索，他们无从下手。

四个人都站在塔顶迷宫的入口处，只有阿炆往下探了几层。现下他狼狈而返，低声道：“门太多，若不知路线，不可能穿得过去。”

阿炆从昨天入队，一共也没和他们说上几句话，如今却急着帮忙，看神情竟然很是真诚。慕容蓉和韩姜有些疑惑，不知他目的何为，却觉得他和伯叔不同，真的没有害人的意思。尽管如此，慕容蓉和韩姜依旧不打算与阿炆为伍。

韩姜转身看着伯叔："既然我们决定下去找人，你就要把来龙去脉讲清楚。"

面对质问，伯叔似是早已料到，答道："雇佣我的人是一位阔主，他举办了猜画活动，以此招贤纳士，希望大家前往西域，因为在这片荒地附近，地下有巨大的地宫，宫中有宝藏，但无法寻得。"

慕容蓉继续问道："雇你的那个人一定也抄下了蜂塔门上的文字，这才在猜画时写上。此外，他还说了些什么？"

伯叔答道："若要打开地宫，需要懂得机关术之人，懂得西域多重语言的人，还有……韩姑娘这种懂得地下墓室构造的人。"

慕容蓉和韩姜对视了一眼。伯叔这么说，显然已回答了猜画时的问题。韩姜又道："我当时解出的古董盒子图，其实是京城附近的一个棺椁。我是你们要寻的盗墓人。阿炆解开了七名道人故居的机关，慕容蓉通晓西域文字，但是——"

她本想问，为什么要出《凌波仙女图》的题目。阿炆却先行发问："猜画五幅，却少了一个人。那个《水果图》是谁解答的？"

"有一个人食言了，不会来此。"伯叔竟然这样草率地回答了。

伯叔还在隐瞒事实。

韩姜很是生气："其他的事，你统统不清楚了？"

"不清楚。"

韩姜的目光沉了下去。若要解决这文字之谜，恐怕在他们的能力范围之外。如今在此地徘徊，不过是浪费时间而已。何况他们的水和食物本就不多，又被柳三拿走了大半。

一行人从塔上下来，夜已经深了。阿炆点了火，但是每个人都没有扎营休息的意思。慕容蓉在一边看着密文，却理不出头绪。韩姜在地上坐了一会儿，看看远处荒凉的戈壁，像是下定了决心。

“慕容，我们先在此研究一夜，若一夜过后仍然无果，我去前面的镇子上打听消息，再买些工具来。夏乾他们跌入的地方的确是接近塔的根基，只要找对地方下铲，挖上一段距离，也许可以将他们救上来。”

慕容蓉吃惊道：“你要挖下去？”

韩姜点头：“没有挖不通的地宫。”

慕容蓉抓起地上的沙土。沙土很松软，很快从他指尖滑落到地上。慕容蓉摇头道：“此地不比中原，土质更加松软，会不会有坍塌的风险？若真要挖下去，恐怕要费不少时日。你有几成把握？”

“一成都没有。”韩姜的眼睛有些发红，“但如果解不开密文，就只能这么做了。”

“我们不能指望有人来救，坐以待毙是不行的。”夏乾靠在墙壁上，说道。

柳三点头：“你说得对，必须想办法自己出去。”

夏乾打起精神来，看着屋顶道：“这文字真是奇怪，我只在猜画的时候见过，而且青衣奇盗的字条里也有这种文字。”

“青衣奇盗的字条？这是易厢泉告诉你的吗？”柳三问完，这才发现自己说错话，赶紧捂住嘴。但夏乾已经听到了易厢泉的名字。

夏乾低下头去，没有答话。

柳三赶紧转移话题："总之，我们还是找找路吧。长明灯燃了这么久，我们也不觉得呼吸不畅，证明——"

"有风。有可能有门。"夏乾点点头，"不过，也不能太过乐观，兴许只是因为与蜂塔顶部相连。"

柳三补充道："也许是因为有通气孔洞或排水渠。如果机关师只是想让掉进这里的人直接死去，那他可以在此地放些毒物，或者干脆把门都封死。可你看这些尸体，应该都是迷路之后，饿死或渴死的。"

夏乾愣住了："这怎么看出来的？"

柳三道："虽然我没有细看，但是骨头没变黑呀。"

夏乾忽然叹道："我觉得你变聪明了。"

柳三咧嘴笑了："现在情况危急，不聪明点儿怎么行？"

二人默契地点点头。夏乾开始在墙上摸索，而柳三则退到一边，念起诗来：

"佛眼之门，迷宫数层
"足下成环，交错纵横
"生门亦死，死门亦生"

他转过头看向夏乾："蜂塔之门是不是咱们头顶上的门？"

"应该是。"

"那佛眼之门呢？"

夏乾看向墙壁上大佛的眼睛。中原地区的很多佛像都是垂目的，眼睛半睁半合。但这佛像是完全睁开的，双眸还透着隐隐的绿色。

佛眼的位置很高。夏乾费力地踮着脚尖，总算是够到了。他用指尖摸了摸，没什么反应。

柳三叹道："你昏迷的时候，我也踮脚摸过。"

夏乾还是很执着地用灯照亮，道："这佛的眼睛是绿的，但好像又不是全绿，似乎以前是别的颜色，后来被人摸掉了似的。"

"我看看。"柳三站起来。他比夏乾高一些，提灯照得更加清楚一些。也正因为如此，佛眼的颜色更加鲜明了。夏乾说得对，佛眼像是被人摸了很多次，变得斑驳了。

"柳三，你托我上去。"夏乾让柳三蹲下，自己踩到他的肩膀上。这下，他的视线更加清晰了。这佛眼似乎有些蹊跷，眼睛和周围有缝隙。夏乾摸了摸，摸不出什么特别的。他决定用手指戳一戳，还说道："我总觉得这样做不敬，但是——"

他话音未落，佛眼却真的动了，随之而来的还有一声巨响。尽头的墙面升了起来，里面黑漆漆的。

二人愣了半天，直到柳三肩膀麻了，才让夏乾下来。

"这门里是什么呀？"柳三把长明灯举起来，往里面一丢。长明灯仍在燃烧，火苗没有熄灭的迹象。

"里面看起来很深，"夏乾眯眼看过去，"看不到尽头。"

柳三往前走了几步："走吧，反正也没有别的路。"

"哎，你小心一些。"

二人磨磨蹭蹭地朝门走去。进了门，柳三拾起了灯，照了照四周。

这里像是一条很长的走廊，前方的道路黑漆漆的，而他们只能看到两侧土黄色的墙。

柳三望着黑色的路，有些生畏，却道："走走看吧，不行再走回来。"

夏乾也很是害怕："小心别踩到什么陷阱。"

二人又开始慢慢朝里走。起先他们走得很慢，一边走，一边扶着墙，脚下也小心谨慎地踩着地砖，生怕有什么机关。走了一阵儿，已经离入口很远了，可他们竟然还没有走到尽头。

夏乾越发觉得奇怪："路怎么会这么长？"

柳三也摸不着头脑："似乎也没有岔路呀。"

二人又继续往前走了一段，身后的光消散了。又走了很久，夏乾心生退意："我觉得咱们应该回去。"

"我倒觉得应该再往前走走看。这路上没有什么机关，周围也没有声响，应该是安全的。咱们都走了这么久了，看到尽头再折返也不迟。"

柳三说得有道理，夏乾点头表示赞同。若是蜂塔的门真的被韩姜撬开，必定会有人呼喊他们二人的名字。这地下这么安静，他们是一定会听到的。

二人继续往前走，又走了很久之后，却越发觉得不对劲了。

柳三累得靠在墙边："我觉得我们至少走了一个时辰了。"

"一个时辰？"夏乾累得不行，喝了口水，道，"我觉得走了一夜！"

二人面面相觑，但又别无他法。这里前不着村，后不着店，不如走完全程，实在不行再折返回去。二人休息了一会儿，又开始前行，后来实在是走不动了。

柳三叉着腰，看着瘫坐在地上的夏乾："要不我们躺下休息会儿？

我想睡觉了。”

他本以为会得到夏乾的应和，夏乾却没有直接答应。他怕梦见易厢泉。

柳三见夏乾又在发呆，便两眼一闭：“那我睡会儿。”

“你等一下。”夏乾眼底发青，开始掏口袋，“我这里有韩姜的包袱。她包袱里有狼烟。”

柳三困极了，摇摇头：“你想放狼烟？这办法行不通的。这通道没有岔路，它会飘往哪里呀？”

“我觉得应该试试。我们走了许久，却一点儿也不憋闷，说明这里一定有小的通气口。”

夏乾这么说有一定道理。如果找不到出口，找到排气孔也是好的，说明那里与外界相连，也许可以想办法出去。柳三想了想，觉得可以一试。但他实在太困，于是道：“那等我睡醒——哎呀，你、你还真点呀！”柳三见夏乾真的拿起狼烟准备点，吓得赶紧跳起来，瞪大双眼，“狼烟不是这么点的！夏小爷，你这样会呛死人的！”

“你走远一点，拿衣服捂住口鼻。如果太呛，咱们就熄掉。我估摸着我们真的走了一夜，外面天应该都亮了。万一这里有排气口，狼烟冒出去，韩姜他们看到了呢？”

他话是这么说，待狼烟真的燃起来，他却连一句话都讲不出来了。

太呛了！

狼烟不同于火苗，而是巨大的、绿色的烟尘。他们根本看不清烟飘向哪里，只觉得眼前一片浓重的绿色，很快就弥漫在整个通道里。

柳三立即卧倒，撕下衣服护住脸：“这也看不清呀！”

夏乾还是有些不甘心，遂将狼烟上举：“我再坚持一会儿。”

柳三只得捂着鼻子继续趴在地上。夏乾就这样举着。没举多久，他觉得自己也受不了了，便赶紧想办法熄了。

通道内充满了绿烟，夏乾和柳三都被熏得睁不开眼。

绿烟慢慢漂浮在空中，成了一片诡异的绿色。等了很久，烟雾才开始慢慢消散。夏乾蜷缩成一团，将头埋在身下，没有说一句话。

“夏小爷……”

烟雾之中，夏乾抬起头，双眼却注视着地面，喃喃道：“对不起。”

烟雾在漆黑的通道中慢慢地旋转，好像和漆黑混杂在一起，永远不会散去。

柳三声音也闷闷的：“夏小爷，你还是睡一会儿吧，不用怕梦到易厢泉。”

夏乾突然僵住了。

柳三接着道：“有些人看起来是死了，其实只是去了别的地方游历。那是你我这种俗人暂时到不了的地方，梦里见见也不是坏事。”

烟雾慢慢散掉，空气中青绿的颜色变得很淡。夏乾点了点头，靠在墙边。他们二人就在走廊里，慢慢地睡着了。

慕容蓉和韩姜眼中布满血丝，望着天空中的太阳缓缓升起。

一夜过去了。

二人一直在看手中的文字。韩姜一夜未睡，脸色有些苍白。慕容蓉劝她吃些东西，而她则摇头拒绝了，只喝了点水。

若韩姜一直这样，慕容蓉觉得她的身体会撑不住，于是安慰道：

“其实，也不一定是密文，说不定真的是某种我未曾见过的文字。西域三十六国，我只知道某几国的文字，认得并不全。即便这上面的文字无人知晓，但是这边大多是迁移民族，语言可能有相似性，譬如吐火罗文的‘单’字与天竺一带的‘单’字相仿[1]。若能找到它的源头，自然可解。我们不妨现在去镇子上问一问，也好过在此不眠不休地想。”

他说得有道理。蜂塔的年代久远，往来商客又多，也许有人试图破译过这些“回”字形密文，或者知晓这塔的来历。这些信息对破解都极有帮助。

韩姜很快站起身来：“咱们出发吧。”

几人上了骆驼。韩姜走在第一个。很快，太阳越升越高。在这耀眼的阳光下，西边却泛起了青色，像是有青烟在飘。

今日无风，青烟虽然很淡，但在橙红的天空下很是明显。韩姜一愣，整个人立刻僵在骆驼上——

是她的狼烟！

难道是夏乾燃的？

她不敢确定，想再仔细看看，却又什么都看不到了。

火红太阳依旧照着黄色的沙丘，一如方才一般死气沉沉。而青烟像是从未燃过一样，独剩通红的云悬挂在天际。火红的云彩下方，是韩姜孤零零的影子。

韩姜掉转骆驼后退几步，喊道：“你们看见了吗？”

慕容蓉也是半眯着眼，问道：“看到什么？”

1　都是婆罗米字母。

“狼烟！”韩姜指了指远处，“西边，绿色的！”

慕容蓉眯起眼睛。西域一带夜晚寒冷，而白日里太阳则很是毒辣，如今橙红色的阳光很是刺眼。他盯了一会儿，并未看见什么，只得摇头道：“我没有看到。”

韩姜不信，扭头问伯叔：“你看见了吗？”

伯叔皱着眉头：“看见什么？”

韩姜道：“绿色的狼烟。”

伯叔像是明白了什么：“是夏公子身上的？我并未看见。韩姑娘，你只是——”

韩姜坚定道：“我肯定没有看错。”

伯叔摇头道：“夏公子被困在蜂塔底下，怎么可能在一夜之间跑到西边去点狼烟？”

见二人不信，韩姜一言不发地掉转了骆驼，打算加速前行。

“我看见了。”阿炆突然道。

韩姜闻声，猛然扭头，诧异地看着一向沉默不语的阿炆：“你……看见了？”

阿炆点头：“眨眼的工夫就消失了。”

他答得言简意赅，却令旁边的几人都吸了一口凉气。慕容蓉最是诧异，他向阿炆再次确认：“你真的看见了？”

阿炆不想再答，只是点了点头。

“说不通。”伯叔摇头道，“点燃狼烟，为什么马上熄灭？”

慕容蓉道：“也许是前面的镇子上有人点燃了相似的狼烟。”

他说得有道理。韩姜没有答话，只是拉紧了缰绳，往前面的镇子奔去。伯叔也骑着骆驼跟上，而慕容蓉却放慢了速度，看向阿炆。他一直觉得这个人很可疑，又立场不明。等伯叔和韩姜都离开了一定的距离，他才压低声音，试探性地问道："你是不是也想要地下的东西？"

阿炆看了他一眼，没有回答。

慕容蓉道："我们只想救人。如果你把知道的都告诉我们，也许我们可以帮到你。"

阿炆没有直接回答他，而是道："那密文不是文字，而是七名道人设计的密文，不解开密文是不行的。"

阿炆惜字如金，没有再多说什么，而是骑着骆驼向前走去。

慕容蓉的心沉了一下。看阿炆的表情，不像是撒谎。

慕容蓉想追上韩姜，说说此事，却觉得并无线索，说了反倒让她伤心。如今只得先去前面镇子上看看，再想别的办法。

他们行进的速度很快，终于走出戈壁，看到了大片的葡萄田。现在正是葡萄成熟的季节，饱满圆润的葡萄缀在绿色枝叶间，沉甸甸的，像是随时要掉下来似的。葡萄田后面是几处矮小的民居，却都有着宽大平整的屋顶。而民居旁边都会养着几头骆驼，有的还会搭个棚子，就像中原的马厩一样，是骆驼休息的地方。

韩姜一行本想问路，可是民居周围并没有什么人。他们只得继续前行。没过多久，他们听见了人声，像是小贩在不停吆喝——前方似乎有个集市。待他们绕过几片葡萄田，看到有一座巨大的石碑，上面用回鹘文、汉文和西夏文分别题了字。

汉文是三个大字：绿荫镇。

第四章

绿荫镇

“回鹘文和西夏文翻译过来，就是‘沙漠中的绿洲’。”慕容蓉率先下了骆驼，看了看石碑。石碑后面又用各种文字写了一行标语：

此处乃无主之地

“无主之地？”韩姜问道，“是指没有国界的意思？”

慕容蓉点点头：“我听说过，荒漠中偶有能耕种的土地，那里往往会有农家聚集，很快就会有商人歇脚，慢慢地变成集市，然后就成了镇子。”

他们绕过石碑，向前走了一段路，听到了更加嘈杂的人声，还有音乐声。那是琵琶弹奏的胡人乐曲，有卖艺人在唱歌。

慕容蓉停下脚步。他是听得懂回鹘语的，翻译过来，那首歌唱得很是有趣：

商人胡斯哟

富可敌国哟

住在玉门关

关外有河山

玉石流的河

黄金堆的山

宫殿几十间

宝塔在旁边

慕容蓉听到这里，愣了一下，听出了内容的不寻常，赶紧叫住了韩姜，把歌词翻译过来。又听见那卖艺人唱道：

塔下有秘密

黄金和棺椁

往来客人哟

莫要多停留

慕容蓉翻译了这段话。韩姜显然也听懂了："这是在唱蜂塔的事？今天是初五，有大集，却不知唱歌的人在哪里。"

他们朝不远处看了看，却看到一大批骆驼队正往东边去。

他们是刚从西边大漠来的商人。看他们的衣着和行头，应该是撒马尔罕人。那里是盛产天河石的地方。慕容蓉道："我们跟着他们，先去集市打听消息。"

很快，他们看到了更多的人，高昌人、西夏人……各地的小商贩零零散散地行至此地，互相买卖着货物。这个镇子虽小，眼下却是大集的日子，商人可以在此或做小买卖，或谈大生意。

一入集市，先看到的是卖吃食的摊子。路边的摊贩叫卖着新鲜的蜜瓜和葡萄，还有各式各样的肉干和甜酒，有中原的肉饼，还有胡人常吃的馕。一个小贩正用力剁着芹菜和韭菜，朝韩姜一行人喊着："浆水面！便宜嘞！"

除了小贩，卖艺人也非常多。慕容蓉朝一个卖艺人打听，然后对韩姜道："他说《商人胡斯》是一首回鹘老歌，大部分人都会唱。其他的事就不知道了。"

韩姜没说话。线索竟然这么快就断了。周围的人越来越多，他们牵着骆驼很是不便。不过很快，他们看到了驿站的招牌。伯叔朝小二问道："小二哥，不知此地能否住宿？还有房间吗？"

附近大多是流动商贩，所以土屋和木屋很是罕见，大多数人都住帐篷。小二摇摇头，很是遗憾地道："对不住了客官，没有房间了，只有帐篷。现在是旺季，天还不冷，很多商人都来这儿做生意，所以都住满了。"

小二指了指不远处的小帐篷。那里似乎是临时搭建的地方，很多商旅都住在此地。

慕容蓉皱了皱眉。他不喜欢住这样的地方，觉得不方便，也不安全。

韩姜直接道："我今日不住了，打听完消息，直接回蜂塔扎营。"

小二则道：“今日好多客人都说了，观天象，今夜恐怕要下大雨。这是很罕见的事，你们还是找地方住下为好。”

小二应该是在揽生意。韩姜没有答话，而是从怀中掏出纸张：“这种文字，你可曾见过？”

小二看了看，摇头道：“不知道是哪里的文字。我也是来做生意的中原人，不懂这个的。”

韩姜问道：“去哪里能打探到消息？”

小二道：“市场里。那里人多得很，消息杂，应该能打听到不少事。”

伯叔付了钱，打算先去放行李。他想在此地休息。可韩姜拉着慕容蓉离开了：“让他们先去落脚吧，咱们再去打探一下。”

慕容蓉没有异议。他也不想和那两个人待在一起，于是和韩姜离开了。只是韩姜一味往前走，不知要做什么。

他们行进了一段，慢慢地，卖吃食的小贩变少了，但是卖器物的摊位多了起来。高鼻深目的商人一向是最卖力吆喝的。慕容蓉与韩姜走了一路，看到有宋人、撒马尔罕人及回鹘人，所有人都用金银交易，会各种简单的问候语。小贩见他俩是宋人，便用不标准的汉话道：“看看我的货！我可是跟着进贡的去过大宋！”

“看看我的！我去过京城！”

韩姜拼命挤过小贩，道：“慕容，注意钱袋。”

慕容蓉握住钱袋，急忙追上去：“韩姑娘可知去哪儿找线索？要不去问问当地居民？”

韩姜摇头：“这些人都是流动的，要找本地人很难，除非……”

韩姜在一个卖器物的摊位前蹲下。她并没有看货物，而是抬头问道："长明灯，收不收？"

那商贩汉话说得不好，结结巴巴地问道："什、什么？"

韩姜立刻站起，接着走。慕容蓉被人拦着，非要让他看看和田玉。他好不容易脱开身，却见韩姜又在一个古董摊位前蹲下。

韩姜道："长明灯，收不收？"

那小贩似乎是个西夏人，怔怔地看着韩姜，摇摇头。

韩姜起身离开，慕容蓉问道："这是什么意思？"

"'长明灯，收不收'是我们这一行的暗语。很多事不能明说，会被官府问责。如果想买消息，就去古董摊问这句话。能答上来的，说明是内行，肯定不是骗子。"

慕容蓉沉思道："也许这方法在西域行不通。"

韩姜焦急道："是，连语言都不通。"

慕容蓉想了片刻，转身拉住一个小贩，开口说的竟然是西夏语。他说得很慢，但小贩一下子就听懂了，指了指东边街角。

慕容蓉转头对韩姜道："小贩说去找那个人。"

韩姜有些吃惊。他知道慕容蓉通晓很多语言，但一般人如果没有机会来西域，多半也只是会认，而不会说。

慕容蓉道："我只会一些字句，以前在书院里和人学的。'长明灯'我可不会翻译。我只是问问那个小贩，从哪儿能打探到消息。"

二人来到街角。这里站着一个中原人，三十岁左右，微胖，下巴上留着胡子，穿着回鹘人的衣服。地上摆着一些小摆件，琥珀、琉璃盏，甚至还有舍利子，另外还有几尊玉佛，像是从土里挖出来的。

韩姜低头看了看地上的东西，又看了看眼前的人。

那人很是警惕地看着他们："两位贵客，是要买货？"

韩姜看向他："收不收长明灯？"

那人有些吃惊，打量了韩姜一番，问道："什么灯油？"

"最好的。"

"想不到在这里能碰见同行，还是中原人，还是个……"对方笑了笑，瞥了一眼韩姜腰上的刀，把其他的话给咽了下去。他向二人招了招手，带他们走进不远处一个花花绿绿的帐篷里。帐篷里有几个脏兮兮的坐毯。那人做了"请坐"的手势，道："我叫买买提，可以从我这里买卖消息。"

他明明是中原人，却取了个回鹘假名字。二人并不在意。韩姜问道："我们想打探蜂塔的事。"

买买提沉思了一下，道："还有别的吗？你们把问题问得详细一些，我记下来，三天后回来报价。"

慕容蓉想了一下，道："那我把问题细分。蜂塔的来历、内部构造，以及——"

"我有朋友触动机关，掉入蜂塔底下了，生死未卜。"韩姜直接说道，"三天，不行。最好一个时辰之内给我们答复。"

一个时辰之内，似乎是不可能的。但韩姜似乎做过这种买卖，深谙其中规矩。

买买提没有拒绝，只是沉思了一下："一个时辰有点短。这样好了，我在一个时辰内搜集，尽量把有用的消息都找来。如果觉得不行，你们留下一个人在镇子上等消息。三天之后，我继续补充后续消息。"

慕容蓉和韩姜觉得可行。买买提却道："可是价格贵。"他用手比画了一个数。

韩姜的眉头皱了起来，这也太贵了一些。

“我是这里唯一的消息贩子。老主顾会便宜一些，但你们要得急，所以更贵。”买买提又比画了一个数，“这是定钱。”

“事不宜迟，我来付。救出夏公子之后，再让他还给我也不迟。”慕容蓉掏出钱袋，递了银票过去。

买买提摇头：“我们不收银票的。”

慕容蓉道：“可我只有这个。银票可以在大宋所有钱庄兑换出现银，你可以找人验明真伪。如果情报足够，我再补给你二十两。”

买买提犹豫了一下，最终还是把银票收了起来：“一个时辰后在这里碰面。”

“等一下。”韩姜拦住他，“我需要一些挖掘工具，去哪里买比较好？”

买买提答道：“有一个土房子，门口种着三棵胡杨树。去那里敲门，找个姓吾斯曼的老头儿。他不打招牌，却是行家，卖的东西很好。”

慕容蓉也问道：“哪里能买到书籍文卷？”

“有个戴红帽子的老头儿，姓季，是个流动摊贩。他神出鬼没，一般只卖书，货物很齐全。”说完这些，买买提急匆匆地走了。

韩姜也站起身：“也不能干等着，我现在就去买工具。”

慕容蓉问道：“钱够不够？”

“够的。”韩姜很感激他，“慕容，幸好有你在。”

“夏公子和柳三出了事，我不可能见死不救。”慕容蓉也站起来，“我去找些西域经卷，看看有没有线索。”

二人分别行动。韩姜消失在人头攒动的集市，很快就没了踪影。慕容蓉在街头寻觅红帽子老头儿的身影，却找不见，四处打听，才知有人早上看到过他，如今却没有消息了。

现在正是太阳最毒辣的时候，街上人又多又挤，慕容蓉走得汗流浃背。他转了几圈，也不见老头儿踪影，于是找了个露天的铺子，点了茶喝。

旁边有人似乎在讲故事，周围围了两个孩子。讲故事的是个老人，似乎已过古稀之年，却精神矍铄，说话声音朗朗。他长得像中原人，打扮像西夏人，却在说回鹘语，似乎只是在这里给孩子逗趣。说完故事，他又唱起了歌。慕容蓉侧耳听了听。老人发现了，竟然转头看向他，用中原话讲道：

“元昊称帝，大夏建国。

“西尽玉门，东临黄河。

“南接萧关，北控大漠。

“兴庆为都，汉法为策。

“仁荣创字，万民信佛。

“幼可习武，老能骑射。

“男女持刀，策马相搏。

“城无薄土，兵无病弱。

“民族互融，百姓祥和。

“大夏永立，万世长歌。”

慕容蓉听完一怔。这位老人的中原话非常标准，但讲的是西夏的事。

老爷子笑着问他："这是西夏民歌，你可曾听过？"

"没有。"慕容蓉摇头道，"民歌也是汉文的？"

"'民族互融，百姓祥和'，此歌可用西夏文吟唱，也可用汉文朗诵。大夏的汉人很多，汉人也是可以做官的，当然也能唱这支歌。"

原本分不清这老爷子究竟是哪国人，但他这么说了，明显是西夏人。慕容蓉只是淡淡点头，并没有多说什么。

老人看向他："公子有兴趣？若有条件，可去兴庆府看看。"

慕容蓉推辞道："大宋和西夏交战，去敌国是不好的。"

慕容蓉的眼睛闪动了一下，带着一丝犹豫。但他的意思很清楚，现在是绝对不可能去的。

"可战争总有一日要结束的。结束之后，这世道又会怎样呢？"老爷子敏锐地朝慕容蓉看了看，似乎是看出了他对西夏的兴趣，"现在是敌国，日后可能是盟友；如今互相憎恶，吞并之后又渴望亲同一家，这样的例子还少吗？"

慕容蓉答道："若天下都亲同一家，那便好了，不分敌友，无利益纠葛，无国土之争，民族融合，那真如歌中所言，'万世长歌'。"

老爷子看了看慕容蓉，眼神中透露着赞许："像你这样的年轻人不多。我见过的大宋年轻人总喜欢嚷着杀奸贼，立国威。"

慕容蓉道："杀奸贼也好，立国威也罢，初衷都是为了百姓康乐。只要能换来太平，任何途径都是可以的。"

"的确，只要能换来太平，什么途径都可以，听起来颇有道理。"老人笑了笑，"赢了战争，却要上缴岁币给敌国，吃亏忍让以求换来和平，这样也可以吗？”

老人这话颇有挑衅的意味了。慕容蓉脾气再好，也容不得这样的挑衅，反问道：“庆历议和，西夏也曾向大宋俯首称臣，如今却又称‘万世长歌’，哪里又有信誉可言？”

老人笑道：“国事与生意不同，并无信誉之说，只争利益为先。若是真的能换来和平便罢了，可若是换不来呢？”

“这些事非你我能探讨。”慕容蓉的神情有些不悦，“但我知道，大宋不亡，子民不死，定能生生不息下去。”

老人摇头道：“除去少有的几位暴君，历代君主都没有亡国之心，无数臣民为了国家鞠躬尽瘁，可诸多王朝依旧逃不过灭国之运。从太平盛世走向灭亡，也不过短短数年而已。”

慕容蓉一向脾气很好，也不喜欢与人争辩这些。他只是心想，韩姜什么时候能回来。

老人道：“如果可以，希望你能去西夏看一看，那真的是个很好的地方。”

“那得等西夏治理好内乱才行。”慕容蓉斜眼。他说的是梁太后与惠宗争权的事。

“贤者为王。若王是女人，也并无不可。大唐倒是可以，大宋嘛，倒是做到了独一无二，宦官也能做将军呢。”

慕容蓉觉得这老人有些无理取闹。而就在此时，身后有一位穿着武服、腰间佩刀的人过来，推了老人一下：“走吧。”

老者怏怏不快地起身。

慕容蓉这才发现老人竟然一直戴着手铐和脚镣，再向周围看去，这样的佩刀武夫有十几个，一直坐在茶摊喝茶。

他们都是汉人。

老人站起来后，向慕容蓉点了点头，跟着这群汉人走了。

慕容蓉觉得有些怪异，却也没有吭声，毕竟这里聚集了各色人等，什么样的怪事都有。他算了算时辰，决定先行回帐篷那里等着。不多时，韩姜也回来了。

“订了些工具，明日来取就行。”她显得很高兴，“只要查清楚地形，就可以准备下铲了。”

慕容蓉很是吃惊：“你真的要挖下去？可这要怎么挖呢？”

韩姜点点头：“只要找对了位置，就可以挖下去。咱们先进帐篷里等买买提。”

二人进去坐下。很快，买买提带着东西来了。

韩姜问道：“怎么样？我怀疑蜂塔是西夏开国皇帝李元昊的墓，但不能确定。”

买买提摇头道：“不是。李元昊的墓在贺兰山下，而且还在修建王陵群，后续几位西夏君主也会被葬在那里。而蜂塔的位置处于玉门关旧址以外，西夏和西州回鹘的交界处，那里很容易碰到两国散兵，不是个太平地方，很少有人去。听说最近驻扎了一批回鹘人，不让人靠近蜂塔。你们能安然无恙地抵达那里，真是怪事。”

慕容蓉不安起来。这样听来，伯叔似乎有同伙，就聚集在蜂塔周围，所以才能赶走其他商人，只让他们一行人路过那里。

他看了看韩姜，韩姜却低头沉思起来。蜂塔像是某位君主的特殊墓地，她原本以为是西夏开国皇帝李元昊的墓，如今看来不是这样。她又问道：“那蜂塔是谁建的？什么年代建的？做什么用？”

“建筑年代不详。应该是在西夏建国之前修建，建国之时被重修。至于蜂塔的主人……”买买提指着一本卷轴，“应该是胡斯。胡斯是西域富商，曾在此地修建了巨大的宅院和佛塔，后来那里遭到强盗劫掠，家宅被悉数毁坏，甚至连砖石也被搬走，只剩下断壁残垣。”

韩姜点了点头。这个说法还是牢靠的。在蜂塔附近，发现有大型宅院的旧址，只是被人洗劫一空了。

慕容蓉皱了皱眉：“为什么只剩这座佛塔呢？佛塔一般会用来供奉舍利子，但这个佛塔形似蜂巢，有无数小间，而且是入口在上，出口在下。”

买买提道：“这个塔是富商胡斯用来放家中巨额财宝的，所以采用了入口倒置的方法。人必须从塔顶走进去，按顺序穿过无数小隔间，才能来到塔底看到财宝。”

韩姜愣了愣：“还有这种制式？”

“他做的。”买买提拿起一本小册子，上面有“七名道人”的字样。

韩姜和慕容蓉都点了点头，表示知道。

“很多匪徒想要闯入塔底，但是难以穿过蜂塔迷宫。后来有一个村民在蜂塔的地基处下了铲。他挖了几年，终于挖到了蜂塔下端的地宫。这个人名叫刘梗。”

韩姜往前探了探身子，这是她最想听的。

“但是这个刘梗……进了塔，却再也没有出来。”

韩姜和慕容蓉都愣住了。

“不仅是刘梗，后来又有人慕名而来，从这个小洞进去，也没有出来。直到李元昊称帝前夕，派人在这里修建防御工事，其间又秘密召集了一位出色的机关师来到蜂塔，专门让他去破解蜂塔之谜。”

慕容蓉道：“李元昊可能是想填补因常年征战而造成的国库亏空。”

买买提点了点头：“这个机关师叫阿里米拉。他亲自进了蜂塔里面，发现蜂塔底下空无一物，而真正堆放财宝的房间在更远的地方。要到那里去，必须再穿过一个巨大的迷宫。阿里米拉留下了手札，记录了迷宫的详细信息。拓本在这里。”

他递过手札。慕容蓉接过看了，却见手札上分别用三种语言签了阿里米拉的名字，是回鹘文、汉文以及吐火罗文。

“根据资料，我觉得迷宫的构造应该是这样的。”

买买提简单地在地上画了画，从东向西排列，先画出了蜂塔，它裸露在地表；之后进入地下，穿过一条很长的长廊，进入第二段地下迷宫；待穿过迷宫，下方才是存放宝物的房间。

看到这种场景，慕容蓉和韩姜都没说话。这个地宫修建得庞大而古怪，若要挖到夏乾和柳三那里，只怕不是易事。

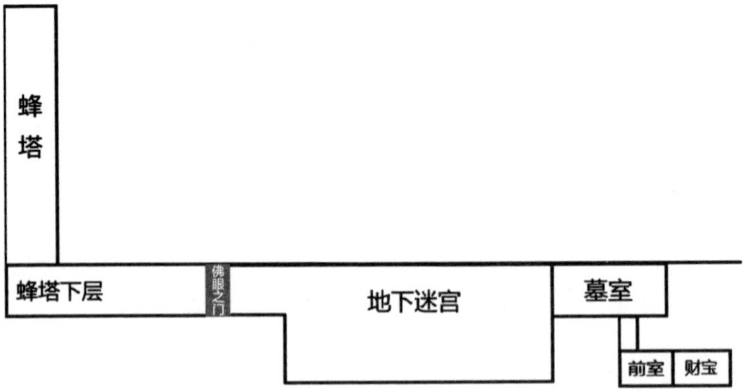

地宫侧视剖面图

良久，慕容蓉才道：“韩姑娘，你若挖下去，恐怕行不通，咱们还是另寻他路吧。”

韩姜眉头紧锁：“但是他们走不远，我觉得可以在蜂塔附近挖一挖。”

买买提道：“如果他们走不远，那还好，一直停留在蜂塔底下就是安全的。但他们一旦走远……之前我说过，那个叫刘梗的人进去后就再也没有出来。虽然他并没有穿过蜂塔，而是以旁门左道直接进了地下。但是如果一直向前走，就会进入第二个迷宫。如果你的那两个朋友一直往前走，也会如此。第二个迷宫构造奇特，即便你从地面挖下去，恐怕也很难找到他们。”

韩姜心有些凉了。她不确定柳三和夏乾会不会一直待在蜂塔底下。如果他们往前走，一定会遭遇不测的。

慕容蓉问道：“还有别的消息吗？”

买买提指了指阿里米拉的手札：“这就是那份最珍贵的资料，里面记载了地宫的所有秘密，只是现在很少有懂得吐火罗文的人了，所以很难看懂。不过，值得注意的地方在这里。”

买买提翻到手札最后几页，指了指上面标注的文字。

慕容蓉和韩姜同时道：“‘回’字形密文？！”

买买提点点头：“和蜂塔门上的一样，都是那种密文。这个手札是按照迷宫顺序记载的，分成了三个部分。虽然我看不懂上面的吐火罗文，但这密文在卷轴的第一段和最后一段都出现了，也许能证明‘回’字形密文不仅仅出现在蜂塔的门上，很可能在后面也会再次出现。”

慕容蓉还在思考。韩姜问道：“可是如今蜂塔底部为什么会出现擒纵器和翻转门呢？”

买买提道：“根据目前打听到的消息，事情顺序是这样的，胡斯邀请七名道人设计了墓室，放入财宝。胡斯死后，刘梗挖开了蜂塔的地砖，进入地宫，却再也没有出来。也就在那年，西夏建国，机关师阿里米拉进入地宫，并重新设计机关，重新将地宫封住。最近，又出现了一群大汉在那里看守。”

韩姜的目光沉了下去。她越来越觉得这件事情很难办。这种砖石型的大门若要挖开，恐怕不是容易的事。但如果她不在蜂塔附近下铲，而在离蜂塔远一些的地方呢?

韩姜思索着对策。坐在一边的慕容蓉翻了翻手札，问道：“如果把这个手札翻译出来，是不是能找到更多的线索？”

买买提点点头：“对。但吐火罗文已经失传了，附近只有一位姓季的书商能看懂一些。还有，西夏有个老臣名叫宁烈，他对此也有过研究。”

韩姜眼睛亮了起来。她看了看慕容蓉。

慕容蓉知道她在想什么，只是道：“我的确认识一些吐火罗文，但要翻译出所有文字，恐怕还是很困难的。最好能找到对照译本。这两日我留心一下，看能不能碰到那个姓季的书商。”

话已至此，买买提搓了搓手，是要钱的意思。

慕容蓉颠了颠手中的现银。银子有四块，很重，感觉比二十两要多。他犹豫了一下，想要少付一些，买买提却不乐意了：“你可以再问一些别的事，算我送你的。”

慕容蓉赶紧看向韩姜。韩姜便问道：“我想找个帮手，附近还有没有能做这个行当的人？”

买买提道：“没有。上个月盗墓帮派内斗，死了几个人，便再也不敢来这一带了。如果要挖，只能去雇些普通人了。”

韩姜叹了口气。慕容蓉没有想到，掘墓之事还分派别。可转眼间买买提便要离开了。他觉得有些亏，却又不知道该问什么问题，想了想，随口问道：“附近哪里能买到好的玉佛？我祖母信佛，我想买了送她。”

“向西走一里地，找姓顾的中原人。”买买提回答得很敷衍，觉得这些问题毫无价值。他站起来要走，慕容蓉却又问道：“大宋和西夏的军情，大宋会赢吗？”

买买提道：“这个问题太难回答了。我只知道，附近有些大宋的散兵，不知在做什么，恐怕是要和西夏人做交易。”

慕容蓉继续问道：“那……杀手无面的事，你知道吗？”

买买提道：“这个的确知道一些。”

这是慕容蓉随口问的，买买提竟然真的知道。慕容蓉吃惊道：“无面是中原地区的杀手，已经销声匿迹许久了，这你也知道？”

“中原有一套很著名的水果篮，用翡翠、玛瑙打造的，价值连城。很多年前，无面曾经来绿荫镇销脏。至于无面的长相……无面，无面，没有面孔的人，没人知道他长什么样，他也从来不说话。不过，据说他的眼睛不是黑色的，武艺极高，走路完全没有声音。”

买买提说完这些，看了二人一眼，见他们没有要问的，便道了谢，出了帐篷。

“我们也走吧。”慕容蓉叹道，“杀手无面……这些事狄震若是听到，那就好了。”

韩姜点了点头。他们现在已经对蜂塔的事略有了解，而且也明确了彼此的任务。韩姜要挖下去救人，慕容蓉需要将手札翻译出来。

当他们走出帐篷的时候，夜幕降临了。

此时的地宫内，也变得有些阴冷。

夏乾醒了。他看向周围，长明灯就在他旁边，可柳三不见了。

“柳三！柳三！”

夏乾有些慌了，一下子站起身来。柳三却应和了一声，从前面跑回来：“你可算醒啦，睡了这么久。”

夏乾忙问道：“你去哪儿了？”

柳三道：“我往前走了几步看了看。”

夏乾舒了一口气：“我还以为你丢下我走了。你走路可真轻，我都听不见你的脚步声。”

柳三狠狠跺了几下脚：“我的脚步声不明显吗？”

夏乾摇头：“不明显。你和韩姜的脚步声都不明显。”

柳三一摆手：“夏小爷，不说这个了，你来看看这个。”

他领着夏乾往前走了几步，却看到本该空无一物的墙壁上竟然写着一些字。

柳三道：“这是汉文、回鹘文，还有……”

“吐火罗文？”夏乾认真地盯着。这种文字他在猜画时见过。虽然他不认识墙上的回鹘文和吐火罗文，但汉文是认识的。一共四个字，不过已经非常模糊了，“好像是‘莫’和‘要’。”

柳三叹息道：“后面的字迹都模糊不清了。”

夏乾道：“咱们再往前走走看。”

二人喝了点水，又往前走。前方似乎变得宽敞起来。墙上出现了一些小图案，细细看去，像是花卉。紧接着，墙壁上出现了大量壁画，有手抱琵琶、身裹霓裳的仙女，有奔跑的白鹿、飞天的巨龙，有面颊微红、手持黑莲花的菩萨。人与兽神态各异，画得栩栩如生。柳三和夏乾惊愕地看着，又抬头看看头顶——连拱顶都被画上了图案，好像是石榴和葡萄。

“柳三，这到底是什么地方——”

却听咔嚓一声，柳三和夏乾踩到了一块活动的地砖，紧接着，远处轰隆一声，像是什么东西落地的声音。

二人迅速跳开，贴到了墙上。可过了许久，再无动静。他们对视了一眼，脸上都有些惊恐。这声音不像是来自前方，倒像是来自他们的后方。

“回去看看？”柳三担心起来。

夏乾点了点头。二人重新回去，却发现来时的路被一道大门死死地堵住了。他们来时，是绝对没有这道门的，显然是方才突然降落的。他们心中立刻慌了起来，开始在门的周围摸索，却没有找到任何机关。

“柳三，”夏乾的声音有点发抖，“我们回不去了。”

柳三没有说话。他仍然不肯放弃，继续在门附近摸索。然而，他摸索了一阵，却一无所获。他道：“也许咱们可以往前再走走。”

夏乾摇头：“这里机关太多，太危险了。”

柳三道：“可是也好过坐在这里……”

他没有把“等死”二字说出来。

夏乾稳定了心神。过了一会儿，他们才打起精神，继续往前走。

但他们实在觉得这个地方很不对劲。

慕容蓉和韩姜走出帐篷的时候，天已经暗了。夜风很凉。这里的夜晚并不太平，集市似乎也要散去，只有零零星星的几人。慕容蓉拿着手札，叹道：“好在柳三和夏乾带了足够的水和食物，只要他们待在原地，不要继续往前走，应该就没有性命之忧。”

韩姜点点头：“我们先找个地方落脚，研究下手札上的内容。明日一早，我拿上工具去下铲。”

他们回去找到驿站的店小二，想要住宿。不远处，帐篷挤在一堆，很多外乡人在那里喝酒吵嚷，还有出拳打架的。慕容蓉握紧了钱袋，显得有些不自在。他不是很喜欢住在这种地方。小二见他这样，便道：“往西走，是镇上的唯一一家客栈，经常客满。但那里太贵了，刚才有几个商人退了房，来这边住了。要不，你们去那边看看？”

慕容蓉舒了一口气：“听起来条件好些。何况，和伯叔他们分开住更好。”

韩姜点了点头，朝小二道：“那麻烦替我们给伯叔传个口信。”

二人带着买买提给的手札，一路没有说话。再行一阵儿，小贩的数量逐渐减少，帐篷却多了起来，一些人聚集在此饮酒作乐。借着火光，韩姜朝那边看了一眼，忽然一愣：“有个人好像狄震。”

慕容蓉看过去：“在哪儿？狄震不是在长安的时候，就独自离开了吗？”

因为常年看书的缘故，慕容蓉的视力不是特别好。他努力地在一群醉汉里找狄震的身影，可始终找不见。

韩姜瞧了一会儿，转身道：“也许是我看错了。”

韩姜没有上前细看。她一直在担心夏乾，也无暇顾及其他。二人加快了脚步，直到周围一个人都没有了，葡萄田消失了，只有大片荒芜的沙地。

终于，二人看到一所三层高、孤零零的房子，就像金色沙海上的一叶孤舟。

在这种地方，当地的住宅通常是一层高的小房子，有宽大的屋顶，可以用来晒葡萄。有些建筑是二层的，比如刚才那间驿馆，就是中原人所建。

但眼前的房子很奇怪，有三层高，像四四方方的豆腐块，窗户很少，周围荒无人烟。而此时，恰逢乌云遮住了月亮，起风了。客栈门口有一个小小的木马，风一吹，不停地晃着，嘎吱嘎吱地响着。

客栈门缝里隐隐透出一些光来。

附近只有这一栋建筑，可是没有客栈的字样。慕容蓉和韩姜对视了一眼，还是上前敲了门。

开门的是一个满脸皱纹的老人，大眼睛，鹰钩鼻，像是回鹘人。她右眼上有一道狰狞的伤疤，穿着一身破旧的格子布衫，却很是整洁。

“请问——”韩姜先开了口。

老人用浑浊的眼睛看了看二人，连忙摆摆手，用不标准的中原话讲道：“客满。”

慕容蓉和韩姜不动声色地看了一眼厅堂。除了老人，堂中并没有其他人，只有几套木质桌椅。桌上有一盏油灯，那是唯一的光亮，其他地方黑漆漆的，不像客满的样子。

韩姜掏出一些碎银子递了过去。老人眼睛闪动了一下，点头示意道：“进来吧。”

二人慢吞吞地走进大厅。这厅堂很大，像是吃饭的地方，然而构造奇特，屋顶很高，像是天井一般的存在，高度正好是三层楼高，但顶层不是露天的，而是没有任何装饰的天花板。中原很多这样的建筑，中间是厅堂，四周是房间。梦华楼也是这样的装潢，看客可以坐在二楼雅座看一楼的节目。但这厅堂非常奇怪，四周全是高墙，抬头看去，二楼和三楼都被高墙遮住了。

慕容蓉和韩姜站在门口看着厅堂，都觉得有些压抑，就像是被扣在一个长方形的盒子里。大门右手边有一个楼梯，可以通向二楼，左手边扔着一面旗，上面用几种文字标注了“客栈”字样。

“本来不应该收客人了。你们若要住，也行，只是别吵着几位官爷。”

慕容蓉和韩姜有些奇怪。这里是无主之地，不应该有官府管辖。老人则道：“这地方不认人，只认钱。越是这样，遇到当兵的，就更不敢惹事了。”

慕容蓉挑眉：“哪里的兵？”

“大宋的。”老人做了一个嘘的手势，眼神飘忽不定，“你们要住便住在二楼吧，一楼被他们占了。记得不要靠近一楼的房间。”

她指了指前方。一楼只有四个房间，左手边是半敞的厨房和一间客房，正对大门有两间，右手边有一间，然后就是楼梯了。

韩姜似乎并不关心住处问题，上前道：“请问，您见没见过这种文字？”

老人仔细看了看：“见过，以前也有人拿着它来打听过。这应该是镇子外面那座塔上的。”

韩姜眼睛一亮：“那您是不是还知道些别的什么？”

老人摇头："不知道了。"

韩姜继续问道："您可知道一个叫阿里米拉的机关师？"

老人想了想："这个机关师很有名，当初应该是奉了皇命留在这里的。这个客栈也是那个机关师修建的。这里以前是个军火仓库，后来，我父亲买下了这里，做了客栈。"

韩姜又抬头看了看客栈。这客栈的墙壁很厚实，造型奇特，确实像是防御工事。

也许是客栈入住了宋兵，老人似乎有些紧张，不愿意多回答他们的问题，只是带着他们上了二楼。眼前是一条长走廊，左右两边都是墙，没有门窗，也没有房间。走廊里黑漆漆的，尽头有一盏灯。待走到灯那里，再向左转，又是一个走廊，左手边是墙，墙外是一楼厅堂，右手边则有两个房间。

掌柜的道："就是这两间了。"

慕容蓉问道："二楼一共几间房？"

"三间。"掌柜的带他们继续走。走廊尽头依旧有一盏油灯。他们再向左转，又是一个走廊，尽头有一个房间。这房间的下方对应的应该是一楼的厨房。

慕容蓉和韩姜从没见过这样的房子，但想一想，这里是由哨站改成的客栈，也许是为了能更好地承重才不开窗，这样在交战时可以减少建筑坍塌的风险。

掌柜的道："那些宋兵本来想住二楼，可二楼没窗户，这才转而住了一楼的大房间。"

慕容蓉问道："三楼如何？"

掌柜的答道：“客满了，住了一个商人和一对姐弟。”

慕容蓉和韩姜对视了一眼，觉得还是刚才那两间房比较好。掌柜的退回去，嘎吱一声开了门。由于气候原因，房间虽然无窗，但还是很干燥。屋内有一床、一桌、一凳和一个木制屏风，整洁无灰尘。桌子上摆了围棋和棋盘，但比中原地区的棋盘小了一圈。

掌柜的道：“十两银子住一晚。你们还要再补些钱。”

韩姜皱了皱眉。若是连住几日，他们身上恐怕没有那么多现银，于是问道：“可否再便宜一些？”

掌柜的摇头：“本来是不让人再住进来的。不能再便宜了。”

韩姜道：“其实一间就可以，我不住。慕容，你自己住就好。今晚，我在蜂塔那里搭帐篷。”

慕容蓉忧心地看着她，见韩姜很是坚定，也不好说什么：“我在厅堂那里看看手札。韩姑娘，你先进去休息，晚饭时我来叫你。”

慕容蓉转身离开了。掌柜的也随他下楼去了。韩姜叹了一声，便回屋想要躺下。但她发现床铺有些奇怪。大宋的床，下方是四条腿，这里的床，像个横放的柜子，床板底下是空的。韩姜掀开床板，看到里面竟然放着成堆的衣服，尺寸很小，还很破旧。

这里应该是储物用的。韩姜虽然觉得有些奇怪，但她实在是疲惫至极，放回床板就躺下了。很快，她就睡了过去。

她梦见了长安城的牢房，还有牢房里唯一的小窗。夏乾从小窗里探出头来，轻轻叫她的名字。

第五章

客人们

敲门声响了起来。

韩姜一下子就醒了，门口传来慕容蓉唤她吃饭的声音。韩姜洗了脸，拿起包袱准备下楼。

客栈的厨房里冒出了烤肉的香气。昏暗的厅堂里坐了不少人。除慕容蓉之外，还有几个身上佩刀的汉人。他们坐得很直，应当就是宋兵了。

韩姜下楼的时候，这些宋兵齐刷刷地看向她，眼神很是凌厉。韩姜本身就和官府的人看不过眼，便没有作声，迅速走到慕容蓉身边坐下。

慕容蓉拿起纸张，低声对她道："刚才我看了手札，的确很难翻译，需要买一些书籍作为参考。如果顺利的话，还是能译出来的。但这个'回'字形密文，我实在没有头绪。"

韩姜点头："不论结果如何，我都替夏乾谢谢你。"

慕容蓉显然对这件事格外上心，道："夏公子是很好的人。朋友有难，当然要帮。”

很快，其他客房的人也来到了厅堂。

一楼一共四间房，有两间正对着门，是宋兵在住。另外还有两间，住了三个行走江湖的卖艺人。这会儿，他们推门出来了。两个男子一高一矮，脸上都有伤疤，显然是回鹘人的长相。另外一位是蒙着面的回鹘女子，抱着一把琵琶，坐在厅堂里调弦。

而在慕容蓉和韩姜旁边，还坐着一个胖大哥。他正胡吃海塞，嘴上都是油花，还要了两斤烤肉。吃完，他上了楼，好像要回房拿袋子装烤肉。

掌柜的走到韩姜和慕容蓉他们桌前，指了指墙上挂的小牌子，让他们点菜。

韩姜想快点吃完，好出门再去打听打听消息，于是问道：“看客人挺多，不知菜上得快不快？”

掌柜的似乎有些恍惚，没有听见。慕容蓉以为她耳背，又叫了两声，掌柜的才应。

韩姜再次问道：“有没有现成的烤肉或者干粮？”

掌柜的答道：“烤肉已经出炉了。客人是不少，几乎都在这儿了。”

“马奶酒，帮我装一壶吧。”韩姜把水壶递了过去。

掌柜的接过，刚转过身去，却又回来，道：“对不住，没有酒了。酒缸在地下埋着，我……我自己一个人抬不动。”掌柜的有些伤心又焦急的样子。韩姜不让她为难，便不要了。此时，又有人从楼梯上下来。这是一个戴着一顶红色小帽子的老人，是中原人的长相，帽子却是回鹘人才戴的样式。他手里拿着三卷书，见桌上有肉，便把书往桌上一丢，哈哈笑道：“书读得太久，还好我闻着肉味出来了，险些误了这吃肉的好时候！”

他用汉话喊的，很是标准，还热情地朝大家行了个礼。但是厅堂里的人都一脸冷漠，没人应和他。

慕容蓉见状，先行回礼点了点头。就在此时，门外突然电闪雷鸣。

红帽子老人吃惊地看向门外：“这地方会下雨？”

掌柜的端了一盘烤肉过来：“很少下，下了就会打雷。”

烤肉上桌，香得出人意料，粗盐细料，火候正好。韩姜虽然没有胃口，但是为了保持充足的体力，吃了很多，还买了一些干粮、肉饼之类的，准备带走。

慕容蓉看了看门外：“外面的雨很大，韩姑娘你……”

韩姜道：“我还是想去蜂塔底下看看，提前找找合适的地方。明日工具一到，就直接动手。”

就在此时，门嘎吱一声开了，一个回鹘女子突然推门进来。她三十岁左右，编着满头辫子，身形窈窕，穿着一件贴身的红色布衣，腰间配了两把刀，明明被淋成了落汤鸡，有些狼狈，却依稀可见容姿艳丽。她用回鹘语问了掌柜几句话，之后便进了厅堂，还招呼她身后的人进来。

慕容蓉盯着她看了一会儿，对韩姜道：“我好像见过她，不过忘记是在哪里见过了。”

韩姜只是抬头看了一眼。那女子浑身被淋湿，头发散乱，离得又远，很难辨别出她的容颜。

慕容蓉也有些犹豫。回鹘人本就高鼻深目，对于中原人而言，长相并不是很容易被记住。

而在红衣回鹘女子进门之后，又进来了一个人。

伴随着门外的倾盆大雨，有个年轻人快速进了屋。他二十多岁，穿着一身青衫，头戴着浅色帽子，显然是中原人的长相。和回鹘女子不同的是，他也被淋湿了，却不慌不忙，进门之后，先是用毛巾擦了擦身上的雨水，然后慢慢抬头环视厅堂。

他的眼睛很亮，目光锐利，观察着厅堂里的所有人。

这个年轻人看起来有些不凡。他一进来，慕容蓉就注意到他了。此时，连韩姜也抬头了。她看了看那名男子，问慕容蓉："怎么，你认识？"

慕容蓉摇头道："那个回鹘女子我有些面熟，但这个年轻人……我没见过。"

韩姜低头一边吃饭，一边道："看他的神色，不像是商人，也不像是富贵子弟，倒像是……"

"官差？"慕容蓉回忆了一下，却又觉得不同。年轻人的目光和狄震有点像，但狄震认真起来的时候，目光更凶狠一些。这个年轻人更温和。

慕容蓉看了看厅堂内的人数，说道："他们应该是住在三楼的那对姐弟。"

姐姐是回鹘人，弟弟是中原人，这样的姐弟实在是有些奇怪。韩姜道："那个回鹘女子习武，腰间是双刀，看着很是老练。那个青衫男子不习武，其他的，我便看不出来了。"

韩姜又低头吃饭。

那对姐弟在离他们很远的角落坐了下来。掌柜的上了酒肉，两人慢慢地吃着。两个人各吃各的，不似一般姐弟热络，倒像是同行的旅伴。

青衫男子咳嗽了几声，像是着了凉。掌柜的问了一句：“厨房里有些治咳疾的药，量不多，便宜卖给你？”

青衫男子摇了摇头。

慕容蓉还在看着，猝不及防地，那个青衫男子忽然抬头，看了看厅堂内的人，目光锐利如剑。

“夏小爷，夏小爷！”

夏乾慢慢睁开了眼睛，发现柳三正一脸担忧地看着他。

“为什么这样看着我？我又说梦话了？”夏乾有些心虚地坐起身。

柳三点点头，实话实说：“你叫了很多句‘厢泉’。”

“哦。”夏乾擦了擦眼睛，“咱们还是继续走吧。”

柳三没有动。他把水递给夏乾，问道：“你梦见什么了？”

“没有什么。”夏乾撒谎了。

“讲讲吧，没事的。”

“我梦见我和易厢泉在洛阳城门口道别。那年他十七岁，我十四岁。他说他要去游历。我说，我也想去。他说，我不带你去。”夏乾傻笑了一下，眼睛忽然酸了，“哎，来来回回就是那些话。后来，他就走了。其实没有什么好讲的。”

夏乾不想再说了。他掏出干粮，胡乱地塞在嘴里咀嚼着，发一会儿呆，咀嚼一会儿。

柳三也掰下一块，问道：“夏小爷，有亲人离开过你吗？”

夏乾想了想：“有，是家中老人过世了。但那时候我还小，不记得什么。”

柳三道："所以，其实没有什么影响，对吧？"

夏乾一愣，又低下头去："可是心里难受，总是忘不掉他们。"

柳三罕见地、认真地看着他的眼睛："没人让你忘，你也不可能忘记的。很多年之后，你依然会想起他们来，就像今天梦见易厢泉一样。但生活还是要继续。人活着，是为了自己，也为了自己喜欢的人，所以，要打起精神来。"

"我知道。"夏乾缓缓站起来，点了点头，"易厢泉也会保佑我，让我走出去。"

柳三拍拍他的肩膀，没再说什么。二人起来继续走，越走越远，夏乾的心却越发平静了。他看看柳三的背影，道："其实好几次，我差点叫错人。"

柳三道："把我叫成易厢泉？"

"是。"夏乾挠挠头，"一般这种奇怪的地方，都是我跟他一起走的。"

柳三撇撇嘴："咱们也一起溜过街呀。"

夏乾想了想，道："有的时候，我觉得你有点像他。"

柳三震惊地转过头："我像谁？易厢泉？"

夏乾摆摆手："不是说性格。有的时候，我会有一种感觉……你认真起来的时候，眼神跟他有点像。你们的眼神都很坚定，看准一条路，就会往前走。"

夏乾说完，本以为柳三会笑他傻，但出乎意料地，柳三没再说话。后来，柳三举起灯，朝四周看了看，道："这里为什么满墙都是壁画？"

从他们踩到踏板开始，黄褐色的墙上就画满了壁画，以佛像、信徒、动物居多。他们又行进了一阵，遇到了岔路，二人选了其中一条，并撕下衣袍扔在地上做标记。又走了一会儿，道路尽头却是死路。柳三上前摸索了一阵，确认没有机关，只得折返回来拾起衣袍碎片，顺着另一条路走。此时，二人心里已经七上八下了。

“夏小爷，我总觉得这个地方很奇怪，像是永远都走不完似的。”

“不要胡说。”夏乾心里也很忐忑，“咱们会走到头的。”

他们此时也不知道外面是白天还是黑夜。而夏乾和柳三似乎默契地认为，在这种时候，计算时间是一件令人绝望的事，于是他们对时辰绝口不提，累极了，就坐在地上喝口水。

“柳三，还好你带着包袱，我们才有干粮吃，才有水喝。”夏乾掰了一点馕。

柳三嘿嘿笑道：“随身携带，有备无患。”

“是呀，就像提前知道我们会掉下来一样。”

夏乾说完这句话，柳三忽然僵住了。他转头看了看夏乾，显得有些错愕。

夏乾赶紧道：“我只是开玩笑。我们还是快些向前走吧。”

柳三忙道：“夏小爷——”

“我知道，你是不会害我的。”夏乾说完这句话，便带头朝前走去。

此时，昏暗的厅堂里，众人仍在吃喝，但没人交谈，只有咀嚼食物的声音，气氛显得格外压抑。

韩姜为了保存体力，还在不停地吃饭。而慕容蓉却没什么食欲。他拿出阿里米拉的手札看了看，用手沾着茶水在桌上写字。

红帽子老人就坐在邻桌，歪头看了看慕容蓉写下的文字：“这词是吐火罗文‘迷路’的意思。怎么，你也认得？”

慕容蓉愣住了，抬头看着他，问道：“请问，您是？”

“我姓季。”

红帽子老人还没说完，慕容蓉已经擦了手，急忙拿出手机递过去：“我想翻译这个，您可认识？”

红帽子老人摆摆手：“吐火罗文，我也只是认得一些单字，现下还在学。”

慕容蓉问道：“文字失传已久，您从哪儿习得？”

“我有书册，你可以随我去看看。”红帽子老人饭也不吃了，拉着慕容蓉上了楼。他们来到三楼的房间，老人推门进去，点了灯。昏暗的房间里，书册竟然堆了满地。

“每次赶集，我都会来这店里住几天，所以一直有我的房间。我给你找找……”红帽子老人开始在书册中翻找。

他找出了棋谱，随手丢在一边。慕容蓉看了一眼，拾了起来：“这和中原地区的棋谱不同。“

“这个地区的棋谱是九九八十一个格子，中原的棋盘更大。这里读书人少，人傻，下不了这么多格子的棋。嘿，有啦，在这里。”红帽子老人翻出一本吐火罗文版的《弥勒会见记》，接着又找到一本汉文版的。慕容蓉很是惊喜，这样吐火罗文和汉文就有了对照。

“还有这个，也可以给你拿去誊抄。上面是我以前写的吐火罗文和汉文的对照手札，虽然字词不全，但也算有个参考。据说现在懂吐火罗文的人不多了，不承想公子这么年轻，竟喜欢研究此种语言，想必是有原因的吧？”

他在等慕容蓉答话。慕容蓉想了一下，觉得时间仓促，不必细讲前因后果，只称自己只是感兴趣，便赶紧接过书，付了钱，两本都非常便宜。

老人哈哈一笑：“这种书没人看的，我这里还有《唐传奇》《天涯双探》之类的汉文书籍，你还要不要？”

慕容蓉看了看封皮，笑了笑，谢绝了。他转身走下楼去，却看到一楼有间房的门开了，一个魁梧的青年男子出了门。他是汉人的长相和衣着，身姿挺拔，一看就是习武之人。

原本在吃饭的韩姜放下手中的食物，警惕地看着他。

“怎么又放进这么多人？”魁梧男子问了掌柜的。他说着一口标准的京腔。

掌柜的道：“官爷，通融一下，小店生意难做，就等着旺季挣钱，肯定要让人家住的。”

魁梧男子也只是皱着眉头，扫视了众人一圈，并没有再说什么，直接落座。很快，房间里又走出来几个人，都是身姿挺拔、年纪不大的汉人男子。

慕容蓉抱着书落座，无暇顾及其他，赶紧翻看。

韩姜问道：“怎么样？那个人懂不懂吐火罗文？”

慕容蓉高兴道：“拿到了对照书籍。也许明天天亮之前，我就能把手札大致翻译出来。”

听了这句话，韩姜眼睛亮了：“真是太好了！等雨停了我便走，重新去画图和测量。明天万事俱备，就可以下铲了。”

韩姜还想说什么，却见旁边坐着的三个人忽然站了起来。是那三个江湖卖艺人，似乎和掌柜的说好了，用曲艺抵扣一些钱。蒙面回鹘女走到门口，坐在地上，轻轻拨弦，弹起琵琶。

大弦嘈嘈如急雨，门外又罕见地下起了大雨。雨声在门外喧闹，琵琶在屋内吟唱，此起彼伏，让雨声与琵琶声融为一体，成为难得一闻的天籁之音。

有食客放下食物，打算细听，其余食客却毫不领情，只是低头吃东西。红帽子老头落座，托着腮听曲。胖子大哥在吃饭，而宋兵都冷着个脸，坐在角落里。

此时，那个青衫年轻人也抬头了。

慕容蓉用余光瞄着他。

突然，灯熄灭了。厅堂里原本只有一盏灯，瞬间，整个厅堂陷入一片黑暗。

琵琶声停了。

红帽子老人“啊呀”一声，回鹘女子用胡语叫了一声“怎么回事”，而宋兵则字正腔圆地用京腔喊了一句“赶紧点灯”。

在这短暂的黑暗里，所有人都感到一丝慌乱。掌柜老人闻声，赶紧去找火石。但她毕竟上了年纪，腿脚不便，被桌椅绊倒了。桌椅发出一阵叮叮咣咣的巨大声响，好像有几把椅子倒下了，也不知砸到了谁，发出哎哟的声音。

“我有火石。”

这话不知是谁说的，声音很是清冷。只听三声咔嚓声响，紧接着，厅堂的一角亮了起来。众人抬头看去，只见青衫男子用火石点燃了眼前包着烤肉的油纸，厅堂内明亮了一些。

借着微弱的火光，魁梧男子忽然站了起来，警惕地看着四周。

韩姜摸上了腰间的刀，低声道：“慕容，有些不对劲。”

就在此时，掌柜的刚摸到灯前，开始打火。很快，厅堂内的灯重新亮了起来。众人这才看清，大堂中央，几名宋兵倒在地上，脖子上血不断涌出来。

几人惊声尖叫起来。魁梧男子脸色苍白，上前救治，拼命止血。旁边的胖子赶紧擦了手，上前道：“让我看看，我是郎中。”他上前救治了一番，却是无果。屋内混乱了一会儿，很快，那些宋兵都咽了气。

“头儿，怎么办？”

显然，那名魁梧男子正是这些宋兵的“头儿”。他慢慢站起来，擦了擦手上的血，通红的眼睛扫视四周。突然，他一下子抽出了刀，大声道：“所有人都不许动！”

窗外雷声大作，场内所有人都吓得脸色或青或白。魁梧男子冷喝道：“有刀的，都给我拿出来！”

掌柜的吓得脸色发青，从算账的台子下面抽出一把菜刀，剩下的人都没应和。

慕容蓉有些担心地看了韩姜一眼。而韩姜则看向地上的尸体。所有人的脖子都被整整齐齐地割了一道口子，显然是致命伤。

魁梧男子沉着脸，吼道：“所有人都要搜！进房间去！”

“女人也要搜吗？”站在一边的红衣回鹘女突然开口，声音响亮，竟是标准的汉语，却带着几分不屑，“你们是谁？凭什么？”

魁梧男子将刀“咣”一声插在桌上：“大宋禁军都头，梁亭！都给我站过来！搜！”

红衣回鹘女嘀咕了几句，解下了腰间的两把刀，一一放到桌案上。刀上并无血迹。她抱着胳膊道：“出门在外，有几个不带刀的？我坐得远，可不是我干的。何况这里又不是大宋，这些人根本听不懂中原话。”

她指了指旁边的客人。然而，出乎意料，似乎所有人都能听懂她的话。胖子站起来擦了擦汗，表明身上没有武器。红帽子老头也乖乖站了起来，也没有兵器。

如今只剩下慕容蓉这一桌了。韩姜慢慢站起来，卸下身上的刀。

梁亭走过去，将韩姜的刀抽出来，不由得吸了一口凉气。原以为这是一把短刀，却不想刀柄是可折叠的，伸展开来，刀柄竟有半人高。

在场的人无不屏住呼吸。

灯光昏暗，刀锋却极亮，挥在空中，闪如流星陨落。长刀极重，却不知韩姜是怎样收在身侧的。

梁亭很是怀疑地看着她。

韩姜心情很是糟糕。经历了长安城的事，她很不喜欢这些官府的人。

“我有刀，不是我。”她只说了六个字，语气不善。

梁亭听闻，并没有大声呵斥。凭他多年的经验，眼前这个带着长刀的姑娘未必是老实人，但她的刀太干净了。

他的眉毛拧了起来，他要找的是他们的对头。

韩姜以为他不信，于是将刀子再次扬起，将刀横在死人身上比对了一下，皱了皱眉头：“不像刀伤，像铁丝，或者是……”

或者是琵琶弦。韩姜没有说出这句，只是看了琵琶女一眼。

慕容蓉站在一边道：“这不像是一个人干的。”他斜眼看了看琵琶女旁边的三个男人。至少需要两个人，将士兵脖子前面的铁丝一人拽住一头，向后拉。一个人拉是不行的，必须同时拉，才能保证割得下去。

忽然，灯又熄灭了。

屋内霎时间又变得黑暗，桌椅叮咣作响，像是有人躲在了桌子底下。这时大门忽然开了，雨丝顺着门缝飘了进来。借着门外闪电的光，那三个男子顺势逃出了门。琵琶女将琵琶一掷，身影一闪，就到了门边。

“拦住她！快！”梁亭大吼一声。

他是冲着韩姜喊的。她离门最近。那句“拦住她”，像是命令，有些令人生厌，然而那个“快”字又软了几分，像是恳求。

若是一桩命案，人犯在逃，韩姜肯定去拦，但是在这种地方，和宋兵起冲突的人，很多时候都没有对错之分。身为路人，最好不要纠缠。

韩姜犹豫了一瞬，但还是一个箭步跨到了门前，将长刀一挥，便挡住了去路。琵琶女尚未出门，见状则迅速后退。她的脚步很轻，但想法很是高明——她后退，是想将韩姜引到身后，再借着黑暗隐藏身形，借机再冲出门去。

韩姜却逼近两步，将刀再次一挥，准确无误地横在了琵琶女的脖子上，喝道：“站住！”

然而韩姜觉出刀尖被撞击了一下。随着噗呲一声，温热的液体喷溅到了韩姜的脸上。

门外电闪雷鸣，大家依稀看到琵琶女瞪大双眼倒在了地上，脖子上一道血痕，正不断地向外涌着鲜血。

瞬间，所有人都将目光投向了韩姜。

韩姜没料到会出这样的事，下意识地拿着刀后退了几步，有些惊慌。

“自尽了。”梁亭转头对部下道，“看看能不能救活，问出底细。”

宋兵再次将灯点亮。众人看到，那个琵琶女已经不动了。慕容蓉赶紧上前道：“韩姑娘，是意外，不是因为你……”

韩姜脸色苍白，喷溅到她脸上的鲜血，如今正慢慢地淌下来浸到她的衣服里。

梁亭见状，上前低声道：“任务失败，这些人会选择自尽。无论如何，还是谢谢你。”

所有人都看着韩姜。而一旁的红衣回鹘女忽然道：“这位姑娘的功夫可真够好的，哪门哪派的呀？”

她只是信口胡说，大意是问韩姜的功夫是跟谁学的。

韩姜神魂未定，只是怔怔地看着手里的刀。

慕容蓉想把帕子递给她，可她脸上都是血，擦不干净的。

掌柜的小声道：“厨房里有水，可以擦擦。”她有些害怕地看着韩姜，示意她和自己去厨房。

韩姜木然地跟了过去，走到铜盆前，捧起水开始洗脸。

架子上挂着三条毛巾，看起来有些破旧。韩姜没有擦脸，只是怔怔地看着盆中自己的倒影。如果自己没有架起刀，那个女人也许就不会死在自己刀下。

她甩了甩头。不能再想了，现在必须回过神来，夏乾还等着她去救呢。

韩姜吸了口气，下定了决心，准备转身回去。就在此时，厅堂内又是一阵叮当响，说话声、武器碰撞声、跑动声，原来士兵正在集结。其中一个矮个儿方脸的士兵脸色苍白，低声道：“人没了。”

“没了？什么叫没了？”

梁亭的脸一下子变了颜色。他迅速推开一层房间的门，见里面真的没人，扭头厉声道："没人在里面看着他吗？"

"我们四个一直在屋内看着，并没听见什么动静。"

"真是荒唐！出口都有人守着，也没有窗户，他怎么可能跑得掉？"

宋兵开始商议。罕见地，他们十分焦虑和紧张。

慕容蓉见韩姜回来，忙问："韩姑娘，可还好？"

韩姜点了点头，朝宋兵看去。只见他们个个神色慌张，像是发生了不得了的事。从他们的只言片语可以听出来，他们押的犯人，就在刚才，消失了。

慕容蓉低声道："我和家人在北方榷场做生意的时候见到过这种情况。如果遇到一群宋兵押着一个人，那人很可能是政治犯，可能是敌军暗探，甚至是敌国质子，一般都是要押回大宋的。"

韩姜有些恍惚，还在想刚才的事。

慕容蓉安慰道："虽然现在事态不明，但我们帮了宋兵，就是帮了大宋。韩姑娘，不要自责了。"

慕容蓉的声音很轻，是想解释给韩姜听——他一向是心细温和的人。但离他较近的青衫男子回头看了看他，眼神很是锐利。

慕容蓉不知为何，忽然紧张起来。他怀疑这个青衫男子可能一直在用余光看着自己，从唇形读出了自己说的话。

青衫男子转过头去，忽然对宋兵道："我离门口近，没人跑出去。房间没窗户，你们关押的人很可能还在房间内。"

这是他第一次开口讲一句完整的话，却讲得很平静，不惊也不惧。

梁亭打量了他一下："你是什么人？"

青衫男子没有回答，而是道："你们可以看看床板。屋子很奇怪，有的床像是个盒子，床板底下是空的。二楼有个房间就是这样的，我觉得奇怪，就没住。"

韩姜听到这里，回过神来，看了看这名年轻男子——想不到他也这么心细。

梁亭立即看向矮个子士兵："搜了吗？"

"我这就去搜。"矮个子士兵赶紧带人回到房间。不久，传出来一阵叮当声响。他们从屋里拽出个人来，惊喜道："真的在！"

众人这才明白刚才发生了什么。灯灭时，食客一般会选择静静等待，而掌柜的离灯较远，摸黑跑过去，重新点灯，也要好一会儿。那伙人应该是想利用黑暗的间隙杀掉宋兵，把宋兵看押的人带走。

这本就是一步搏命的险棋，而他们的计划没有成功，因为青衫男子竟然点着了纸，提前把屋子照亮了。

梁亭转过身看了看青衫男子，道了谢。但青衫男子只是点点头，没有说什么。

就在此时，慕容蓉把目光从青衫男子身上移开，发现这群宋兵押的不是别人，正是他在集市上碰见的唱歌老人。

老人似乎也认出了慕容蓉，平静地看了看他，没有说话。

"还敢逃？再逃试试！"梁亭朝老人吼道。

其他几名宋兵推搡了老人几下，有些人甚至愤怒地攥紧了拳头。

"你逃了这么多次，我们死了八个人！"梁亭红着眼揪住老人的领子，"你满意了？"

老人的头发很乱，他忽然笑道："大宋的士兵就这点本事？"

他这话却将其他宋兵彻底激怒了。方脸宋兵抽出刀来，怒道："我们只答应把你送过去，没说是完完整整地送过去！"

"怎么，还想阉了我不成？"老人竟调皮地眨眨眼，"和你们主帅一样？"

此话说完，梁亭狠狠地打了他一下。这老人显然已过了花甲之年，挨了这么一下，支撑不住，摔倒在地。

慕容蓉下意识地将他扶起。梁亭怒道："别管他！"

慕容蓉的确不清楚状况，不好插手，只是问道："他是谁？"

"宁烈，西夏老臣。"旁边一个矮胖士兵低声对慕容蓉道。

梁亭见状，狠狠瞪了他一眼，意思是他多嘴。

那个矮胖士兵赶紧闭嘴。

慕容蓉看向老人。老人狼狈地靠在椅子上，显然是难受极了。

梁亭转身对掌柜的道："二楼的床板都是空的吗？"

"并不是，但一楼的床都是空心的。你们可以住二楼尽头的房间。"掌柜的赶紧道。

梁亭转头对其他宋兵道："上去检查。还有你们，也换房。"

胖大哥也住二楼，他听后赶紧点头，马上去收拾房间。慕容蓉与韩姜也是二楼的住客。韩姜眉头皱了起来："竟然如此不讲理！"

慕容蓉低声道："由他们吧，我们少惹事。"

很快，几名士兵下楼来，汇报道："没有异状。"同时，还把慕容蓉和韩姜的包袱丢了下来。

梁亭什么话也没说，直接推搡着老人上楼。老人却转头，有些高傲地道："我要自己住里面那一间！"

梁亭怒道：“让你住哪间，你便住哪间！”

老人冷笑道：“让我住边上，不怕我跑吗？”

就在他们争吵时，慕容蓉忽然有了一个新的想法。他看向韩姜，想和她说几句话。但韩姜经历了太多事，有些心不在焉。

此时，梁亭双手一提，直接把宁烈拉上了楼。慕容蓉忽然叫道：“等一下！”

梁亭挑了挑眉，扭头看向他。

慕容蓉上前，问宁烈：“我们的朋友被困在蜂塔下方，需要有人破解机关将他们救出来。传闻有一名叫阿里米拉的机关师曾成功进入，不知可有此事？”

梁亭根本不知他在胡言什么，直接挥手让众人上楼。

而韩姜这才回过神，明白了慕容蓉的意思。眼前的老人是西夏重臣，至少是年过六十的人，很有可能知道蜂塔的事。

老人看了看慕容蓉，忽然道：“没错。阿里米拉奉了圣上的命令，进了蜂塔。当时，我刚刚在朝中任职。”

慕容蓉和韩姜吃惊不小。他们急忙冲上去，想再问几句。但老人只是道：“阿里米拉不仅去了蜂塔下端，还建了这间客栈呢。”

他抬头看了看这客栈，没有再说什么。慕容蓉和韩姜不知道他说的是真是假，错愕之际，老人已经被宋兵拉走了。

那个青衫年轻人静静地站在一旁，若有所思地注视着所有人。

第六章

消　失

壁画似乎是没有止境一样地延伸。柳三和夏乾起先惊叹于壁画的壮观，走得久了，却觉得分外诡异。这里不是神庙佛坛，不应画这些的。若说是坟墓，二人却可以在此呼吸；若说是迷宫，似乎设计得又简单了，遇到死路，退回去重走便是了。

他们不知道走了多久，越走越绝望。终于，他们看到了令他们惊喜的东西——楼梯。

而且是向上的楼梯。

二人很清楚，他们当初是掉入地下的，若是遇到出口，一定是往上走才对。

“我们上去看看？”夏乾问了一句，觉得嗓子有些干，却又不敢再喝水了，要省着点。

柳三点点头。他们顺着楼梯爬上去。可这个楼梯长又直，他们走了一阵子，终于看到了出口——

还是迷宫。

和刚才的走廊一样，黄褐色的墙壁上，依然是色彩斑斓的壁画。二人失望至极。但细想还是有希望的，说不定此地是蜂塔一般的存在，有很多层，他们是在最底下一层，一定要走到最上面去，才能出去。

夏乾问道："刚才的迷宫不大，这次应该也不大。咱们继续走吧，总会走到头的。"

柳三问道："可这一共有多少层呢？如果最上面也是一道密门，那要怎么办？"

夏乾赶紧摇头："不会那样的！"

夏乾为了给柳三鼓劲，带头向前走。为了节省水，他们很少开口说话。但是夏乾和柳三都是多话之人，就这样憋着，未免有些难受。这巨大的地道真的像极了坟墓，使人感到极度压抑。

"我们可以来哼些小曲儿。"柳三忽然建议道。

夏乾赶紧点了点头。

在黑漆漆的通道里，柳三先起了个头儿，哼起了汴京城有名的小调儿。夏乾微微笑了一下。这两人仿佛正在汴京城的街道上闲逛，长明灯就像是朦胧的月光。

走了一阵儿，夏乾忍不住开口问道："柳三，你不是在汴京城出生的吧？"

"夏小爷，你为什么这么问？"

"猜的。你没有祖宅，也没见你有什么亲人。"

"我的确不是汴京人。亲人……我还有个姐姐。"

“柳三，如果咱们出不去……你的亲人要怎么办？”

柳三的眼神闪了一下，笑道：“没有我，他们照样活着。”

“这个回答不够好。”夏乾忽然拍了拍他的肩膀，“你应该回答‘我们一定会出去的’！”

柳三哭笑不得：“我们一定会出去的。”

夏乾满意地点点头，问道：“你姐姐……她还好吗？”

柳三答道：“从老家来京城的时候，失散了。后来她又被人贩子拐走……”

夏乾问道：“后来又找到啦？”

柳三笑了一下：“对，她现在很好。当初我以为再也见不到她了。”

夏乾点点头：“事情总会向好的一面发展的。”

柳三认真道：“夏小爷，你也是。你会重新回到地面，回去见到你的爹娘，还有韩姑娘。”

夏乾补充道：“还有夏家的丫鬟和家丁，他们都是我的家人，我一定会再见到他们的。”

柳三犹豫了一下，问道：“夏小爷，你的朋友很多吧？”

夏乾不知他为什么这么问：“是，很多。”

“他们都是好人吗？”

“都是。我的朋友都是好人。”

“那你可真是好福气。”

“我很会看人的，就像易厢泉，他是一个很好的人。我……真的很希望他还活着。”夏乾有些忧郁地看着黑漆漆的路，“如果他真的活着就好了。哪怕我这辈子再也见不到他，我也希望他幸福快乐。”

“别说不吉利的话，咱们继续往前走。诶，我怎么觉得有点冷？”

夏乾叹道：“也许是到了晚上了。”

二人继续朝前走，走了片刻，远处似乎传来了隆隆声。声音不大，但二人都听见了。这隆隆声响了很久，像是门落下的声音，更像是……

“打雷？”柳三有些诧异。

夏乾瞬间开心起来：“我们距离地面很近！”

柳三嘟囔道：“这地方还能下雨？也许又是哪堵墙落了下来。我总觉得这些壁画很眼熟。你说，这迷宫会不会是活的？楼梯是会动的？”

夏乾脸色发青：“你别瞎说。”

二人又交谈了几句，但隆隆声不止。

他们越发觉得，这似乎就是雷声。

隆隆的雷声不止，疾风骤雨未停，夜深了。

傍晚的事闹得沸沸扬扬，如今大家各自回了房间，之后这间小小的客栈便安静了许多，但众人心思难平。韩姜带了食物、工具和水，趴在离门最近的桌子上睡着了。她想等雨停就出去查看地形。

慕容蓉入住了一楼的房间。他点了灯，试着去翻译阿里米拉的手札，却听见楼上传来咚咚的响声，似乎是宋兵又在走动了。

慕容蓉放下书卷，心中又起了一个想法。今日那个宁烈只是说了寥寥数语，却看得出他是知道阿里米拉和蜂塔的事，说不定他还知道更多内情。而傍晚时，那个矮个子宋兵说得一口京腔，老家应该也在汴京城。

慕容蓉想了一下，抱着试试的态度，带着一些银子上了楼。

“什么人？”矮个子宋兵正在当差，见了慕容蓉，还是很警惕。

慕容蓉介绍了一下自己，说明了来意。

矮个子宋兵问道：“怎么能确认你是慕容家二少？”

慕容家一直对战事颇为关心，将士的粮草、药材很多也是慕容家供给的。这些士兵知道其名，也是正常的事。于是，慕容蓉说了父亲和大哥的名字，家里做了哪些生意，甚至连嫂子和大管家的样貌也描述得一清二楚。这个宋兵听完，也报了自己的姓名。他叫陶忠，是汴京城人士。他看了看慕容蓉，问道：“可我从未见过你。听说慕容家二少因为行为不检点，被逐出了家门，想必就是你了？”

慕容蓉脸色微变：“和家人不和而已。不知道我能不能进去打听一些事？”

陶忠摇头：“事关重大，如果你要去问宁烈，还得我们头儿答应才行。他们一直在屋内商议事情。”

慕容蓉点点头，表示可以等。

陶忠却道：“他们商量战事，要很久的。”

慕容蓉问道：“战事？”

陶忠点点头，大概地说了事情原委。他们这一伙儿兵，是大宋朝廷派来的。今年八月，宋军在无定河西面建了银川寨。银川寨乃军事要地，上面命万人屯驻防守。西夏出了五万精锐骑兵，可能会在银川寨与宋军一战。

陶忠对慕容蓉道：“这些事我本不该多嘴，但此地非大宋领土，你们又是大宋子民，理应明白此事的重要性。”

慕容蓉点点头：“我们也听说了战事，但都对大宋有信心。”

陶忠却犹豫了一下，没有直接回答，只是道："现下虽然未开战，但情况不容乐观，建成银川寨只用了十四天。"

慕容蓉惊呆了："十四天？"

"对。银川寨的地理位置特殊，如果战败，银川寨沦陷，后果不堪设想。但是大将徐禧并不擅守城……现下的情况不好说，万一战败，可能需要援兵。"

见他吞吞吐吐，慕容蓉便道："若你们觉得事涉军事机密，不方便说，不说也无妨。"

"这些事，敌我双方都已知晓，是可以说的。银川寨地理位置特殊，有两路援兵可去，一路是由沈括沈大人为统帅，另一路由李宪带领。但李宪……于三天前被俘。"

慕容蓉越发吃惊了。他很少了解大宋军事，只知道大宋对外军力不强。但就凭这名士兵的只言片语，他没想到事情已经到了这般地步。

"主帅怎么会被俘？"

陶忠挠挠头，最后决定不说。过了一会儿，他又道："西夏那边派了使者，说可以放回李宪，但要我们用之前俘虏的西夏朝臣宁烈做交换。交易地点离这里不远，所以我们才押着宁烈过来。他起了这么个忠贞的名字，其实不是什么好东西。他是西夏太后的远亲……"

陶忠又说了宁烈的种种不是，情绪很是气愤。有些地方他虽然含糊其词，但是慕容蓉已明白了此事的重要性。他问道："若是交易不成，会怎么样？"

"可以让副帅带兵前往增援，但是……若是将士们知道了，恐怕会乱了军心。哼，宁烈也是个没用的文官，用他去换李宪，我们也不吃亏。”

这件事，慕容蓉越想越觉得不对，继续问道：“既然李宪如此重要，西夏俘虏了他，反而要用一个大将换回一个没用的文臣？”

陶忠挠挠头：“这我便不知道了。”

“因为主帅李宪是个宦官。宦官，在西夏人眼里，什么都不是。”

梁亭忽然推门过来，看着走廊上的二人，冷冷地对慕容蓉道。

陶忠见了梁亭，急忙请罪行礼。梁亭让他起来，谴责道：“你们的话我都听见了。你就是管不住自己的嘴。”

陶忠赶紧解释了慕容蓉的身份。而慕容蓉没有说话。听了刚才的话，他思绪有些混乱，更多的是惊讶。这个姓陶的士兵说了很多荒唐的事，什么十四天修建的城，宦官做援兵统帅，而且在开战前夕被俘……

梁亭看着慕容蓉：“你还有什么要问的？”

慕容蓉赶紧道：“没了。”

“你听了就不要外传。这几日很重要，烦劳你务必配合我们。”梁亭看着慕容蓉，又道，“我相信你一定是站在大宋这边的。我在北方战场的时候，慕容家为前方将士捐赠了不少物资，这些我们都记得。还有你，几年前去过北方榷场吧？还亲自为将士发过药，我对你有些印象。没有那些药，我们恐怕活不下去。”

慕容蓉舒了一口气，这才明白对方为何这么信任自己，于是道：“我还是想见一见宁烈，问一些话，事关我朋友的性命，请务必通融。”

梁亭摇头：“不行。”

慕容蓉道：“你们可以在一旁看着，我真的只想救人。”

梁亭想了想，便让陶忠带着慕容蓉过去了，但叮嘱陶忠加倍小心。

宁烈住在二楼尽头的小房间里。看守他的人一共有两个，一个在门外，另一个和宁烈同吃同睡。

慕容蓉进了门，朝四周看了看。宁烈的房间很小，没有窗户。屋内陈设简单，一张床、一张桌子、一个小凳子、一个衣柜和一个恭桶，除此之外，别无他物。床铺干净整洁，屋内一尘不染。

宁烈坐在小凳子上，似乎是在休息。见慕容蓉进来，他有些意外，道："我之前便觉得这位公子气度不凡，能进来这里，只怕不是普通人物。"说完，他瞥了陶忠一眼。

慕容蓉只道："我来此，是有事想求教。我的朋友进入了蜂塔下方，却出不来，我们正在想办法救他。"

慕容蓉摊开阿里米拉的手札给他看。宁烈低头看了看，眼睛不易察觉地动了动。

"您若能把更详细的情况告知我，也许我可以想出办法救出我的朋友。"

宁烈看了看慕容蓉，道："这个蜂塔是商人胡斯给自己建造的坟墓，里面有大量财宝。几十年前，阿里米拉奉景宗帝李元昊的命令进入地宫，想要拿出财宝。他虽然成功破解了地宫的秘密，但是并没有取出里面的财宝。"

慕容蓉一怔。

宁烈又道："当时政局不稳，大夏本就资源匮乏，那些财宝可作为军饷，又可让大夏称霸一方。阿里米拉打开地宫之后，景宗帝担心皇子篡位，并没有把金银财宝取出，反而放了一些东西进去，把整个地宫当作了国库。当时我刚刚入朝，却也听到了一些传闻——景宗帝把一样重要的东西放入了一个机关盒子，将盒子放入了地宫，并让顾命大臣高怀昌和毛惟正各持密文和解密方法。只有这两样东西才能打开地宫的门。”

慕容蓉对这个“机关盒子”并不感兴趣，他只想知道地宫的情况。

宁烈道：“这个密文形如‘回’字。据说，蜂塔三道门，第一道门和最后一道门上都刻着这样的密文。”

慕容蓉一惊，连忙掏出蜂塔上的字给他看：“是不是这样的？”

“我没见过，”宁烈倒是很感兴趣，“只是听说过。想来应该是的。”

在这一刻，慕容蓉忽然明白了，七名道人的诗“蜂塔之门，门如其名。密文为引，不可绕行。道路迢迢，莫寻捷径”，意在说明蜂塔是不可绕行的。原因很简单，因为蜂塔上的“回”字形密文不仅仅在蜂塔上出现，在最后一道门上也出现了。即便是像刘梗一样从蜂塔下方挖了通道，他也没有办法拿到财宝，因为他并没有办法解开“回”字形密文，终究会被拦在外面。

“我劝你不要再费心了。”宁烈拿起吐火罗文的手札，“即便这手札里真的记载了迷宫的构造，你也无法传达给你掉入地宫的朋友。”

“还是有必要了解构造的。也许我们可以挖他出来——”

慕容蓉说完这句话，连站在一旁的宋兵都觉得有些荒唐。

“挖下去？是那个拿刀的姑娘去挖？就凭她自己？用铲子吗？”宁烈愣了一下，之后哈哈大笑起来，颇有嘲讽的意味。

慕容蓉一直觉得宁烈自视甚高，这让他很不舒服。于是，他站起身来，准备告辞。宁烈道：“我和阿里米拉有过一面之缘。我进殿的时候，听见他在向景宗帝邀功，说地宫很大，以蜂塔为起点，终点快要抵达绿荫镇了。”

听到这句话，慕容蓉却不以为意。这件事过去几十年了，不知宁烈的记忆是否牢靠。

宁烈却道："这点很重要。如果真的要挖，你们不如从两处下铲，一处在蜂塔下，一处在绿荫镇附近，这样更容易成功。"

慕容蓉起身："我会转告她的。"

"这个，留着我看一看。我也懂一些吐火罗文，明日若是得解了，我告诉你。"宁烈挥了挥手札，从怀中掏出笔来。

慕容蓉没有想到他竟然肯帮忙，很是感激地表达了谢意。梁亭上前翻了翻册子："不可以。"

宁烈瞥了他一眼："我只是闲得无聊罢了。你们怕我送信？嗐，我都走不出这间客栈，又能传递什么消息呢？等我帮着翻译完这册子，就把册子留给你们。不翻译也行，你们给我找些书来看吧。"

慕容蓉也对梁亭说了几句，梁亭依然不同意。宁烈又大声吵着要看书，叫喊声在客栈内回荡。最后实在不得已，梁亭朝他吼了几句，勉强答应了："册子留下。陶忠，你在屋内守着。孟秦，你还是在门外当班。你们看住他，小心点。"

梁亭交代完，随后跟着慕容蓉出了门，生气道："这便是西夏的文臣！简直是个老无赖。"

他红着眼睛，进了旁边的房间，咣当一声关上了门。

慕容蓉慢慢走下了楼，心中又燃起了希望。他想跟韩姜说一声，却见韩姜趴在桌子上睡着了。客栈内很吵，她睡得不安稳，嘟囔道："慕容，是谁在吵？"

"没事，雨没停，你再休息一会儿。"慕容蓉看了韩姜一眼，不忍心打扰她，便自己回屋了，打算再看一会儿书册。

而此时，二楼宁烈的房间里只剩下陶忠一人。他看了看宁烈，有些紧张。这是他第一次与宁烈独处。

宁烈完全无视陶忠的存在。他还是坐在小凳子上，看着手札。

陶忠朝四周看了看，想找个地方坐下。

宁烈眼睛也不抬，傲慢地道："别动我的床铺。你坐地上吧，之前的人也是坐在地上的。"

陶忠无奈，只得席地而坐。过了很久，夜越发深了，客栈内变得非常安静。宁烈合上手札，忽然道："我要热水。"

陶忠打开门，看了一眼门口的守卫孟秦，示意他去端来。孟秦不满地嘀咕了一声，无奈地去了。

宁烈借着灯光，低头继续看手札。此时，却听门外有脚步声，还有嘈杂的说话声。

"我的水到了？"宁烈抬眼问道。

陶忠打开门，不远处确实传来缓慢的脚步声。掌柜的端水上来了。

"咣当"一声，似是有人跌倒在地上，还呻吟了一声，应该是被烫伤了。

宁烈哼了一声，带着责备和鄙夷道："让你们年轻人去端，谁想到你们让老人家自己端水上来，这便是大宋的礼义仁孝？我们西夏人断不会做这样的事。"

陶忠忍了忍，还是继续守着。宁烈又道："占人家老人的客栈，钱给得又少，还让人家端茶送水，被烫伤还不闻不问，这便是大宋的大国风范？"

宁烈又说了几句。陶忠实在忍不住，便出门去看。他谨慎地关上了门，走到楼梯口，这才看到掌柜的跌倒在地，热水也洒了一地，冒着热气。

老人呻吟道：“烫伤了腿……”

她的裤腿卷起了一些，可以看到她腿上红肿一大片。孟秦扶起她，对陶忠怒道：“你出来干什么？不能擅离职守！”

陶忠愣了一下，看了一眼残局，转身回了屋子。

这来回的时间，非常短暂，大概只有往杯子里倒一杯茶的工夫，何况事发在楼梯口，而且侧面两个屋子里住满了人。

陶忠走回房间，推开了门。

屋内一片漆黑，油灯熄了。

陶忠忽然涌起一种不好的预感。他愣了一瞬，对着黑漆漆的房间喊了一声：“宁烈！”

无人应答。

陶忠开始慌了。他从怀中摸出燧石，立即点了灯。灯照亮了屋子，可这屋子里只有他一个人。

宁烈……在房间里消失了。

就在这时，在厅堂内桌子上趴着睡觉的韩姜咳嗽了几声，慢慢醒了。慕容蓉听到声响，推门出来，道：“韩姑娘，你醒了？还是回屋休息一会儿比较好。”

韩姜惦记着夏乾的安危。她走到门口，朝门外看了看：“雨小了很多，大概可以走了。”

“天亮再去，可能会好些。宁烈拿了手札，说要帮我翻译，也许天亮就会有结果，到时候你对地宫的构造更加了解，也更容易挖一些。”

慕容蓉简单说了宋兵的情况。韩姜听了，叹息一声，刚要说什么，忽然听到一阵激烈的说话声。二人抬头向上看去，只见梁亭一行人正急匆匆地冲下来，走到韩姜和慕容蓉这里时，吼了一声：“闪开！”

二人本能地退开了。几名宋兵冲出客栈，跑进了雨里。

韩姜隐隐觉得不祥，赶紧道：“我现在就走。”刚跨出门走到雨里，梁亭喝住了她。

“站住！”

韩姜停下脚步，冷冷地看着他们。陶忠赶紧上前道：“姑娘，先不要离开。”

慕容蓉急忙跑出来，问道：“出什么事了？”

“人跑了。”梁亭站在雨里往周围看，“屋外没有脚印。他明明还在屋子里……肯定有同伙！”

他说得断断续续。慕容蓉和韩姜一怔，这才知道他们说的是宁烈。这宁烈不是第一次逃了，若是要找，应该和之前一样，很轻易就能找到。而听见这吵嚷声，其他房客也被惊醒了。梁亭转过头来，大声喊道：“所有人都来厅堂里坐着！我们要审问！”

韩姜很是不满，冷声道：“你们敢拦我？”

“韩姑娘，冷静些。”慕容蓉拉住她，“这件事和我们无关，只要把事情说清楚，他们会放人的。”

梁亭没说话，扭头进屋了。

韩姜冷着脸，转身回去，一言不发地坐下。而此时，传来一阵咣当的响声，宋兵开始搜查整间客栈。他们一层层地搜，水缸、箱子、衣柜都翻了个遍，没有放过任何角落。

其他几名房客都被赶了出来，有的人刚刚就寝，裹着毯子就下来了。众人聚集在厅堂内，都颇为不满。

“出什么事了？”红衣回鹘女美目含怒，用中原话讲道，“为什么要把我们叫下来？”

梁亭冷冷道：“我们看押的犯人跑了，怀疑奸细就在这间客栈里。”

红衣回鹘女很是不屑：“我们不是宋人，是奸细又如何？是你们自己没本事。”

梁亭气得脸色发青。慕容蓉在旁边问道：“人是怎么跑的？为什么怀疑我们？我刚刚从宁烈房间出来，并无异状。”

“你刚刚从那间房出来？”旁边的胖子大叔揉着眼睛问道。

回鹘女子看看慕容蓉：“那就是你搞的鬼了。”

慕容蓉一向很有涵养，但听到此话，也难免生气。

梁亭没有回答。很快，宋兵一个接一个地回来禀报，说客栈中找不到宁烈。

“继续搜！”梁亭把刀咣当一声放到桌上，命令道，“掘地三尺也要把人找到！”

红帽子老头打了个喷嚏，问道：“他逃了，你们为什么不去追？”

梁亭道：“客栈四周没脚印。镇子上有我们的人在放哨，如果他们看到宁烈，肯定会抓他回来。”

回鹘女子困倦地道：“这么说，他还在客栈里？搜一搜，肯定能搜到的。可这又关我们什么事？”

梁亭没有说话。楼上还有宋兵在搜查。

回鹘女子旁边的青衫男子衣冠整齐，显然是一直没有就寝。他看看梁亭，问道：“宁烈应该没有出客栈。你的手下只离开了片刻，他就消失了？”

“不错。”梁亭双眼微垂，“短时间之内，没有剧烈声响，人就没有了。”

青衫男子皱眉：“那应该是逃进了隔壁房间。”

“宁烈被关押在走廊尽头的房间，而走廊旁边没有其他房间，转个弯才有房间，但他是不可能逃进去的，”梁亭顿了顿，“因为我们一干人等都住在那两间房里。”

他话一说完，众人都沉默了。梁亭是自信且坚定的人，不会说太多话。然而，他此时的眼神有些闪烁，显然是内心极度惶恐不安。

陶忠上前来报：“还是没有。”

“审问，一个一个地审。”梁亭双眼发红，声音低沉。

“我叫韩姜。我们几人来西域谈生意，但我的朋友触动了机关，掉入了蜂塔下的地宫中，我必须去救他们。”韩姜在所有人开口之前说道，语速很快。

梁亭闻言只是挑了挑眉毛：“同行的都有谁？”

韩姜指了指慕容蓉，正要说话，回鹘女子却清了清嗓子，有些不善地开口：“我先答吧，这样能先回去休息。我弟弟身体不好。”她指了指旁边的青衫男子。

梁亭看了他们一眼：“你们是姐弟？”

这男子的确长得清秀，女子也美丽，但一个是汉人，一个是回鹘人。

回鹘女子道：“我们是堂姐弟。我弟弟受过伤，经不起长途跋涉。”

“你们的名字？”

“在下向隐。”青衫男子的声音有些清冷。

回鹘女子道：“我的名字叫妮鲁帕尔，在中原地区当过舞姬。我弟弟是个账房先生，看着家里的小当铺。以前我们都住在汴京城，这次一同回来探亲。”说罢，她起身扶着弟弟站起来，“我们先去休息，你们有事再来问。”

向隐也站起来，却道：“我要再听一会儿。”

妮鲁帕尔愣了一瞬，很快又笑了起来：“你需要休息。”

“你先去休息吧。”向隐看了看她，“我听一会儿就上去。”

这对姐弟神色古怪地又说了几句话。梁亭没空听他们说话，看向了韩姜。

韩姜立即道：“我的朋友真的有生命危险，所以我才急着去救。”

梁亭觉得她很是可疑：“你以前是做什么的？”

慕容蓉替她答道：“韩姑娘习武，这一趟是来保护我们的。”

几名士兵有些怀疑地看着她。韩姜的言行举止，都说明她不是普通的老百姓。之前琵琶女死在她的刀下，说不定是故意为之，现在这么说，反而显得更加可疑。

韩姜明白这些目光的含义，冷声道：“好心帮了你们，却落得被怀疑的下场！”

自从在长安城出了事，她就很讨厌被人怀疑。

慕容蓉上前道：“恳请各位放韩姑娘走，她要去救人的。如果各位信不过，我可以一直留在客栈里接受调查，这样如何？”

梁亭盯着韩姜，问道：“你这几日在哪里停留？”

韩姜答道：“绿荫镇和玉门关之间。”

梁亭点了点头，对其他人道：“让她走。”

“可是，头儿——”

“如果他们真的是西夏奸细，想来也不会在这里恳求我们。”

慕容蓉和韩姜对视了一眼，忽然有些明白了。这一伙宋兵的人数不少，而在绿荫镇、玉门关都有宋兵驻守，四处都是眼线。如果出了事，他们可以随时找到韩姜，所以这才敢放她离开。

旁边的红帽子老人忽然开了口：“姑娘，听说塔下有地宫，终点就在绿荫镇附近。你如果在蜂塔那边寻不到什么线索，可以往这边挖挖看。”

这老人说的和宁烈说的差不多。慕容蓉忙问道：“您从哪里得来的消息？”

红帽子老人道：“当地人都知道。当初，七名道人拿了胡斯的钱，说是要修墓，其实根本是照着他自己的意愿乱修。七名道人还故意留下很多线索，让大家进去走迷宫……唉，说这些也没有用，总之，地宫很复杂，要小心。”

韩姜点头道：“我知道了，谢谢您。”

她拿起包袱，朝慕容蓉点点头，便迅速走出大门，剩下一群人面面相觑。

梁亭的脸色依旧阴沉，他对红帽子老头道：“该你了。”

老头很是沉稳，深褐色的眼眸微亮：“我的汉文名字叫季林，是书商。”

梁亭又问了几句，老头有条不紊地答着。答了半天，滴水不漏，似乎没有一丝嫌疑。他们又盘问了掌柜的。掌柜的报了姓名及开店的时间，剩下的也没什么可说的了。之后，宋兵又盘问了那个胖子郎中。出乎意料地，他很是紧张。

“我叫巴依克里木，回鹘人，家离这边很近，会常常过来买些吃食。”

梁亭眯起眼睛打量他：“说几句回鹘语。”

胖子支支吾吾半天，脸都憋红了。

梁亭转身，翻了翻他的行李。郎中的包袱被抖了开来，里面全是药瓶，还有一本书。回鹘女妮鲁帕尔凑热闹地上前看了看，翻译道：“是《小儿千金方》。怎么，你是看小儿病的郎中？”

巴依赶紧点头，没有说话。

包袱里没有钱，还有一本小册子。梁亭看了看，问道：“患者名册，上面还有西夏文。你之前去过兴庆府罗送家？”

巴依的脸色唰地变了，赶紧道：“我不是故意隐瞒的！我的确懂西夏文，也去问过诊，你们是宋兵，我不敢——”

“罗送是西夏重臣，和宁烈的关系不错。”梁亭盯着他问道，“你还有什么话说？”

巴依大惊失色：“真的和我没关系！”

梁亭转身对其他人道：“押到楼上去，接着审。”

巴依一边惊慌地摇头，一边被人架走了。妮鲁帕尔笑着上前，顺手偷拿了一些小药瓶，娇笑着问：“那我们是不是可以走啦？”

梁亭没有说话，只是嘱咐了手下人几句，自己带着人上了楼。

慕容蓉站在原地。他知道，宁烈把手札拿走了。与其漫无目的地等待，不如帮宋兵找到宁烈，这样才能把手札拿回来。

而那个叫向隐的青衫男子则静静地站在一旁。他看着所有人，若有所思的样子。

“如果厢泉在，我们一定能很快出去。”夏乾叹气道。

柳三撇撇嘴：“你总提他，他到底是个什么样的人？话说回来，韩姑娘、慕容小白脸、我……我们几个都没见过易厢泉。”

夏乾想了想：“他是个聪明人。”

“我知道。”柳三摆摆手，“你那位易哥哥可真是太聪明了，青衣奇盗都被他折腾得不行。”

夏乾又道：“他人很好，还很冷静，遇到事很少惊慌，总能想出办法来。”

柳三道：“你不能总靠他，也要自己想办法。”

夏乾点点头。他和柳三在地宫中继续前行，兜兜转转后，越发觉得不对劲。

“柳三，我觉得这里就是一个迷宫。若要出去，最好的办法还是找到迷宫地图。”

柳三叹气：“说得轻巧，哪里有这种东西？”

说完，他忽然停住了，指着前方：“又有楼梯！”

他们紧跑两步。楼梯不高，能爬上去的样子。夏乾很是欣喜。他深吸了一口气，却没有觉得空气变得清新——这楼梯可能不是通向外面的。

“别想了，上去再说。”柳三带头，噌噌噌地爬了上去。待二人走到楼梯顶端，看见的依旧是壁画和走廊。

二人失望至极，不过也在情理之中。他们已经猜到这迷宫就像是蜂巢一样，有很多层，要多上几层才可以出去。

他们继续向前走，但是总觉得很不对劲。

“我们歇一会儿吧。”夏乾的体能远不及柳三。柳三只得转身点点头，把水递给了他。

夏乾抿了一口，抬头看看壁画：“你有没有觉得……这壁画和之前的很像？”

“是有些像。”

他们没有再说别的，而是互相鼓劲，继续向前走。又走了很久，他们再一次看到了楼梯口。

二人吸了口气，依然没有呼吸到新鲜空气的感觉。但他们仍然抱着一丝希望，上了楼梯，却发现依然是走廊和壁画。

夏乾绝望地叹了口气，一下子坐在了地上。柳三也是一样。他们很久都没有说话。坐了好一会儿，夏乾才道：“咱们……再继续走走看。”

柳三冷静地想了一下，道：“先别急着走。我的方向感一直不错，但我觉得这个地方有些奇怪。”

夏乾问道：“哪里奇怪？”

柳三摸了摸头，在墙壁上画了个正方形，道：“我觉得两次楼梯的出口都在迷宫的同一位置。打个比方，咱们现在俯视这个迷宫，从高处往下看，假设这是一个正方形的迷宫。”

夏乾反驳道：“有可能是长方形、三角形或圆形啊。”

柳三无奈道：“我只是用正方形来举例子。我们是从东南角进入迷宫的第一层，这里是入口，之后在迷宫内打转，终于走到了东北角的楼梯，这里是第一层迷宫的出口。换言之，入口和出口几乎在一侧。”

夏乾又困又累，也不清楚柳三是什么意思，道：“是同侧而已，也是正常的。”

“我们接着走，从一层东北角的楼梯上楼，来到迷宫二楼，那么此时，我们应该在二楼的哪里？”

“还在东北角啊。”

“但我们不在东北角，而是二楼的西北角，而且，下一个楼梯也在同侧的西南角。”

夏乾吃惊道：“不可能呀。如果这是一栋建筑，我们从一层东北角上楼梯，当然也会出现在二层的东北角，怎么可能跑到西北角去？”

柳三也犹豫了：“我的感觉不一定准确，也许是我弄错了。”

夏乾问道：“会不会是楼梯过长的原因，让我们到了迷宫的另一角？”

“楼梯虽然长，但几乎是直上直下的，应该不会对方位产生什么影响。”

“难道迷宫会自己转圈？”

柳三的脸色微变：“夏小爷，你不要瞎说！”

夏乾此时已冒出一身冷汗。他大概明白了，柳三为什么如此重视出口和入口的方位问题——他们走了很久，却根本没有找到出口。

夏乾犹豫了一下，小声问道：“我们会不会一直在同一层打转？”

柳三摇头：“可我们上了楼梯呀，怎么可能在同一层打转？如果我的感觉没错，这个迷宫的构造非常奇特，咱们必须弄清楚。也许再往上

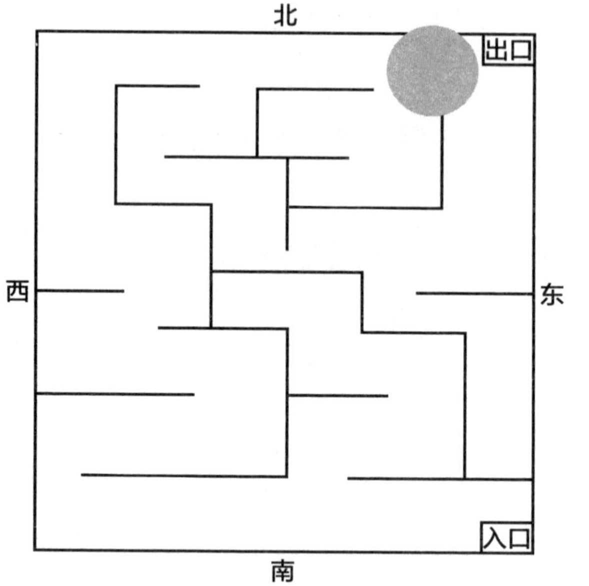

一层示意图，圆形表示柳三和夏乾上楼梯的位置

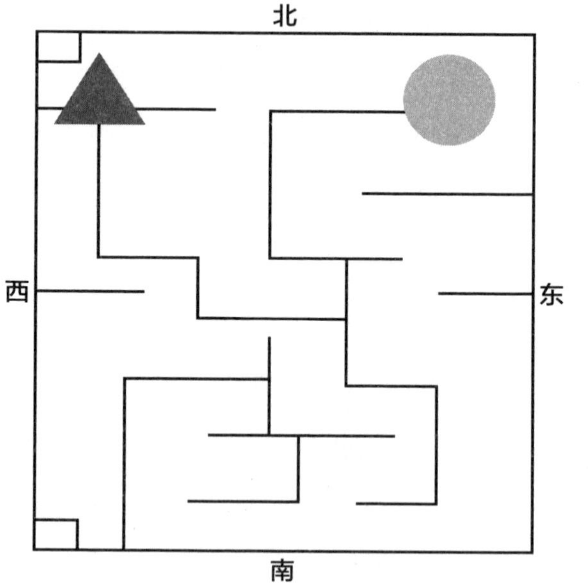

二层示意图，三角形为柳三和夏乾出楼梯后理应站的位置，圆形为实际位置

走几层，会更清楚一些。这次，咱们好好感觉一下方位。”

柳三刚要继续走，夏乾忽然拉住他，问道：“柳三，从蜂塔掉下来的时候，你受伤了没有？”

“没有。”

“我也只是扭伤了手腕。”

夏乾说完这句话，柳三忽然明白了夏乾的意思。如果从三四层楼坠落，一般人都会受伤甚至身亡。而他们从蜂塔地面掉下来，却没怎么受伤，证明他们离地面的距离并不远。

换言之，虽然这迷宫的拱顶很低，但如果这迷宫也是一座“塔”，那这座塔最多只有三层。如果他们上了三次楼梯，按理说会到达地面的。

夏乾道：“也许我们再走一走，就能出去了。即便入口被封住，至少离地面不会太远。”

柳三被夏乾的想法鼓舞了。二人彼此鼓励着继续向前走，只是身体非常疲惫。走了一阵子，柳三忽然停下。他看了墙面，那些彩绘依然有着诡异色彩，并不会因为身处地下而失去它原有的精致。柳三看着，知道了不对劲在什么地方。

他和夏乾好像来过这里。

柳三不敢说出自己的感受，毕竟他也不是很确定。这壁画纷繁复杂，也许是自己记错了，何况这一层层的迷宫，说不定壁画也在重复。

他不自觉地放缓了脚步。夏乾也停下了脚步，看了看柳三，慢慢道：“其实……我觉得壁画有些眼熟。”

柳三脸色有些难看。他抬头看了看四周，没有说话。夏乾把水递给他："也许是我记错了，要不要坐下歇会儿？"

柳三摇了摇头："咱们需要继续往前走。"

夏乾道："可是——"

柳三没有再说话，转身迅速向前走去。

"等我一下！"眼看柳三就要消失在拐角，夏乾喊了他一声。正在这时，他听见轰隆一声，像是有什么东西落下。夏乾赶紧跑过去，却见柳三站在走廊中央不动了。

"柳三？"夏乾慢慢走过去，眼角余光忽然瞥到了壁画。

壁画上画着独眼佛像。

夏乾的心狂跳起来。他急忙看向柳三，而柳三却看着地面："夏小爷，你记不记得，咱们刚走进来时，踩过一块踏板？"

说完这句话，他和夏乾都沉默了。地宫里很安静，只能听见二人急促的呼吸声。

夏乾靠着墙，颓废地滑了下去。他有些绝望地看着墙上的佛像。现在可以确定了，他们走了这么久，又回到了原点。当初，他们怕踩到机关，面朝着这尊独眼佛像站了很久，所以对这里很熟悉。

柳三依旧站在那里，看得出他也很绝望。

夏乾不想看到他这样，摇头道："也许这里只是和之前的那处很像，是故意用来迷惑人的，让我们以为自己在同一地方打转。"

柳三本来很沮丧，听了夏乾的话，点头道："的确有这种可能。"

夏乾道："我们要振作起来。现在水和食物都还有，我们一定会走出去的。"

柳三笑道："夏小爷，你比我想象中要乐观。"

夏乾黯然道："我觉得……我们更应该珍惜生命才是。如果易厢泉在这里，他一定会想到办法的。"

柳三被他说得似乎又鼓起了勇气："这迷宫很是古怪，我还是觉得，我们应该先弄清楚迷宫的形态。"

夏乾赶紧点头："先要排除一点，我们是不是真的回到了原点。"

"还有，"柳三指了指踏板，"这个踏板也很奇怪，我想一定是有机关的。也许踩了踏板，会有某个门或者某面墙落下，改变了迷宫的构造，这才导致我们回到原点。就像你之前所说的，迷宫可能是移动的。"

夏乾听闻，脸色微白。如果真是这样，那他们很难出得去。

柳三想了想，开始把自己的衣服脱下来："你留在这里，我重新把迷宫走一遍。如果咱们再次相遇，那就证明我们是回到了原点。"

"可是，你重走一遍——"

"我的体力更好一些，可以走完全程。这次，我要更仔细地观察四周，看看有什么机关，同时用衣服撕成连续的细长布条，直接铺在我走过的路上。如果我再次见到了你，咱们就踩踏板，然后我再走一次。如果布条被墙面压住，证明墙面受踏板控制，是可以移动的。这样也许我们就能找到突破口。"

说完这些，他深吸了一口气，像是等着夏乾表态。

夏乾觉得柳三此番言论是可行的，却有些担心："可是——"

"不必担心我。如果我没能再次见到你，我便退回来找你。"

夏乾从包袱里抽出一沓丝巾："别撕衣服，我这儿有这个，原本是想带回家分给下人的。"

柳三哈哈一笑，把衣服穿上，开始撕丝巾："就用它了。夏小爷，我走了。你在这里好好休息，我们再见。"

"柳三，再见。"

二人互相道了别，有种决绝的悲怆感。柳三朝他挥了挥手，独自向前走去。

第七章
生　门

客栈里，梁亭一行人重新回到宁烈的房间。原本整洁的屋子经过三四次的搜查，已经被翻乱了，被子乱糟糟地堆在一边，凳子、桌子和柜子都被挪动了。

梁亭蹲下，先看了柜子与桌子底下。整个房间很小，柜子勉强能藏进去一个人，桌下能蹲一个人。梁亭又看了看床铺。床是木质的，有青色的帷帐。床和今日他们在楼下所见的不一样，不能储物，也没有办法藏人。

梁亭伏在床下看了一会儿，站起身来看着陶忠，问道："你们进来时，宁烈会不会躲在柜子里或者床下？等你们发现没人，出去叫人的时候，他再逃掉？"

陶忠连连摇头："不可能的。我一进来，立即搜了这间屋子。屋子只有这么大，他怎么可能藏得住？"

“那一定是趁着你不注意——”

“头儿，我真的只离开了一会儿。发现宁烈逃跑之后，你们便统统进屋来查了。何况，在宁烈逃跑之前，整个二楼也都是我们自己人！除非他变了样貌，变成我们自己人的样子……”

“胡说！”梁亭训斥道，“今日找不到宁烈，你们可知会有什么后果？”

陶忠知道自己失职，垂下头去，脸色发白。宁烈找不到，主帅李宪就换不回来，援军如果无法按时抵达，大宋可能会丢掉银川寨。

梁亭越发着急了。他在屋内不停地翻着，就是找不到什么线索。墙面很结实，地板是木制的。梁亭蹲下敲击地板，感觉底下是中空的。

陶忠道：“这些我们都想过。这里本来就是客栈的二楼，底下肯定是一楼。”

梁亭道：“如果有密道，他逃到一楼去了呢？甚至逃到外面去了呢？”

另一个宋兵孟秦道：“客栈四周驻守了不少弟兄，绿荫镇、玉门关也有我们的人。刚才已经派人去问了，没人看到宁烈从客栈里出来。如果宁烈真的有办法从这间房里消失，那也应该是还留在这间客栈里。”

梁亭知道，他的将士们虽然忠心，但脑子未必灵光。他亲自在屋内又搜查了一遍。

就在此时，走廊里传来喧哗声。梁亭转过头，看到那个叫向隐的青衫男子走过来，正被其他几人拦在外面。

梁亭有些不满：“闲杂人等不要过来！”

向隐只是看了看梁亭，道：“我是宋人，只是想帮忙。”

他说了自己的立场，反倒令人生疑。梁亭反问道：“你可知我们在押送谁？”

“一般宋兵在境外押送的异国人，往往是朝廷要犯或是重要战俘。能派这么多精锐宋兵来押送的犯人，一定对大宋极为重要。你们不愿说，我也不多问。但若要帮忙，我是一定会帮的。”

向隐说得恳切。梁亭没有回答，显然是不放心。

向隐继续道：“看目前的状况，宁烈躲在房间里的可能性很大。若要使得调查有进展，必须排除一些因素。首先要看的是家具和墙面。房间内的家具都要查过一遍，看看有没有机关。有些密道很是精密，并不是肉眼能够看出来的。若我是您，反正也不在乎这房子，会想办法把墙壁穿透，看看有没有暗格，事后赔些钱便是。”

梁亭一怔，却也没有答话。向隐的提议简单且直接，未尝不是一个办法。想要确定房间内有没有密道，最好的办法就是拆房子。可拆房子代价太大，倒不如打几个孔来得实在。

向隐说完这番话，就离去了。余下几个宋兵也道：“其实可以试试。”

梁亭想了想，觉得试一下也未尝不可，于是命令道：“你们去找套钉子和锤子，打孔看看。”

而此时，慕容蓉回房洗了脸，忽然听见敲门声。他打开门，本以为是宋兵又有事来找他，没承想是那个叫向隐的年轻人。

向隐道：“我并无恶意，只是想帮宋军找到宁烈，所以想问你一些问题。”

慕容蓉很是警惕，没有答话。

向隐道：“我刚才听到了，宁烈拿了你的手札，你的朋友掉入了地下，需要通过手札来了解地下构造。”

慕容蓉点头："对。"

向隐问道："宁烈什么时候拿走的手札？"

慕容蓉想了一下："我去找他问了一些地宫的事，那时候拿的，之后他就消失了。"

向隐再次问道："他为什么要拿走你的手札？"

"他说要帮我翻译。"慕容蓉想了想，把当晚和宁烈见面的事简单说了说。

向隐问道："他看起来着急吗？"

慕容蓉回忆道："倒是挺从容的。"

"你的手札是什么做的？里面的具体内容是什么？"

"纸质的。上面是吐火罗文，大概五六页厚，记录了蜂塔和地宫的情况。"

慕容蓉不知道这些是不是有用，可是向隐一直问，站在这里不走。

向隐又道："这么说来，也许宁烈是需要纸张，才拿走你的手札？"

"我记得他自己有纸笔。"

"那就剩下两种可能——他需要这个手札，或者他不希望你有这个手札。手扎是不是只记录了地宫情况？"

慕容蓉一怔。的确，他没有翻译完，只是大概看了一下。手札似乎由三部分组成，应该都是地宫的状况。

就在这个时候，慕容蓉突然想起一个问题："这个客栈也是由阿里米拉建的，手札也是阿里米拉的！"

"对，这可能就是他拿走你手扎的原因。"向隐点了点头，"手扎里可能不只记录了迷宫的情况，还记录了这间客栈的构造，比如密道的位置。如果客栈内有密道，宁烈想利用密道逃跑，但他知道，若这手札还留在你手里，你继续破译，就会看出客栈的问题，所以，他必须在逃跑之前拿走手札。”

慕容蓉有些吃惊，但的确有这种可能。

向隐低头沉思，片刻后，抬头道：“从目前所有线索来看，客栈的确很不对劲。但宁烈还留在客栈的可能性很大。等宋兵把屋子四周打了孔，也许就能找到一些线索。现在，只要等消息即可。但是——”

向隐还想说什么，却听到门后传来一阵声响。妮鲁帕尔慢慢走了过来，笑盈盈地看了看二人，随即又看向向隐，道：“怎么，你新结交的朋友？”

向隐淡淡道：“只是问问宁烈失踪的事罢了。”

妮鲁帕尔道：“官府的事，我们最好不要管。”

向隐点了点头，转身离开。但他看了慕容蓉一眼，似乎有话要说，却不能再说了。

慕容蓉目送着这对姐弟离开，觉得这俩人有些奇怪。他回到房间，发了一会儿呆。手札没了，他就没法翻译，现在唯一能做的事情就是睡觉。也许睡醒之后，事情会有新的进展。

他关上房门，打算好好睡一觉。可他睡得并不安稳，宋兵在二楼尽头的房间里敲打了一夜。

天快亮的时候，慕容蓉已经睡不着了。他披上毯子坐起来，决定出门看看情况。

走廊里传来吵嚷声，是掌柜的要去打水。

梁亭声音很疲惫，但依然很威严：“后院是有井的。”

掌柜的道："井早就干枯了，我们都是去镇子上打水。"

梁亭使了个眼色，让人跟着她去。

慕容蓉看了看众人，走过来问道："怎么样了？"

陶忠摇头叹息："我们听了那个年轻人的建议，把墙壁凿出了小洞，但没有发现任何异常。"

慕容蓉愣了一下，这才明白他口中的"年轻人"指的是向隐。就在此时，向隐正好下楼来。显然他也起得很早，听见了这番话，直接问道："我可否进屋查探一下？"

梁亭没有说话，其他人更是不敢直接答应。

向隐又道："其实我曾帮朝廷破过案，也认识大理寺少卿燕以敖。"

"我认识燕以敖。"一个宋兵怀疑地看了看向隐，道，"可是他已经升迁了。"

向隐似乎有些意外，却没有说话。

现在的状况很不乐观，倒不如死马当活马医，让这个向隐去看看也好。梁亭想了想，对陶忠道："带他上去看看，不要让他碰任何东西。"

陶忠点了点头。他带着向隐上去，慕容蓉也跟着去了。二楼尽头的房间内漆黑一片，陶忠刚要把灯点上，向隐却拦住了他："烦劳慕容公子再取一盏灯来。陶大人，昨日你们来搜查的时候，也是点的这里的灯？"

陶忠点点头："对。"

"宁烈消失的时候，灯是燃着的吗？"

"消失之前是燃着的，消失之后灯灭了。"陶忠回答的时候，心里忽然觉得奇怪。宁烈逃便逃了，为什么把灯也熄了？是想拖延被发现的时间，还是说他进门的时候，有什么东西不想让他看到？

此时，梁亭来了，慕容蓉跟在他身后，拿了一盏灯。向隐把灯接过来，看了看四周。房间内一片狼藉，家具已被移动，被子已被翻乱，墙壁已被打了孔。透过小孔，可以看到墙壁另一侧的情况。从门口的方向看，正对着门口的墙，外面是院子，右边的墙外面也是院子，左边的墙外面能看到楼梯。从地板的孔看下去，可以看到一楼的厨房。

“天花板上呢？”向隐问道，“怎么像是被堵住了？”

“是那个回鹘女子……你堂姐的房间。”陶忠摸了摸头，“我们打穿了她房间的地板，她昨夜还很生气，说我们打扰了她休息。等查探完发现没有问题，她便用东西堵上了。”

向隐没有说话，又仔细地查看了屋子。房间内没有发现密道。

向隐想了想，问陶忠：“宁烈逃走时，房间内可有异样？”

陶忠很仔细地回想了一下，却摇头：“我当时很慌张，不记得了，但是不觉得有什么异样。”

向隐问道：“宁烈消失之前坐在哪里？”

陶忠答道：“坐在凳子上。”

向隐问了个奇怪的问题：“他为什么不坐在床上？”

陶忠摇头：“不知道，而且他也不让人坐在床上。我进门之后，是坐在门口的地板上的。”

梁亭皱眉道：“可是我们检查了床，没有异样。”

向隐没有说话，在屋内翻找查探。过了半天，梁亭终于忍不住了：“你查了半天，有没有发现？”

向隐直起腰来，坦白道：“没有发现。”

梁亭有些生气，觉得向隐在戏耍他们。宋兵似乎在这个房间里浪费了大量时间。与其在房间里搜查，不如查查院子外面。也许有密道让宁烈逃到了院子里，甚至可能进入了地宫，会从几里地之外的地方钻出来。

想到这里，梁亭一声令下："派几个人去附近找找看。"

陶忠问道："可要从哪里找起呢？何况昨天下雨，没有看到他的脚印。"

"直接在附近开始搜捕。"梁亭埋怨地看了向隐一眼，有些怀疑他是敌人的探子。

向隐还是站在那里，想了一会儿，才道："我还是觉得这屋子有问题。从我进来的时候，就觉得哪里不对劲。"

"我也是。"一直沉默的慕容蓉忽然出声表示，"我也觉得好像哪里不对劲，却又说不上来。"

二人忽然变得默契起来。向隐点了点头，又道："最奇怪的就是桌子上的油灯。你们没有往里面加过油？"

陶忠道："我记得没有，但需要再问问别人。"

"既然查不出来，你就快出去吧，不要妨碍我们。"梁亭冷冷道。

向隐无奈地摇摇头。慕容蓉却紧跟上他，道："昨天你说的手札问题，我觉得有些道理。手扎虽然没了，但我在翻译手扎的时候做了一些记录，里面的一些词句我记了下来。我去拿来给你看看，也许会有帮助。"

向隐一听，眼中闪过一丝亮光，道："我跟你去拿。"

二人刚刚离开，就看到妮鲁帕尔站在楼梯口。

向隐的神色有了轻微的变化。

妮鲁帕尔上前对向隐笑道："不让你管，你却偏偏要管这些闲事。刚听你们说要去看什么手札？"

向隐没说话。妮鲁帕尔看向慕容蓉，道："那就有劳你送来了，我弟弟身体不好，到了喝药的时间，不能乱跑的。"

语毕，她催促着向隐快些离开。

"我们一会儿在大厅见。"向隐看了看慕容蓉。

慕容蓉点了点头。他看着这对古怪的姐弟，心中越发疑惑起来，忽然问妮鲁帕尔："我是不是在哪里见过你？"

妮鲁帕尔惊讶地转过身，灰色的眼睛闪动了几下，笑道："公子肯定是记错了，我之前根本没有见过你呀。"

此时，地宫里，柳三走远了。

夏乾孤零零地站在原地，听着柳三的脚步声一点点地消失，心中越发恐慌起来。

"柳三？"夏乾朝着黑暗处喊了一声，可前面并没有柳三的回应，只有长形丝巾软软地躺在地上，是暗红的颜色。夏乾看着它，感到了一点温暖，好像沿着丝巾走，就可以再见到柳三一样。

夏乾甩了甩头，觉得有些后悔，不应让柳三独自一人走那么长的路。他想了想，脱下了自己的衣服，把它撕成布条，决定从这里作为起点，朝柳三的反方向走。

他的目的是找到迷宫的入口。入口有门，有门就有缝隙。如果一边走，一边在墙壁上摸索，也许就能找到。

“柳三？”

夏乾喊了两声，周遭却只有自己的回音。夏乾的心更慌了。他一边摸索，一边想，若只有他自己掉入地宫，该是多么孤独和恐惧啊。

他摸索了很久，终于摸到了门缝。

夏乾看了看四周。没错，这里就是他们来时的入口，原来是没有门的，但是他们进来走了几步之后，门便掉下来了。

夏乾叹了口气。至少现在确定了，他们的确又回到了原点。可是为什么会这样呢？他没有精力多想，只是拿出匕首在门上划了几刀，门却纹丝未动，只留下一些浅浅的刻痕。夏乾心灰意冷，又非常疲惫，在门上刻了个“死”字，之后便靠着墙壁睡着了。

不知过了多久，他听见“轰隆”一声响。夏乾被惊醒，一下子跳了起来。他看看四周，却不见有什么动静。

夏乾试探地喊了一声：“柳三？”

很快，他听见了脚步声。夏乾又喊了几声。这次，他听见柳三应和了。二人循声找到了彼此，都很是惊喜。

“夏小爷！你怎么在这里待着？我回到踏板那里，发现你不见了，寻着衣服，这才找见你！”

“我不该乱跑。”夏乾挠挠头，“我找到了入口。你有什么发现？”

夏乾指了指那扇门。柳三赶紧上前摸索，转头看向夏乾：“我这一路没有发现什么别的机关，但是努力记住了路。我们现在可以确定了，迷宫只有两层。”

夏乾很是惊讶：“可是这怎么可能呢？我们上了这么多次。”

柳三皱着眉头，在墙边蹲坐下来，没有回答。

“柳三，你先休息一下，喝点水，睡一觉，醒了再想。”

柳三点点头。夏乾却走到另一侧，解开了裤子：“我……水喝多了，所以……”

柳三摇了摇水囊，笑道：“要不存起来？万一咱们以后没水了呢？”

夏乾很坚决：“不行！”

“不过，这迷宫也太干净了些。”柳三四处张望着，“如果阿里米拉当初也在这里被困了数日，应该留下一些痕迹才对。”

夏乾解决了问题，提着裤子走回来：“我觉得是被清理了。就像咱们在蜂塔底下见到的尸体，应该就是从这里挪过去的。”

“有道理。如果把尸体摆在这里，就像一个标记，后来进入地宫的人就会发现迷宫是循环的，就达不到困住人的目的了。”

夏乾问道：“那首诗怎么说的？”

柳三眉头紧皱：“‘佛眼之门，迷宫数层。足下成环，交错纵横。生门亦死，死门亦生’，这究竟是什么意思呢？”

二人沉默了一阵儿，似乎都在想事情。

“柳三，”夏乾忽然道，“你记性真好。”

柳三愣了一下。

夏乾又道：“这首诗我只念了一遍，你竟然能一字不差地背下来。”

柳三忽然变得有些紧张，他赶紧哈哈一笑，道：“我当然是聪明的，只是不愿意学而已——”

“当年在猜画的时候，我托人给你送过信。”

听到这话，柳三的脸色微变。他一下子站了起来，怔怔地看着夏乾。

夏乾托着腮，很是平静地道：“我怕你不识字，便画图给你。你特意让人回信给我，装作自己不识字的样子。但其实你是识字的。我们常在一起，露马脚是很正常的事。”

“我没有装，我只是……认得不多。”

柳三明显是在敷衍。夏乾看了他一眼，没有说话。

柳三越发紧张了。他盘腿坐下，躲开了夏乾的目光。

“其实，我还有很多话想问你。”夏乾像是鼓足了勇气似的，“我不像易厢泉一般明察秋毫，但是身边人有些不对劲，我还是能感觉出来的。你、韩姜和慕容蓉其实都有自己的秘密，如今韩姜的事我了解得差不多了，但你和慕容蓉的事……你们不愿意讲，我也就不多问。”

柳三闻言，眼神飘忽不定，忽然笑道：“夏小爷，你真的……”

“比你想象中要厉害得多，是吧？”夏乾拍拍屁股站了起来，看了看柳三，“你知道我会掉下来，你是故意跟着我下来的。”

柳三屏住了呼吸，怔怔地看着他。

“夏小爷——”

“你带了干粮和水，引诱我坐在蜂塔的地板门那里。你跟着我下来，而且对这个迷宫也是一无所知，证明你也是冒死进来的。我不知道你的意图，但是你应该不会害我。”

柳三低下头去，没有说话。

夏乾认真道：“我之前一直憋着没有讲，是希望你把事情都和我讲明白，否则咱们接下来的时间里，会……很难熬。”

夏乾说得很坦诚。柳三舒了一口气，反倒轻松了不少：“等咱们出去之后，我就告诉你原因。但如今，我希望你相信我，我是不会害你的。”

他这样说了，就代表承认了。夏乾却不知说什么，只是叹了口气，靠在墙上，半天才道："我信你。"

"我一定想办法带你出去。"柳三坚定地道。

"可是怎么出去呀？"夏乾瘫坐在地上，"先要把事情弄清楚。我们明明上了楼，为什么会回到原点？"

"先别说这个，咱们还是换个地方坐吧。"柳三有些嫌弃地捏住了鼻子。

夏乾一转头，赶紧解释道："我刚才真的离得挺远的。"

柳三翻了个白眼："那它怎么流过来了？"

说完，二人都愣住了。他们都想到了同一种可能性。

柳三先站起来，走到墙边："夏小爷，把你的匕首拿给我。"

夏乾把匕首递了过去。柳三拿着匕首，在墙上划出一道斜线："如果我猜得没错，整个迷宫都是倾斜的。"

"可是斜面又有什么用呢？而且我们明明上了楼梯——"夏乾说到这里，顿了下，"我们上了楼梯，却又从斜向下的迷宫走了下来！"

柳三点点头，用匕首在墙面上划了起来："我们先在迷宫里，在不知情的情况下一直朝下走，然后上楼梯，到达第二层。接着在第二层迷宫里打转，继续不自觉地向下走，然后再上楼梯，回到了第一层。"

柳三一边说，一边在墙上画迷宫的侧视图。他从左上划到了右下，这是第一层迷宫；接着向上画一条直线，到达了右上角，这是楼梯；再从右上到左下画一条斜线，这是第二层迷宫，接着再从左下到左上画一条直线，这是第二个楼梯。如此，他们就回到了最初的地方。

夏乾惊道："这个迷宫不像普通的建筑，一层、二层是叠在一起

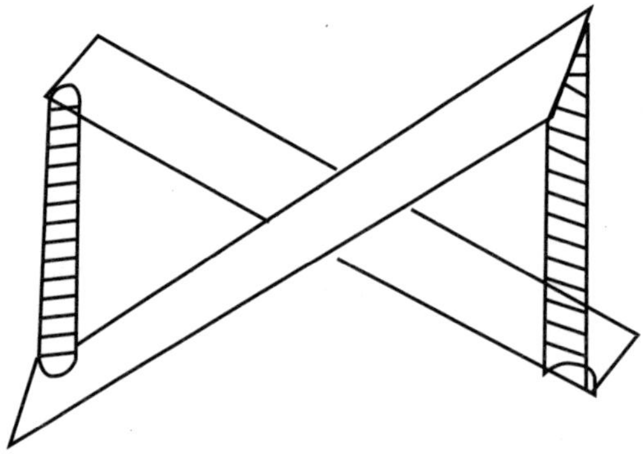

双层迷宫侧视图

的，而是错开的！从一层的东北角上楼，出口是二层的西北角，所以我们之前才会对方位有所困惑。”

柳三点头：“要想做这样的建筑，迷宫必须要大，走廊需要很长，这样在走的时候才不会觉得斜度过大。而且，还有这些壁画也有问题。壁画不是白白画在这里做装饰用的，所有的壁画其实都是倾斜的，但它和地宫的地面是垂直的，这才给我们造成了错觉。”

夏乾冷静了下来：“整个迷宫虽然只有两层，但是会形成一个环形，这就应和了最初的那首诗‘足下成环’。”

“如果迷宫是环形的，那便没有出口了。啊，我明白了！”柳三一拍大腿，“所以才叫‘生门亦死，死门亦生’，我们来时的门便是我们出去的门！”

夏乾叹了口气：“也许我们就不该进来。”

“咱们先过去看看。”

他们回到起点处。柳三看了看，发现门上刻了一个“死”字，正要细看，夏乾却道：“那是我刻的。”

“嗐，我还以为是什么机关。夏小爷，你刻这么个不吉利的字做什么？”

夏乾没有说话。他眯眼上前看了看，想了想，忽然道：“不对劲。”

“哪里不对？”

“我刻字的时候是站着的，字和我的视线平齐。但是它现在的位置比我的头部要高。这说明门是活动的，而且……”

“踏板！”二人异口同声道。

柳三赶紧上前看：“这个门肯定是能活动的。咱们从门中进来，踩了不远处的一块踏板，门就落了。”

夏乾激动地点点头：“方才我在此地睡着了，朦胧中听见了响动。现在看来，正是因为你不小心踩了踏板，这扇门才重新升了起来。”

柳三点头道：“有这种可能。踏板每踩一下，门就会升起来一点。踩的次数多了，门就有可能会重新开启，这就是‘生门亦死，死门亦生’。这样，我去重新踩一下，你看看门有没有反应。”

说完，柳三转身离开了。夏乾留在原地等待。这种等待比死寂更加难熬，但是他得盯着门。夏乾轻轻咽了咽唾沫。这时，门轻微动了一下。

它往上升了！

“柳三！”夏乾欣喜地喊了一声，但他不知道柳三是否能听见。很快，柳三回来了，查看了门，确认道：“是可以升上去的。夏小爷，我现在返回去，咱们一人拉住丝巾的一头，等我到达踏板处，咱们再把丝巾拉紧，之后我开始踩踏板。如果门完全开了，你就松手，丝巾掉落，我就返回来。”

夏乾点了点头。柳三拿起丝巾，刚要走，夏乾忽然叫住了他。

“你是不是也习武？”

柳三一愣，回头看了看他。夏乾又道：“韩姜说过你习武，却又说可能练得不好。但你来回跑了好几次，却一点儿都不累。”

柳三笑道：“我没有韩姑娘厉害。夏小爷，你还是在这里休息吧，我们剩的水不多了。”

说完这句，他便转身离开了。

夏乾又一个人留在了黑暗里。他静静地等待着，手中的丝巾被拉紧了，他知道柳三已经到了踏板处。很快，门开始一点点上升，直到下端露出了缝隙，门开了。

夏乾立即松了丝巾。他看着那道缝隙，心中有说不出的滋味。他想冷静一下，打开水囊，想要喝上一口，却发现水囊已经空了。

第八章

空房间

慕容蓉拿着几页纸，来到了厅堂。向隐和妮鲁帕尔都坐在厅堂里，两个人低头注视着不同的地方，彼此都没有说话。

慕容蓉走过去，把纸递给向隐："这是我从手札中翻译过来的词，都记录在此。"

向隐翻了翻。里面标注了很多词汇，有"倾斜的""三部分""空间""环"等。向隐抬头问道："没有关于这间客栈的记载？"

慕容蓉摇头："我只看了部分词汇，好像只有迷宫部分的记载。"

向隐没说话，好像在思考。他的手边放着一盏油灯，油灯一直亮着。慕容蓉问道："这是你从房间里带来的那盏？"

"对。"向隐看了看油灯，道，"这就是最奇怪的地方。我把灯点燃计时，发现灯油耗尽需要两个时辰。但是从昨日宁烈消失到我们进屋，过去了将近四个时辰，屋内的那盏油灯四个时辰才燃尽。我和所有宋兵都确认过，中途没人添加过灯油。”

慕容蓉拿起灯来看了看：“也许宁烈在里面加了什么东西。”

“我检查过，里面没有奇怪的东西。我也找掌柜的问过，灯油都是一样的，一般燃两个时辰就差不多熄灭了。如果加了什么东西能让灯油燃烧得更久，那这是造福百姓的事，可大家竟然都不知道。”

慕容蓉思索道：“也许宁烈自己添加了灯油。”

“有这种可能。但是为什么呢？”向隐又陷入了沉思。现在的疑点一共有以下几个——宁烈一定要入住这间房；拿走慕容蓉的手札；添加灯油；短时间内在房间内消失。

慕容蓉想了想，又道：“也许房间内有密道。宁烈可能自己偷偷准备了灯油，想进入密道，举着灯走，可是没有来得及拿走灯。”

慕容蓉的推断听起来似乎很有道理。但问题依然存在——他们找不到密道。

向隐摇头：“如果客栈内真的存在密道，掌柜的在这里生活了这么多年，竟然对此一无所知。”说到这里，他忽然愣了一下，站起身来，“咱们上楼一趟。”

慕容蓉跟了上去，妮鲁帕尔也跟了上去。他们原以为是要去宁烈的房间，向隐却进入了自己的房间。

他一把推开了门。屋内的陈设很简单，柜子、椅子、床铺，桌子上摆了一个围棋棋盘。但令人觉得奇怪的不是这些东西，而是地上堆了很多小孩子的衣服。

慕容蓉吸了一口凉气：“这是哪里来的？”

“我从床底下找出来的。”向隐的目光阴沉了一些，“走吧，我们去找掌柜的问问。”

他刚要出门，却犹豫了一下，转身从桌上拿起茶壶，将里面的茶水直接倒在了地上。

妮鲁帕尔问道：“你做什么？”

“没什么。”向隐低头看了看，见地上的水渍没有流动的迹象，他便不再说话，转身离开了这间屋子。

他们来到宁烈的房间门口，问宋兵：“掌柜的来了吗？”

梁亭皱了皱眉：“在楼下。”

“带她上来吧。”向隐诚恳地道。很快，掌柜的便被带了上来。见一众人等聚集在此，她似乎有些害怕。

向隐看了看掌柜的，没有直接问话，而是看向了陶忠：“你们再把当日的情形重复一遍。”

“当天，我在宁烈房间里——”

“不是重新说，”向隐指了指走廊，“是重新演。”

梁亭点了点头。于是，陶忠和掌柜的回到了楼梯口。陶忠挠了挠头：“当时，掌柜的就是在这里被烫伤的。怎么，要再烫一次？”

向隐犀利的目光看向掌柜的。掌柜的瑟缩了一下，没有吭声。

向隐突然问道：“你家孩子呢？”

掌柜的一怔，眼里有惊恐，却没有说话。

向隐道：“门口有木马，应该有小孩经常骑。房间里遗留着小孩子的衣物，却统统被收在床板底下。那位名叫巴依克里木的胖郎中，应该是专门治疗儿童病的郎中。他经常来此地居住，为的就是给你家孩子看病。他连银子都不带，因为根本不用付房费。厨房里有三条毛巾，还有治疗咳疾的药，但是你没有咳嗽的现象。”向隐顿了顿，又道，“你有个孩子，可能是孙子，也可能是孙女。可他不在这里。”

掌柜的眼睛垂了下去。

向隐还想继续问，梁亭冷冷地对掌柜的道：“说与不说都无妨，我们今日就可以在此杀了你。”

掌柜的闻言，眼神闪了闪，终于道：“五天前，西夏人劫走了我的孙女，让我按照他们的吩咐做事。”

她说得平静又绝望。

向隐问道：“西夏人让你帮助宁烈逃跑？”

掌柜的点点头：“我按他们的吩咐做了，但绿荫镇本就是多事之地，以前也发生过这种事，孩子被劫走，都是再也回不来的。我也哭过，伤心过，但也知道……孩子没了，日子还要继续过下去，我还要继续开客栈，继续活着……”

慕容蓉动了恻隐之心，劝说道：“只要你说出宁烈在哪儿，宋兵会帮你找到孩子的，对吧？”

慕容蓉看向梁亭，但梁亭没有说话。

掌柜的摇摇头：“说与不说，孩子都是回不来的。”

梁亭有些不耐烦了，唰地抽出长刀架到她的脖子上：“快说，宁烈在哪儿！”

掌柜的没有答话。

慕容蓉还想说什么，向隐却看向梁亭，道：“她说与不说，我都能帮你们找到宁烈。”

言下之意，是让梁亭放下刀。

梁亭没有动，也没有回答。向隐只得看向陶忠：“事发的时候，掌柜的将你引到楼梯口这里，然后你很快就返回去了，对不对？”

慕容蓉忽然发现了关键：“其实楼梯口这里，离宁烈的房间是很远的。”

陶忠疑惑道：“但折回房间是很快的。”

慕容蓉道：“可是，如果宁烈此时从房间出来，你也是看不到的。”

“而且可能完全听不见宁烈的脚步声。”向隐点了点头，“刚才我上楼的时候就觉得很奇怪，楼梯口离走廊尽头的房间需要拐至少两个弯，这个距离并不近。”

陶忠问道：“可是走廊中间还有两个房间，其他人都在那里商议对策，他们也听不见？”

梁亭答道：“当时关着门，我们又都在集中精神商议对策。如果蹑手蹑脚地走路，屋里人很难听见。”

说完这句话，他依旧没有放开掌柜的，却把刀插回了刀鞘。他看看向隐，像是让他说下去。

陶忠还想开口，向隐却道：“我知道你想问什么。这就是最重要的问题——即便宁烈从门里出来，他也是无处可去的。但这其实是逻辑错误，‘他无处可去’不等于‘他没从房间出来’。我们认为宁烈是在房间内消失的，所以把房间检查了一遍。但如果他消失在走廊上呢？”

陶忠摇头：“你是说走廊中有密道？除非密道的位置在宁烈房间门口处。”

要解答这个问题，有个更简单的方式，这需要士兵重新搜查宁烈门口的长廊。

向隐把众人带回宁烈房间前方的长廊。梁亭率先走了一圈，看了看墙壁，摇头道：“乍一看，没有看到暗门。”

向隐点头：“那么现在可以确定了，这条走廊没有暗门。”

向隐说完这句话，梁亭已经气得脸色铁青了。陶忠和其他宋兵的脸色也很难看。这个向隐带着他们绕来绕去，最后竟得出这么一个结论。

可向隐没有说话，他掏出水囊，直接拧开，把水倒在了地上。水在地上慢慢地流淌，向走廊尽头的房间流去。

慕容蓉惊道：“这是一个倾斜面！”

梁亭蹲下，眉头紧皱：“可是倾斜角度不大，平常人感觉不出来。这到底怎么回事？”

显然他是在问向隐。向隐拧上水囊：“这条走廊的确是没有暗门。我当初就觉得奇怪，宁烈拿走了阿里米拉的手札，手札上可能记录了一些不想被我们看到的重要信息，那是因为阿里米拉建的这间客栈，用的是和地下迷宫相似的原理——他创造了另一个空间，导致陶忠折回来的时候走错了路。”

他说完这些话，其他人都很是吃惊，却没明白是什么意思。

“最先起疑的地方就是油灯。能燃两个时辰的油灯，却燃了四个时辰，并不是宁烈往里面添加了东西，而是因为油灯被换了一盏。因此，我们一直陷入了一个误区。我们认为房间有问题，其实是走廊有问题；我们认为油灯被换了一盏，其实被换的不是油灯。”向隐顿了顿，“他换了一个房间。”

向隐带着众人往回走，停在了走廊拐角处。这里也是宁烈房间前面的走廊与梁亭房间走廊的交汇处。他指了指梁亭对面的墙壁，道：“密道不在宁烈的房间里，也不在房间前面的走廊上，而是在这里，你们房间的对面。”

陶忠惊道：“可是宁烈不可能走到这里，太远了，而且对面就是我们的房间。如果在跑动时有声响，我们推门出来就会发现。”

“没错，所以他没有走过来，而是有第二个人一直站在这里。”向隐开始在墙壁上摸索，直到摸出一条缝隙，才给梁亭指了指。

梁亭转身对众人道：“撞开这面墙。”

几名宋兵拿出兵器，开始敲击墙面。很快，墙上出现了一个洞。众人往里面看去，都吃了一惊。

这是一条与旁边相邻的走廊，隐藏在墙后面。这两个走廊一模一样，尽头的房间也一模一样。只不过这个墙后面的走廊倾斜向上，旁边的走廊倾斜向下，尽头的两个房间完美地错开了。

向隐扒开被击碎的墙壁，往回一拉，道：“我们把宁烈所在的房间和走廊称为上层，把我们刚才搜查的房间和走廊称为下层。上层和下层是交错的，入口由活门控制。活门就在拐角处。从一开始，宁烈一直住在这个上层的房间，他从来没有出过屋。而这个活门往回一拉，就把下层走廊完全遮住了。而在下层房间的走廊上一直站着一个帮手。等陶忠跑开，这个帮手迅速推开活门墙面，自己也走入了上层的走廊，之后把活门拉过来，这样他们就会藏匿在活门后面，隐藏的空间也会出现。这样，陶忠回来之后，会不自觉地进入新的走廊和新的房间。”

慕容蓉惊道：“所以我一直觉得哪里不对劲，却又说不上来。因为宁烈消失之前，我是来过这里的。再来的时候，中间的走廊却变长了。”

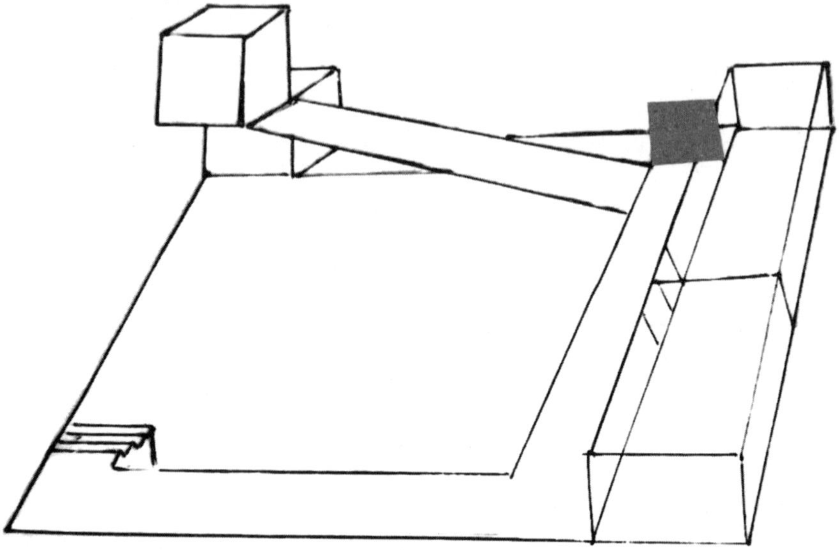

图1　宁烈消失前，活门将走廊尽头堵上，众人聚集在上层房间

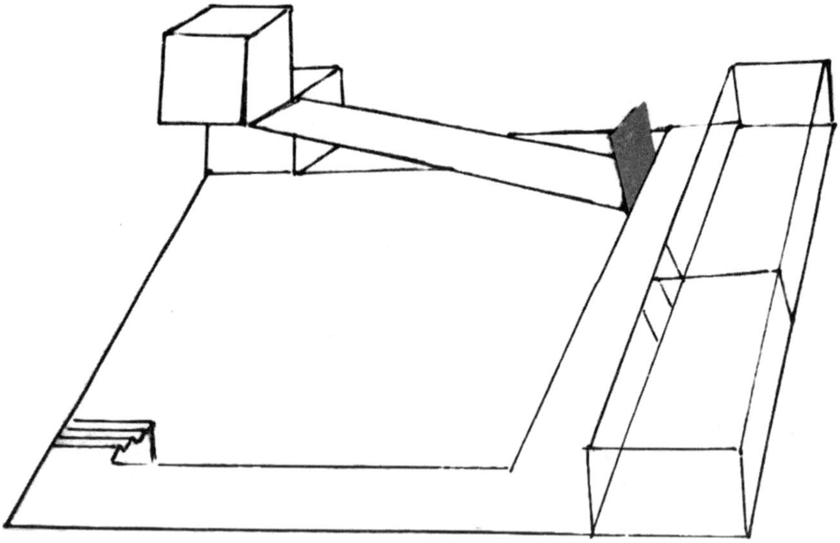

图2　宁烈消失后，活门将上层放进入口堵上，众人进入下层房间

向隐点头："这也解释了油灯燃烧的问题。因为两个房间的陈设一模一样，所以宁烈不肯坐在床上，床铺非常平整。如果有人躺过或坐过，两个房间的床单褶皱就会有明显的不同。"向隐拉了拉这扇被打破的活门，"这个机关其实非常简单。如果我没猜错，这是阿里米拉设计出来避难用的。如果这个哨点被敌人攻破，走投无路的驻军就可以躲入这个隐藏空间，暂时躲过搜查——"

他话还没有说完，梁亭已经率领一行人冲到了房间前面，踹开了门。里面，一个年轻人惊慌地看向他们，而宁烈则平静地坐在床边，没有表情，也没有出声，显然是听见了他们方才的谈话。

所有士兵都松了口气。他们把宁烈擒住押走，而梁亭转身看了看屋内的年轻人，怒道："谁指使你的？"

"不知道。"年轻人声如蚊呐。

"不知道？"梁川一把揪住他的领子，"你知道这件事的后果吗？"

年轻人微微颤抖："西夏人抓走了我的女儿，然后写了封信给我，要我和我娘配合他们这么做。如果我不这么做，我——"

他哭了。

掌柜的上前，抱住他，也哭了。

梁亭不为所动，揪住掌柜的问道："你端热水的时间、进入隔壁走廊的时间，都需要看准时机，单凭你们二人是做不了的。还不快说！客栈里谁是西夏奸细？谁给你的消息？"

年轻人呜咽着，却没有说话。

向隐道："我觉得最可疑的是那个姓季的红帽子老人。他常年在这里卖书，显然是挣不到什么钱的，却能住这么贵的客栈。他精通多国语言，很可能是以卖书为由在此地传送消息。但我不能确定。不过，客栈里不剩几个人了，一一盘查便是。”

梁亭朝手下使了个眼色，示意他们把人都带走审问。最重要的是，宁烈找到了。等今夜过后，他们一行人便要启程离开此地，去把主帅李宪换回来。那样，事情便结束了。

慕容蓉站在一旁，看着宋兵把人押走，忽然有些感慨。宁烈逃走的事情可能只是一个小小的插曲，其实不然，也许这次的事可以改变大宋和西夏的战局。

宁烈被押了起来。临走时，他走到慕容蓉和向隐面前，抬头看了看他们。

宋兵怒道：“还不快走！”

宁烈被推了一下，却没走。他从怀里掏出手札还给了慕容蓉：“这手札我看过了，主要是讲地宫的破解之法。上面还说，这家客栈附近有地宫的入口。”

慕容蓉惊道：“此话当真？”

“但不清楚具体方位。事已至此，我也不再耽误你救人。拿走手札非君子所为，但我实在是怕你们发现其中的端倪把我找到，没想到……”宁烈又看向了向隐，问道，“你的话我全听见了。在这种境况下，你竟然只用了一天时间就找到了我。你……究竟是谁？”

他问向隐的姓名。向隐犹豫了一下，没有说话。

“你是不是大宋皇帝派来的？”

向隐摇了摇头：“我只是普通百姓，做了自己应做的事。”

“普通百姓？呵，罢了。”宁烈显然是不信，“我以前见过一个和你长得很像的年轻人。不过他是西夏人，比你年长很多。”

向隐的眼神忽然变了，一把拉住了宁烈。

宁烈却道：“他姓拓跋，后来去了中原，再也没有回来过。我只知道这些而已。不过，应该与你这‘普通百姓’没有关系。”

说完，宁烈拉了拉领子，好像不想再与他有什么牵扯，平静地离开了。

向隐愣了片刻，想追上去再问，却被妮鲁帕尔拉住了。

“回去休息吧，你也累了。”说完这句话，她朝向隐笑了笑，可笑容里像是藏了一把刀。

天色暗了下来。宋兵当夜审了掌柜的和她儿子，确认他们并不是西夏奸细，于是不再管他们，直接把宁烈和红帽子老人押走了。慕容蓉去楼下端了一壶茶，远远地看到了他们。不知为什么，宁烈变得沉默寡言，已经不像之前那样活跃而富有生气了。他走在队伍中间，和年轻力壮的宋兵相比，显得苍老和羸弱。

慕容蓉忽然有些同情他，但也只是一点而已，毕竟他是敌军，而且还把手札扣下……

无论如何，这件事大概就这样结束了。但客栈并没有变得安静起来。掌柜的在厨房里呆坐，她的儿子却哭了。如今宁烈被找到，又被宋军押走了，他们家的孩子又怎么可能回得来呢?

有几个客人嫌吵闹，重新换了房间。慕容蓉心里也乱，便也换到了三楼的小房间。他把灯点上，茶具摆好，然后摊开了阿里米拉的手札。如果今夜能翻译出手札里的内容，明日一早便能去找韩姜了。

当他打开手札，却发现宁烈已经帮他做好了注释。慕容蓉有些吃惊。宁烈的汉字竟然写得不错，一笔一画，漂亮且规整。手札中的吐火罗文被解了大半，慕容蓉便将剩下的部分逐字逐句试着翻译。很快，他读懂了手札中的大部分内容。

迷宫分为三个部分，一共四道门，第一道门是蜂塔之门。若要穿过蜂塔，必须解开“回”字形密文。第二道门是佛眼之门，穿过佛眼之门会抵达迷宫。这片迷宫其实仅有两层，由倾斜面构成。人在行进时会不知不觉向下走，再上楼梯之后，再向下走。这样不停上楼，会让人误以为迷宫有很多层。穿过迷宫的方法是踩踏板，让来时的门重新打开，此时会出现青灯之门，即第三道门。

慕容蓉看到这里有些急了。如果夏乾和柳三一直留在蜂塔下方，反倒是最安全的。可如果他们走进了佛眼之门，怕是凶多吉少。

一更的梆子响了，慕容蓉有了倦意。他喝了一杯茶，提了提精神，继续往后看。

穿过青灯之门后，便能看到胡斯的棺椁。而棺椁附近有一暗道门，找到机关，进入地下小室，便会见到最后一道门。若要打开此门，必须找到胡斯的信。信中写了很多“回”字形密文，这是开启大门的关键。但只有信是不行的，还要懂得“回”字形密文的含义。而七名道人的诗歌“青灯之门，灯下重现。心中知理，手持密卷”，指的便是这个意思了。

慕容蓉皱起了眉头。伯叔一行雇他们来到此地，恐怕就是想要打开地下的门。如今看手札里的意思，如果不能解开“回”字形密文，是没有办法打开青灯之门的。但慕容蓉关心的不是地下的财宝，而是要想办法把夏乾和柳三救出来。可如今只有两个办法，第一是让韩姜挖下去，第二就是解开“回”字形密文，穿过蜂塔，进入地宫。

慕容蓉觉得额间已冒出了汗。本以为解开手札上的文字就可以知晓地宫更多信息，可手札中没有记录“回”字形密文的含义，甚至连一点儿线索都没有。慕容蓉定了定神，拿出从蜂塔上抄下来的“回”字形密文，看了又看，却毫无头绪。

他又拿出手札。手札上记载了几句话，大意是：左起有误，右行为先，万物如棋子。

慕容蓉揉了揉头，实在不知道这几句话是什么意思。他又看了看手札的最后，还有一段话。慕容蓉把语序整理好，大概意思如下：

我　一个人　胡斯棺椁　取出　密文　一个人　解开了　秘密　开启　最后　门

慕容蓉有些吃惊。他又翻译了一遍，应该是阿里米拉独自进入地宫，取出“回”字形密文，当场就破译出来了。这便有些耸人听闻了，这“回”字形密文让人毫无头绪，阿里米拉竟能自行破译。

慕容蓉静下心来，想到一种可能。他只看到了蜂塔上的文字，这是目前唯一的线索了，而阿里米拉看到了最后一道门。也许像蜂塔的门一样，最后一道门上也标有“回”字形密文，阿里米拉就有了更多的线索，这才能破译出来。

无论如何，这都说明了一点：“回”字形密文是可以破译出来的。

慕容蓉继续读下去。后面又写了不少内容，如日记一般，记载了阿里米拉将手札献给夏景宗李元昊的事。

李元昊得知阿里米拉成功进入了地宫，龙颜大悦，立即命阿里米拉与顾命大臣高怀昌、毛惟正一同进入地宫，统计宝物数量。但他们并没有将财宝带出，而是要将一批新的宝贝封存在此，待到必要时再打开。“回”字形密文和解密方法分别交由高怀昌、毛惟正保管。

慕容蓉有些明白了，李元昊并没有声张，而是把此地当作自己的私财，不为自己的儿女和其他大臣所知晓。而手札到这里便结束了，后续是什么，便不得而知了。

慕容蓉呼出一口气，合上了手札。待天亮之后，再去找韩姜商量对策吧。他又拿出“回”字形密文看了看，如果能破解它，那他们就可以穿过蜂塔，直接把夏乾和柳三救上来。

但有个前提，那就是夏乾和柳三一直停在蜂塔底下，没有往深处走。

脚步声近了——柳三跑了过来，看了看门，激动地道：“漏了一条缝，我们可以出去了！”

不等夏乾答话，他就率先钻了出去，却在门口停住了。

“怎么了？”夏乾也跟着钻过去。等他站直了，却愣了一下。只见头顶出现了一个入口，这是他们来时不曾见到的。

这个洞是在他们碰触了机关之后才出现的。

柳三没有说话，两脚一蹬墙面，一下子便爬了上去，钻进了洞里。

“柳三，里面什么样？”

“还是走廊，看不到尽头。”

夏乾经历了之前的事，犹豫道：“我觉得，我们应该回到蜂塔底下。”

“可那里是没有出口的。夏小爷，我往前走走看，如果有出口，我再回来叫你。”

柳三说话的时候，眼神有些奇怪。他没有等夏乾回答，想接着往前走，却被夏乾叫住了。

“柳三，你现在是不是可以对我说实话了？”夏乾的语气很平和，却很是坚定。

柳三转头看了看他，道：“我必须接着走。”

他说了实话。夏乾舒了口气，继续问道：“前面是不是真的有出口？”

“我不知道，但我很确定，里面有我需要的东西。”柳三看着夏乾，眼里闪着很真诚的光，“那是我必须拿到的东西。若你不跟我过去，也可以，就在蜂塔下等着救援。但前方也可能有出口，如果我找到了出口，我一定会回来找你的。”

夏乾到现在都不清楚柳三的目的。他朝着蜂塔的方向看了看。走廊很长，那里漆黑一片，没有一点儿声音。他又朝柳三所在的方向看了看，也看不到什么。

夏乾叹道：“如果你一定要走，那我跟你一起。”

听见这话，柳三吃了一惊。夏乾道：“出了事也有个照应。刚才若是没有你，我是走不出来的。”

夏乾下定了决心，勉强爬上顶端的入口。柳三拉起他，却什么话也没说。待二人站定，看到前方又是一片漆黑的走廊。他们没说话，却都感到绝望。

柳三摇了摇手中的水囊，道：“我也没水了。”

“我们这算是穿过了诗句里说的佛眼之门了吧？等看到最后一扇青灯之门，穿过去也许就能看到出口了。”夏乾嘴上说着，其实是想给柳三一点安慰。可他们心里都清楚，即便走到终点，看到的很有可能是财宝，而不是出口。这于他们而言，毫无意义。也许此时应该返回蜂塔底下，等待救援，才是最明智的。

柳三似乎也没有刚才那么坚定了。他朝前方看了看，有些犹豫。

夏乾拍了拍他的肩膀，道：“我们先休息一会儿。”

他看着柳三发红的眼睛，知道他是因为很久没有休息了。柳三点点头，疲惫地道：“等醒了再作决定。”

他也是疲惫至极，慢慢躺到地上，很快便睡着了。因为刚才探路的缘故，柳三扯坏了自己的外衫，如今他的穿着很是单薄，却一直护着怀，好像怀里放了什么重要的东西。

夏乾也慢慢躺下，想休息一会儿。可他的目光落到了柳三身上。长明灯虽然并不十分明亮，但也可以把四周照得清楚。柳三的衣衫没有遮住腿，他的腿上有一道长长的、很深的伤疤，像是旧伤。

也许是在哪里划的。夏乾无意理会，慢慢合眼睡去了。

就在此时，一个奇怪的念头慢慢浮现在夏乾的脑海。这样的伤并不常见，就像是……

夏乾忽然睁开眼睛看着柳三，想问他一些话，可柳三已经睡熟了。

第九章

偷窥的人

夜深了。慕容蓉还在桌案前，紧皱着眉头。如果能解开“回”字形密文，柳三和夏乾就可以得救。可目前最大的问题是不清楚“回”字形密文对应的是何语种。换言之，如果破解了“回”字形密文，那它的答案是什么？是汉文，西夏文，回鹘文，还是吐火罗文？

七名道人是汉人，但显然他通晓多种语言。如果不清楚“回”字形密文对应的语言，那将无从下手。

慕容蓉重新看了看“回”字形密文。也许密文并不是对应某种语言，而是别的东西。

慕容蓉忽然想到一点，密文来自蜂塔的门，蜂塔下面是迷宫，七名道人设计了奇特的建筑，而密文也是他设计的，再观察密文，也许它并不是对应某种语言，而只是代表了某种方位呢？缺口的一处可能是用来指明方向也说不定。

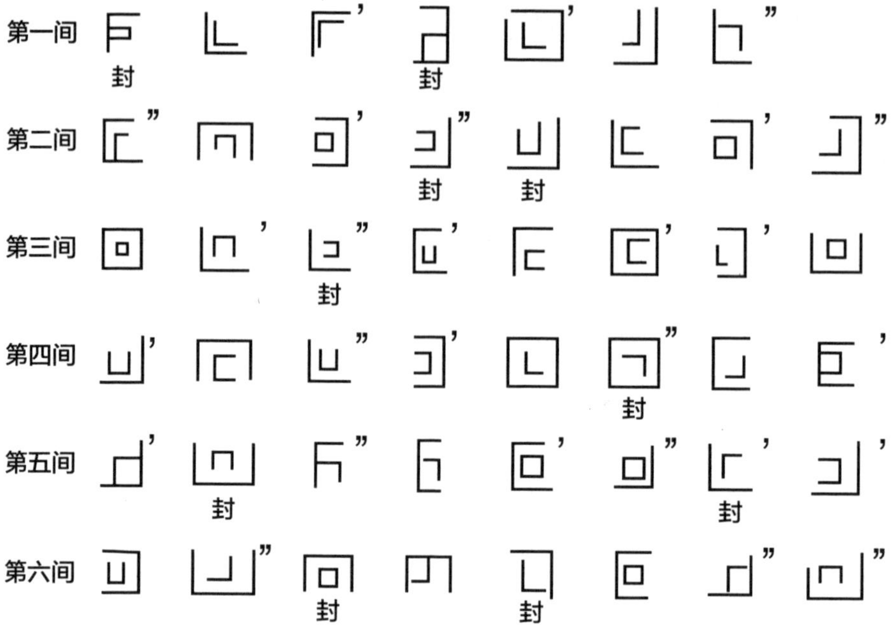

“回”字形密文

慕容蓉赶紧再看。如果“回”字的外边口指的是蜂巢四周的六扇门，内里的口指的是蜂巢的顶端与底端两扇门，这样是不是能表示迷宫的形态？

但还是对不上。蜂巢迷宫是六边形的，密码却是四方的，用缺损来指代，终究行不通。

慕容蓉的耐心逐渐消失。他喝了一口茶，强迫自己冷静下来。

如果不是指方位，那它的意义是什么呢？可以肯定的是，“回”字形密文就是能指引人正确地穿过一扇又一扇门，走出蜂塔。慕容蓉想到这里，忽然灵光一闪。密文的存在是为了标记“顺序”，那么“回”字形密文很有可能代表的是数字。

慕容蓉有些激动。他觉得这个思路是正确的。可仔细一想，又不对。以汉文为例，若要用汉文来表示数字，前十位全是单字，“十”之后变成了组合词，譬如汉字“十四”，就是“十”与“四”的组合。不仅是汉文，吐火罗文中也存在这种组合，毕竟，不能为了表示数字“一百”，就创造一百个单字出来。

但是，慕容蓉和韩姜抄下来的“回”字形密文都是单字，而且没看到有重复的。

慕容蓉的额头开始冒汗了。他端起茶喝了一口，又精神了一些——今夜一定要理出个思路。韩姑娘一直在想办法救人，自己也不能轻易放弃。

慕容蓉深吸一口气，聚精会神地想着。也许自己的思路错了，也许密文说明的不是数字，而是表示顺序。

慕容蓉随手翻了翻《弥勒会见记》。这是西夏著名典籍。也许“回”字形密文对应的是吐火罗文字母表。但是他记得，七名道人是中原人。虽然不清楚他都通晓哪种语言，但若要用“回”字形密文与某种文字做对应，七名道人选择汉字的可能性更大。而商人胡斯是回鹘人，对应回鹘文也是有可能的。

慕容蓉的思维已经乱了，他开始胡乱猜测。如果“回”字形密文对应的是汉字，那的确有千余种写法，可汉字是没有所谓字母表的。

慕容蓉再一次看了看“回”字形密文——无重复，而且有顺序。如果它们代表的是汉文的文章呢？

比如《千字文》。

慕容蓉想到这里，又开始激动了。他默写了《千字文》：

天地玄黄，宇宙洪荒。日月盈昃，辰宿列张。寒来暑往，秋收冬藏。闰余成岁，律吕调阳……

他想和“回”字形密文做个对照，可二者的形态差异很大。即便密码指代的就是《千字文》，密码无重复，《千字文》也无重复，可对照了半天，根本没有办法找到规律。

也许应该去睡一会儿。慕容蓉感觉很是疲惫，却又想硬撑。他晃晃茶壶，发现茶已经喝光了，于是想下楼再弄些来。

他刚出门，侧眼一瞥，看到了一抹光。

在黑暗的过道里，这抹光很是微弱，是从门缝里透出来的。如果不仔细瞧，根本发现不了。

有人没睡，在悄悄点着灯。

慕容蓉为了避免被打扰，换到了三楼尽头的小房间。其他房客也私自换了房间。如果他没记错，这里住的是……

慕容蓉犹豫了一下，轻轻朝那门里看去——

屋内一桌，桌上放着一盏油灯。灯不知被何物罩住，发出朦胧的光。灯下一书、一卷、一笔、一砚。屋内传来水声，像是有人正在倒茶。

慕容蓉凑近细看，桌上的字迹逐渐清晰，却令他大吃一惊——是“回”字形文字，是他和韩姜从蜂塔上誊抄下来的。有脚步声——屋内的人慢慢走了过来，饮了热茶，又站在书桌前开始研墨。

是向隐。

就在这一刹那，向隐忽然转过头，直接看向门外的慕容蓉。向隐双目泛红，双眸却是漆黑——这是一双警觉的眼睛。

慕容蓉没想到自己会被发现，下意识地后退一步，险些撞到栏杆。片刻工夫，向隐迅速拉开了门，直接与慕容蓉对视，却没有开口。

慕容蓉觉得很是尴尬。他身为富家公子，几乎没有做过偷窥之事，更别说偷窥被撞破。

等了半天，慕容蓉总算憋出了一句话："实在是对不住，我——"

他还没说完，向隐突然点头示意，抬手做噤声之势："小声些。"

说完，他竟做了邀请的手势。

慕容蓉万万没想到对方会邀请自己进屋，更觉得窘迫。但向隐没有多说什么，而是等慕容蓉进来后，迅速关上了房门，并且把灯拿得远了一些。慕容蓉这才明白，向隐吸取了方才的教训，觉得屋内太过明亮，这才把灯放远了。

慕容蓉的目光又落在了桌面。的确，这就是"回"字形密文。

向隐看了看他，问道："你也见过？"

慕容蓉没有答话，反问道："你为何研究这个？"

向隐眉头一皱："别人给我的，我也不知道。"

慕容蓉一直觉得向隐有些奇怪，道："我只是在汴京城猜画时看见过。"

他这答案很是精妙。汴京城人人都知道猜画，猜画所见也很是平常。向隐皱眉道："猜画是什么？"

慕容蓉疑心再起："我记得你姐姐说过，你们过去是住在汴京城，那你为何不知猜画之事？"

"我那时抱病在身。"向隐随口答道，"我听你们说过几句，你的朋友掉下了蜂塔。”

慕容蓉点点头。

向隐又道：“因为宁烈失踪的事，咱们之前有过短暂接触。我相信你的为人，你也知道我不是恶人，所以……你若需要帮助，也可以问我，也许我能帮得上忙。”

他好像是那种喜欢管闲事的人。

慕容蓉思忖了一下，觉得夏乾和柳三掉入蜂塔之事并不是什么秘密，于是便把事情简单讲述了一遍。在这个过程中，他没有提到夏乾和柳三的名字。

听完这些话，向隐沉默了。

在这短暂的沉默中，慕容蓉暗地里思量了好几次。对一个陌生人说出这些事，究竟是不是正确的选择？这个向隐值得信任吗？

烛光点点，向隐的脸上被抹了一层暗影。他鼻子挺直，很高，虽说是中原人的长相，可如果说有西域人的血统，倒也有可能。他看着桌上的字半晌，转头对慕容蓉道：“你还是不信我？”

慕容蓉并没有回答向隐的问题，眼中仍然充满疑惑。

向隐道：“我是受人之托，来这边解决疑团的。这是我的第一道题，但是迟迟没有解开。若是你我讨论一下，能把谜题解开，倒是喜事一桩。”

他竟然是想合作。慕容蓉很是精明，反问道：“可以。但你要告诉我，你们的目的是什么。”

慕容蓉很清楚，他们可以合作，因为他只想救人，而对方显然是想打开蜂塔的门。其实这两件事互不影响。可事情绝对不简单。伯叔千里迢迢来到这里，一定有不可告人的目的，可能正是为了打开地宫的门，拿走财宝之类的东西。而眼前这位名叫向隐的人，说话三分实，七分虚，说不定也大有来头。

向隐道："我是受人委托，其他的事，我不是很清楚。你呢？"

慕容蓉很想回答"我也是"，但他没有说出口。向隐目光如鹰，慕容蓉感觉自己已被他看穿。

这种目光……慕容蓉忽然灵光一闪："你是大理寺的人？"

向隐忽然笑了。慕容蓉知道自己猜错了。

哪知，向隐转而答道："算是。"

慕容蓉还是心存疑惑。向隐又道："要不你和你的同伴商量一下？"

其实，慕容蓉的确想和同伴商量一下，但是他没有办法商量，韩姜已经不在这里了，伯叔对夏乾的失踪有一定的责任，阿炆的身份又格外可疑。而这个向隐来历不明，慕容蓉很难完全信任他。

慕容蓉道："我不用商量。你呢？"

向隐道："我也不用商量。"

慕容蓉想了想，道："行。那这算是你我二人之间的秘密。我把我的一部分猜想告诉你，但你不能对旁人说是我告诉你的。"

向隐问道："可以说是我自己想的吗？"

"可以。"

"好，我发誓。"

慕容蓉吸了口气，将自己关于密文和数字的想法告诉了向隐。其间，向隐一直看着桌上的纸，一动不动。

直到慕容蓉说完，他仍然没有说话。

慕容蓉问道："怎么样？你的思路呢？"

向隐看了看桌子，嘴角扬起，轻笑道："果然，慕容公子才气过人。"

慕容蓉觉得有些惭愧，又听他道："天底下能找到识别吐火罗文的人可不多。这书是哪儿来的？"

"是那个红帽子老人的。"

向隐闭目，没有答话。

慕容蓉皱了皱眉头："你应当告诉我你的想法了。"

"我还没想出来。"

"也许你可以讲讲你的思路……"

"我再想想。能不能给我看看你的手札？"

慕容蓉点点头，把手札递给他。向隐认真地看了很久。慕容蓉一直在旁边等着，道："也许你可以讲讲你的思路。"

"思路很多，但我需要再想想。"向隐低头看着手札，答得很是敷衍，像是根本不想搭理他。

"好，我知道了。"慕容蓉觉得自己被骗了，但他依旧很平静，很有涵养地站起来，"我既然决定告诉你，说了就说了，不会后悔。密文的事，我不会再和你讨论了，但是请你一定记得自己发过的誓。"

向隐没有答话，仍然在纸上写写画画。

慕容蓉一向脾气好，此时却有些无话可说了。他站起来走到门口，忽然听到旁边的门响了一声。

那门原本是不会响的，因为被宋兵搜过几次之后坏掉了，之后再拉开都会发出响声。而就在这一声闷响之后，向隐忽然上前拉住了慕容蓉，朝他做了噤声的手势，然后吹熄了灯。

夜晚很是安静，周遭没有声响。

慕容蓉有些疑惑。很快，他的眼睛适应了黑暗。走廊里幽暗的灯光从门缝中穿过，在房间内留下一道橙色的、细细的光线。向隐和慕容蓉分别站在这条线的两侧，屏息凝神地站着，没有发出任何响动。

慕容蓉虽不知向隐为何要这样，但觉得事情很是诡异，便也停住不动。

橙色的光线细细地打在桌子上。

忽然，光线消失了——有人站在房门外，挡住了光。

那人可能正透过门缝，偷窥着这间屋子。

慕容蓉忽然汗毛倒竖——门外有人，却根本没有脚步声。

他疑惑地看了看向隐。向隐看起来也很是紧张，眼睛一直盯着门缝，完全不敢走近。

很快，橙色的光线又出现了。

虽然不知是怎么回事，但慕容蓉舒了一口气。就在此时，光线再一次消失了。慕容蓉浑身僵硬。他不明白，究竟是什么人站在门口。这个人明明走掉了，却又折返。为什么向隐完全不敢动呢？

就这样僵直了片刻，橙色的光线又出现了。

这一次，他们连大气也不敢喘，直到门外传出轻微的声响。这是客栈大门打开又关上的声音。

听到这个声音，慕容蓉才稍微动了动。而向隐则再次做了噤声的手势，示意他留在房间内，而他自己则出门去看看情况。

慕容蓉在房间里站了一会儿，直到向隐回了屋，对他道："对不住，人已经走了。"说完，他拿出燧石，准备点灯。

“刚才那是谁？”

“妮鲁帕尔。”向隐点着了灯。橙黄色的灯光再次照亮了屋子。慕容蓉看到向隐额间都是汗，问道：“你们不是姐弟？”

“当然不是。”

“那她是谁？”

“是啊，她是谁呢……”向隐自言自语，坐回桌案前，“有人委托我来西域解密，但这个妮鲁帕尔一直跟着我，每晚都会出现在我的房门外偷看，有时又悄无声息地出现在我身后，常常阻止我和旁人说话。而且我观察到，她经常在半夜时分独自出去。”

慕容蓉越发觉得这个人奇怪了，刚想问，向隐却又道：“刚才我把思路梳理了一下，现在我来讲讲我的思路。谈及密文，通常有两种形式，一种是颠倒顺序，通过某种特定的顺序把原有的文字打乱。举例而言，就是‘人之初，性本善’改为‘初人之，善性本’，这样就是把原本的顺序打乱再重组，若要破解，还是有规律可循的；另外一种则是置换，用某种新的文字、图形去替代原文。而这‘回’字形密文是新创出来的，显然属于后者。困难的是，我们处在多国交界，无法确定‘回’字形密文置换的究竟是哪种语言。密文替代可能是吐火罗文、回鹘文、汉文或西夏文，甚至可能是我完全没见过的文字。”灯光下，他慢慢地将《弥勒会见记》翻开，“如果真是这样，那我毫无头绪了。对此，我只能想到这么多。”

慕容蓉点点头，这是很简单的道理。但他发现一个有意思的地方，向隐也把这个密文叫作“回”字形密文。慕容蓉以为只有他们这一行人才这么叫。

向隐继续道：“你通晓多种语言，思路也很有趣，而且关于‘回’字形密文是有顺序的这一推论也站得住脚。若要表示十以上的数字，吐火罗文和汉文至少需要用两个字，这便和‘回’字形密文对应不上了。此外，门上的‘回’字形密文几乎没有重复的，如果是和《千字文》对应，似乎也对应不上。”

慕容蓉问道：“也许不是《千字文》，毕竟还有其他典籍也能代表顺序。不过，我想问的是，顺着这样的思路，是不是可以解出来？”

“可能性不大。”向隐直接道，“我们现在不清楚谜底到底属于哪种语言，想从谜底倒推解谜方式，这样不可行。”

慕容蓉叹了一口气：“那就只能从谜面来解。可从我们已掌握的线索来看，就只有这些‘回’字形密文本身而已。”

向隐点头：“通常有两种办法，一种是观察法。替代型的密文很常见，譬如画个太阳代表一，画个月亮代表二。但这份密文被称为‘回’字形密文，正是因为它的每一个字母都接近于‘回’字。还有，看第四间第五个，和第一间第五个，形态一模一样，只是第一行的密文多了一个点。”

慕容蓉低头看了看，点头道：“有些语言会有这种特点，同一个文字，形态一致，但多了个点，意义就完全不同。”

向隐点头：“这是推断的第一步。也就是说，密文以‘回’字为基础，点做辅助。如果所有密文都是‘回’字形态去掉几笔所成，这样就会得到一个基本符号。再加上两点，这样就会有几百种表示方法。”

慕容蓉点点头。在很多语言里，这是很正常的思路。他接着问道：“如果密文代表的就是数字，那么二者是如何对应的呢？会不会是根据笔画的显示情况？”

向隐摇摇头：“比如在‘回’字形态的基础上进行擦除。‘回’字去掉最上面一笔，就代表了‘一’，去掉两笔，就代表‘二’。但这是对应不上的。或者是仅有一笔代表‘一’，仅有两笔代表‘二’。但是，我们目前所抄录的密文中，没有出现这种形态。笔画最少的就是第一行第六个，这是四笔。这样看来，这个推论似乎站不住脚。”

如果真是这样，他们就又走入了死路。慕容蓉叹息一声：“也许我之前的想法是不正确的，密文不一定是代表数字。咱们要不换个思路看看？”

“代表数字的可能性很大。我刚才说，从谜面入手，可以用观察法，观察密文的形态。但还有另一种方法。”

“分析密文出现的次数？”慕容蓉挑了挑眉，“但是在这里不适用。就我们目前誊抄的六个房间的密文而言，没有一个是重复的。”

向隐又道：“你说得没错。但蜂塔迷宫的限制，咱们无法将密文抄全。那么‘回’字形密文一共有多少个呢？蜂塔总共七层，每层七间房，每间房八扇门，这样算来一共需要三百九十一扇门。每个门上刻着一个字，若密文真的没有重复，那就需要设置三百九十一个单字。这是上限。”

慕容蓉皱了皱眉：“这样算来，明明是三百九十二扇才对。”

向隐笑道：“我一开始也算错了，后来发现，的确是三百九十一扇。你看，第一间房，我们只抄了七个密文，但它有八扇门。这是因为，我们从蜂塔上面下去，那个入口是没有字的。”

慕容蓉好像有点儿明白向隐的意思了。因为入口没有刻字，所以是三百九十一扇。

向隐点头道：“方才我说，不论解出来的谜底是什么，这个‘回’字形密文都是用来在蜂巢迷宫中指路的。但我们一直忽略了一个重要线索——入口。入口是唯一的，所以，我们肯定要穿过入口，才能到达第一间屋子，而第一间屋子的七扇门，肯定有一扇是正确的路。换言之，在第一行的七个密文中，有一个密文是最特殊的，它是几百个密文中的第一个，它是数字‘一’，它是《千字文》的‘天’，它是正确的解。”

慕容蓉觉得他们离真相越来越近了。他急忙低头去看。如果在这七个密文中找到最特殊的那个，那他们便会知道“回”字形密文的规律。但他看了看，觉得又无踪迹可循，便问道：“你可还有什么其他思路？怎么才能找到最特殊的那个？”

向隐能猜到这里，已实属不易。慕容蓉以为，他不会再有什么好的想法了，于是打算接着再讨论一阵子。但出乎意料地，向隐忽然笑了。

“我的思路就到这里。如果没有你的手札，我永远也猜不出答案。”

慕容蓉很是吃惊，又万分欣喜：“那你——”

可向隐没有说话，而是从怀里掏出三封信来：“慕容公子帮我一个忙，我就把真相告诉你。”

慕容蓉万万没想到他会在关键时刻说这句话，错愕了一会儿。

“只是恳请你帮忙而已。”向隐诚恳地道，“我曾经在一次事故中受伤，被妮鲁帕尔所救。当时我身上伤痕累累，头痛欲裂，过去的很多事都想不起来了。她和我说，在事故之前，我接受了重要之人的委托，隐姓埋名地查案，本应前往西域，却被奸人所害。我当时并未计较这些说辞。因为身上有伤，我在汴京城的一处小屋休养了一个多月，目前还未痊愈。妮鲁帕尔直接抬着我上了马车，说要来西域，让我继续解决之前的案件。途中，我的伤势虽然有所好转，可总觉得事情格外怪异。”

这件事显然很复杂，但他描述得很是简单。慕容蓉听了这些事，感到十分震惊。难怪妮鲁帕尔总说向隐身体不好，也难怪……他们看起来根本不像姐弟。

向隐顿了顿，又道：“这一个月来，我给故人去信，也得到了些回信。但都是妮鲁帕尔交到我手上的。这些回信都非常奇怪，笔迹都对，语气却有不妥之处，不像是他们说的话。”

慕容蓉问道：“你怀疑是有人伪造的？”

“对。但是我不清楚对方为什么要这么做。抵达西域之后，总有人跟踪我，而且我喝过的药……似乎也有些不对劲。”

慕容蓉皱了皱眉。向隐的话听起来着实有些可怕。这些事太过离奇，不像是真的，倒像是得了癔症之后的胡言乱语。如果他今日第一次见到向隐，听了他这些疯癫的话，肯定是不会相信的。可向隐之前的行为，又表明了他很正常，甚至可以说十分聪明。

向隐看着慕容蓉，真诚地道：“我知道这些事听起来不可思议，不过，慕容公子应该也清楚，我不是胡言乱语之人。我可以破解这间客栈的谜，在一天之内找到宁烈，也可以通过分析，找到‘回’字形密文的解法。我身上有伤，但智力无损，只是近期的记忆有缺失而已。而妮鲁帕尔的行为着实怪异，相信你也看到了，她会来窥视我的房间。”

一想到偷窥的事，慕容蓉还是有几分后怕。他现在才明白，向隐之前虽然有和自己独处的机会，却没有说这些事，其实就是怕被妮鲁帕尔察觉，又怕自己不信任他。现在他们也算认识了，双方的信任感增强了，向隐这才敢吐露实情。

慕容蓉思索了一阵，觉得他的话还算可信，于是问道：“我怎么帮你？”

“我只求你两件事，第一件事，明日半夜我把妮鲁帕尔引开，你把那位郎中叫来帮我号脉。我想知道我的身体情况到底如何了。”

慕容蓉想了想，道：“宁烈的事一结束，那位郎中怕生事端，已经离开了。我明日去找找看。实在不行，我再请别的郎中过来。”

向隐点点头：“第二件事，帮我把这三封信带到驿站，让人用快马送走，再用快马把回信给我。我要问问我的朋友们，我当初为什么会受伤，在汴京城到底发生了什么，那些回信是不是仿造的。”

慕容蓉收了信，道：“可以。”

慕容蓉说完这句话，还有很多话想问对方，向隐却道：“事不宜迟，我现在便告诉你‘回’字形密文的解法。我们要在第一行里找出特殊的密文，它是所有密文中的第一个。‘回’字形密文是基本形态，不够用了才会在右上角加一点。那么，我们可以排除右上角带点的密文。”

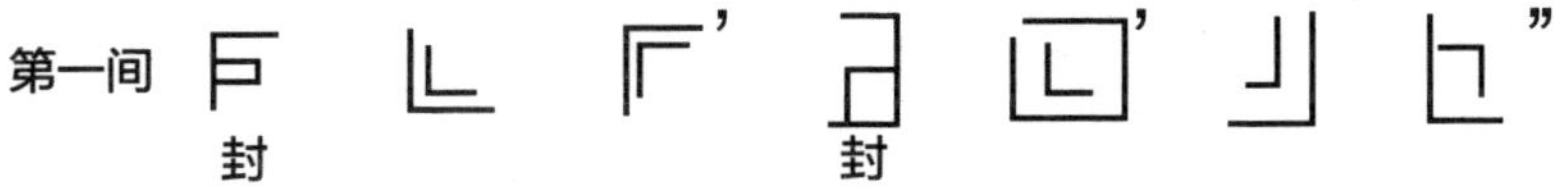

向隐的猜想是可靠的。慕容蓉知道，很多外族语言也是这么表示的。向隐又道：“那么第一行不带点的密文，只剩下了四个。而其中两个被封上了，显然是死门，或者是需要走过很多层，拿了钥匙才会回来打开的。换言之，还剩两个。我们需要二选一。”

慕容蓉点点头。这时，却听咣当一声，是楼下大门的声音。

妮鲁帕尔回来了。

慕容蓉忽然升起一股莫名的恐惧。向隐一下子吹灭了灯，给慕容蓉做了个回屋的手势。慕容蓉立即意会，轻轻打开门，刚要跑回自己的房间，向隐忽然拉住他，指了指桌上的棋盘。

慕容蓉不明所以，但情况紧急，他不便多问，便急忙离开了。

慕容蓉尽量不发出声音。等溜进自己的房间，他立刻躺到了床上。此事明明和他无关，他却莫名紧张。他回想起向隐的那些话。若向隐的话都是真的，那实在是太可怖了。

向隐记不起过去的事，整整两个月都被人监视，和亲友的信件全是旁人伪造，如果和陌生路人说出实情并求救，还可能会被误认为是疯子。

慕容蓉躺在床上，试图把要做的事一一理清。明日想办法见到向隐，把“回”字形密文的结果问出来，之后去找韩姜，然后他们从蜂塔进入地下，把夏乾和柳三救出来，一切便结束了。

走廊上的灯光穿过门缝，停留在慕容蓉的房间里。慕容蓉翻了个身，忽然一怔——那道光消失了。

门口有人！

慕容蓉的冷汗一下子冒了出来。他不敢动，硬挺挺地躺在床上等着。直到那道光再次出现，慕容蓉的心依旧狂跳不止。

妮鲁帕尔……她究竟是什么人？

第十章
会说话的井

在天亮之际，客栈的门又一次响了。楼下一阵骚乱，桌椅碰撞声、哭喊声不止。慕容蓉没睡多久便醒了过来。他揉着眼睛出了门，却看到掌柜的和她儿子正围着一个孩子。陶忠站在一边愣愣地看着他们。

“孩子，我的孩子呀！”掌柜的之前一直没有落泪，见到孩子的瞬间，却忽然大哭起来。

陶忠站在一边，没说什么，转身便要走。慕容蓉上前问道：“你怎么会回来？宁烈和李宪交换了吗？”

陶忠答道：“打算今夜交换。我们刚才和西夏军交涉的时候，我问了他们，能不能把这个孩子放回来，西夏军同意了。”

女孩子哭着抱着她的奶奶和父亲，一家人哭成一团。陶忠挠挠头，对慕容蓉道：“我们头儿本来不想让我多管闲事，可我觉得……他们虽然不是大宋的子民，但都是普通百姓，也有身不由己的时候。这孩子这么小，总不能不管吧。”

掌柜的听闻，砰砰砰朝他磕了几个头。慕容蓉听明白了，梁亭应当是不让陶忠擅自离队来管这件事，但陶忠还是想办法把孩子送了回来。陶忠没再多说什么，急匆匆要走。慕容蓉急忙上前唤住他，想问问附近有没有郎中。陶忠道：“前面有一个帐篷，里面住着一个郎中。之前有兄弟受伤，都是在那里看的。咱们顺路，一道去吧。”

慕容蓉想了想，向隐现在还被妮鲁帕尔监视着，现在先把郎中请来，也是可行的。

今日虽然不是大集，可街道上已与往日有所不同了。也许是大宋和西夏即将开战的消息传到了这里，生意人都不敢随意上街了。原本还算热闹的街道现在空空荡荡，风一吹，沙尘满地，萧索至极。

二人行了一阵，在镇口看到一个孤零零的帐篷。陶忠指了指：“就是那里了。”说完，他便要离开。

慕容蓉与他道了别，转身走进帐子，刚想叫郎中，郎中却呵斥道：“正忙，不接诊！”

慕容蓉朝地上看去，只见毯子上躺了两个人。这两个人穿着武服，身上全是刀伤，其中一个人的脸和眼睛已被划破，血淋淋的。郎中正将毯子盖在他身上，看来这人已经死了。而另一个人则鼻青脸肿，意识却还清醒，睁着眼睛，拼命地看着慕容蓉。

慕容蓉看了片刻，忽然觉得冷汗直冒。他转身冲出帐子，喊道：“陶忠，回来！”

陶忠还没有走远，闻声赶了回来：“怎么了？”

慕容蓉急忙引他进入帐子：“这人是不是梁亭？”

陶忠看了看，脸一下子就白了。他立刻跪坐到那人旁边，双手颤抖："头儿！这是怎么回事？怎么回事？"

"你们认识？"郎中在一旁的盆里洗手，盆里的水已经血红，"他们遇袭了！这沙漠里的强盗通常只砍人一刀，但这个人中了很多刀……"

梁亭的眼睛动了动，拼命地张嘴，半天才发出微弱的声音："换不成了……宁烈死了……"

陶忠的双目红了，忍着怒气道："是西夏人做的？"

慕容蓉急忙问郎中："谁送他们来的？"

"一个姓狄的男人送来的，把这两个人扛过来之后，丢给我一锭银子，说，为了送人来这儿，把什么杀手放跑了，让我务必把人救活。可这荒郊野外的，伤成这样怎么救？一锭银子也不够丧葬费呀。"

郎中刚抱怨完，陶忠狠狠瞪了他一眼。

慕容蓉问郎中："还有救吗？"

郎中摆摆手，像是懒得再说。

陶忠揉了揉眼睛，像是要把眼泪揉回去。他的脸上蹭上了大片的血。梁亭的眼睛动了动，慢慢道："我们到了大漠……天亮的时候，被人盯上了……兄弟们没有生还的……除了我……"

"别说这些。"陶忠回头对郎中急道，"你快些救他！"

郎中没有回应。梁亭使劲抓住陶忠的袖子："不要管我……你去……把口信送到……就说宁烈死了……"

"是西夏军做的吗？"陶忠怒道，"他们背信弃义！"

"不……只有一个蒙面人……那个姓狄的说……是……"

他说了两个字，之后便咽了气。陶忠显然没听懂，他不熟悉这个名字，只是悲痛万分，抱着梁亭的身体不肯放手。

站在一旁的慕容蓉却愣住了，因为他听懂了梁亭口中的名字。他能听懂，是因为他以前总听人提起——

无面。

事情变得更加复杂了。慕容蓉的心里非常忐忑。现在，他有个猜测，那个姓狄的人就是狄震，他跟着他们来到了西域。而无面也在附近，他杀了梁亭在内的所有宋兵。那么这一切便说得通了。这些宋兵武功不错，却被一人反杀，说明这个人武艺极高，换作别人恐怕不行，但杀手无面一定可以。

慕容蓉看了看咽气的梁亭，想了想发生的事。如今大宋和西夏的战事已然是不可预知的了。而杀手无面和狄震都出现在此，这又有些不明所以。柳三和夏乾还被困在地宫中生死未卜，向隐又和他说了许多奇怪的话，请求帮助。这一切，都让慕容蓉脑袋里一片混乱。不过，他很快理清思绪，决定先把向隐的事办了，之后，再去找韩姜商量对策，然后进蜂塔救人。

“你一直在此地，有没有见过一个个子挺高、穿着青黑色衣衫，带着长刀的汉人姑娘？”

郎中立即道：“见过。那个姓狄的之前和她一起来过。她还在这儿休息了一个时辰呢。是中暑了，好像在挖什么东西。”

慕容蓉一下子就确定了，姓狄的就是狄震，而且他和韩姜碰面了。

慕容蓉和郎中说了到客栈看病的事，又给了他一些银子，道：“你去一趟客栈，暂且住下，可能会有人来找你问诊，但你切记不要声张。还有，把这些信件用快马送出去，若有回信，你就交给客栈的掌柜。”

他的要求太奇怪，郎中似乎不愿意接这个活儿：“信我倒是可以寄，别的就算了。这里快马送信很贵的。你这三封信，有两封送到京城，一封送到扬州，得加钱。”

慕容蓉根本没有仔细看信封，只得应了，直接掏钱袋。

郎中低头看了看，道：“扬州庸城夏宅，这是不是江南最富的那个夏家？”

慕容蓉立即拿过信，只见收信人赫然写着：夏乾。

此时，天色亮了起来。但房间没有窗户，也看不出时辰。向隐醒来时，发现自己起晚了，急忙起身在桌上提笔写字。他将“回”字形密文的解法悉数写出，然后把信藏在袖子里，又拿了两本书，来到慕容蓉的房门前。他没有敲门，而是直接推门进去，却发现屋中没有人。他迅速把信放到枕头下面，又走到桌前，把书放到桌案上，之后便出了房门。刚出房门，他就发现妮鲁帕尔也下了楼，正站在楼梯上看着他。

“我还说你不愿跟我住，原来是来了这慕容小哥的房间。这又是做什么呢？”妮鲁帕尔笑了笑，慢慢走过来。

“我是来还书的。”向隐说完，正要把门关上。妮鲁帕尔却伸手一拦，把门挡住了。

她的手美丽而修长，似乎是不经意地扶住门，力道却不容小觑。

“我也想看看这小哥的房间，是不是和他本人一样讲究。”妮鲁帕尔粲然一笑，闪进了屋内。她看到桌上的书，拿起来翻了翻，又斜眼看了看向隐。

向隐看着她，忽然发现她的左臂受伤了，虽然被袖子盖住，但是行动似乎有些不便。可昨天白天的时候，她的手臂还好好的。

妮鲁帕尔察觉到了他的目光，很是警惕地把书放下，问道："那日给你的密文，你可查出什么了？"

向隐问道："若是查不出来呢？"

妮鲁帕尔挑了挑眉毛："若真的查不出来，送你回中原便是。"

只不过，是死是活，那便不好说了。妮鲁帕尔没有说这一句，但向隐显然已明白了她的意思。他继续问道："你们若想解密，换个人来解也可。"

妮鲁帕尔笑了笑，没说话，像是不屑于解释。

经过两个多月的相处，向隐逐渐了解了妮鲁帕尔的个性。她是个喜欢笑的人，说话不正经，但她不屑于骗人，遇到不想答的问题，便不说话了。

除此之外，她的目光透着几分阴狠。

向隐看着她，想了想，问道："若我说，我解开了谜题呢？"

妮鲁帕尔的眼神微微闪动。看得出，她对这件事很是关心。

向隐又问道："如果我把解密方法告诉你，你会不会觉得我没有了利用价值，便会杀了我？"

"我不会杀你。"妮鲁帕尔回答得快而干脆，直接把身上的双刀取下，往桌子上当啷一扔。

向隐放心了几分，这才道："那回房去说。"

"在这里说便是。"

"这里没有纸笔。"

妮鲁帕尔听后，便跟着他离开了慕容蓉的房间。向隐舒了口气，还好，她没有发现藏在慕容蓉枕头下的信。

二人进了屋，妮鲁帕尔用脚一踢，把门关上。她单脚站立，却格外稳当。

向隐斜眼看了她一眼，知道这女子武艺必定不凡。

妮鲁帕尔冷声道："瞎看什么，快讲。"

向隐铺开了纸，开始研墨，道："我之前猜测，密文可能代表的是数字，它可能会告诉我们开门的顺序。但经过几次尝试，我找不到它和数字对应的规律。后来发现，第一行一定有一个密文代表了'一'……"

"你直接说答案，这些话我听不懂。"妮鲁帕尔直接道。

向隐知道她不喜欢动脑，便道："答案就是桌上的棋盘。"

"围棋？"

向隐道："对，比中原地区的棋盘格子少。中原地区的棋盘是十八乘以十八，三百二十四个格子。这里是九乘以九，八十一个格子。'回'字形密文，其实就是一个图形密文，所以我才能看到它的形态。它是由一个大'口'套一个小'口'组合而成，而解开密文的关键就是这个九行九列的棋盘。我们将数字一个个填充进去，从'一'填到'八十一'，便成了这样。"

之后，向隐在里面画出了四条红线，像一个巨大的"井"字。向隐道："这样，我将整个区域分成九个大块，每个大块里又有九个格子。而'回'字形密文是如何对照的呢？答案就是外边。我们以'一'字为例，它处在九个格子中的第一个，所以它的'回'字形密码是这样的。"

向隐用红线画了出来。

一	十	十九	二十八	三十七	四十六	五十五	六十四	七十三
二	十一	二十	二十九	三十八	四十七	五十六	六十五	七十四
三	十二	二十一	三十	三十九	四十八	五十七	六十六	七十五
四	十三	二十二	三十一	四十	四十九	五十八	六十七	七十六
五	十四	二十三	三十二	四十一	五十	五十九	六十八	七十七
六	十五	二十四	三十三	四十二	五十一	六十	六十九	七十八
七	十六	二十五	三十四	四十三	五十二	六十一	七十	七十九
八	十七	二十六	三十五	四十四	五十三	六十二	七十一	八十
九	十八	二十七	三十六	四十五	五十四	六十三	七十二	八十一

一	十	十九	二十八	三十七	四十六	五十五	六十四	七十三
二	十一	二十	二十九	三十八	四十七	五十六	六十五	七十四
三	十二	二十一	三十	三十九	四十八	五十七	六十六	七十五
四	十三	二十二	三十一	四十	四十九	五十八	六十七	七十六
五	十四	二十三	三十二	四十一	五十	五十九	六十八	七十七
六	十五	二十四	三十三	四十二	五十一	六十	六十九	七十八
七	十六	二十五	三十四	四十三	五十二	六十一	七十	七十九
八	十七	二十六	三十五	四十四	五十三	六十二	七十一	八十
九	十八	二十七	三十六	四十五	五十四	六十三	七十二	八十一

“一”字的“回”字形密码形态如灰色线所示

一	十	十九	二十八	三十七	四十六	五十五	六十四	七十三
二	十一	二十	二十九	三十八	四十七	五十六	六十五	七十四
三	十二	二十一	三十	三十九	四十八	五十七	六十六	七十五
四	十三	二十二	三十一	四十	四十九	五十八	六十七	七十六
五	十四	二十三	三十二	四十一	五十	五十九	六十八	七十七
六	十五	二十四	三十三	四十二	五十一	六十	六十九	七十八
七	十六	二十五	三十四	四十三	五十二	六十一	七十	七十九
八	十七	二十六	三十五	四十四	五十三	六十二	七十一	八十
九	十八	二十七	三十六	四十五	五十四	六十三	七十二	八十一

“四十一”的“回”字形密码形态如图所示

向隐又道：“再比如‘四十一’，它位于整个方块的中心位置，它的‘回’字形密文对照的就是‘回’字。”

妮鲁帕尔恍然大悟：“所以，我们誊抄下来的密文，第一行的第六个，就是正确的？”

第一间

“对。”向隐点点头，“从八十二到一百六十二，依然是这么表示，只是在‘回’字形密文的右上方加了一点。从一百六十三到

二百四十三，则加了两点。”

向隐把密文对照图递过去，立即观察妮鲁帕尔的表情。

妮鲁帕尔的眼中闪着光。她把图纸收入怀中，笑道：“这样你的任务便完成了。回京我会把钱结算给你。”

向隐微微一笑，认真地看着她：“那我是不是能离开了？”

妮鲁帕尔道：“不能。”

向隐皱着眉头：“为什么？”

妮鲁帕尔笑了笑：“因为你还有别的任务呀，你不记得了？你曾经说过——”

就在这时，楼下又传来喧闹声，打断了妮鲁帕尔的话。是掌柜的孙女在哭闹。掌柜的在安慰她：“乖孩子哟，是不是病啦？怎么一直胡言乱语哟？”

小孩嚷道：“我没有胡言！院子里的井在说话，井在说话！”

其他的话都没有听清，可“井在说话”这四个字喊得很大声。妮鲁帕尔冷哼一声：“这孩子的中原话倒是标准，就是不知道胡言个什么劲儿。向隐，你的任务还没有完成，你必须跟我走一趟——”

楼下孩子又嚷道：“井在说话，井在说话！井在问‘喂，有人吗’，我听见了的！”

这声音实在太大了。妮鲁帕尔越发生气了：“这孩子难怪被掳走，就不该回来！在这儿一天也不得安生！”她拿起刀，想下楼让孩子闭嘴。

向隐急忙拦住：“很快就会好的——”

妮鲁帕尔瞪了他一眼，灰色的眼睛极冷。向隐看到了她眼神中的杀意，竟不自觉地后退了一步。

而楼下的小孩又嚷了起来："我没撒谎！井真的在说话！如果井没有说话，就是人在说话了！"

听到这儿，向隐的眼神忽然变了。

不仅是他，妮鲁帕尔的眼神也变了——杀意消失了，取而代之的是错愕。

二人忽然沉默，因为他们同时想到了一种可能。

"喂，有人吗？"夏乾冲着地宫吼道。

柳三叹气："别喊了，这里不会有人的。有人岂不是更可怕？"

夏乾挠挠头："睡醒了，感觉精力足了一些，可又觉得压抑，就想喊一喊。"

柳三点点头，表示理解。他环顾四周之后，道："夏小爷，前面好像有东西。"

他们往前走了一会儿，看到一个精美的台子，好像还是火堆。

夏乾看了看："能点吗？"

"试试，但感觉燃不了太久。"柳三掏出燧石，咔咔几声，点燃了火堆。本以为只是一个火堆台子，却不知怎么的，引燃了导火索，很快，火焰像条蛇一样爬行，周围亮了起来。二人赶紧闭上眼睛，过了良久，才慢慢睁开，看清了他们所在地方。

他们在一个大堂里，火焰在大堂四周燃烧，像长城一样，点燃了一个个烽火台。而这个大堂非常空旷，无壁画，无装饰，却并不简陋，反而像是精心修筑过，拱顶呈圆形，地面却是方形。细细看去，拱顶画满了星宿。而在大堂的正下方，火焰的正中央，放着一个棺椁。

“天圆地方，好大的气派！”柳三看了看四周，有水沟，看来还有良好的排水系统。

夏乾问道：“这是谁的墓呀？胡斯的吗？”

这棺椁上画着图腾，不像是中原的物事。柳三上前，对棺椁摸索了一番。

夏乾看看四周，不由得叹道：“柳三，这儿可真是个了不得的地方。”

“看看有没有机关。”柳三回答得含糊，不停地用手摸索着，却不知触动了什么，棺椁的前方地板上出现了一个小洞，里面黑漆漆的，没有一丝亮光。

是出口吗？

夏乾站在原地，还在思考，柳三却已经上前查探。他在洞口观望了一阵，没有说话，而是将长明灯放下，接着撸起了袖子。

他要跳下去。

夏乾一把将他拽住：“你不要忘了佛眼之门的事，万一是陷阱呢？不要下去！”

柳三很轻松地甩开了夏乾的手：“我下去看看，夏小爷，你在这里等着我。”

说话时，柳三的眼睛一直看着地宫，一副一定要下去的样子。虽然还未找到出口，但他似乎有了单独行动的念头。

夏乾拦住他：“下去也可以，但你要告诉我，你来这里到底是要干什么。”

柳三一愣，转头看向夏乾。

夏乾直视着他的眼睛：“现在就说。”

柳三的目光没有躲闪，而是一字一顿道："我是来找东西的。"

"找什么东西？"

"人人都想要的、很珍贵的东西。"

长明灯的光照在柳三的眼睛里，他的眼中透着渴望。

夏乾的喉咙已经干了。他愣了一会儿，问道："那……你是故意引诱我下来的？"

柳三看着他，忽然笑了一下。他这笑不是嘲笑，而是有几分悲凉："是，我是故意引诱你下来的。不仅如此，也是我一路引导你们来到西域。韩姑娘想要给你的信，也是我偷的。"

夏乾原本搭在柳三肩头的手，突然无力地松掉了。

柳三看了夏乾一眼。这一眼，却包含了很多话。也许是他另有隐情，也许有很多不得已。

但柳三没有再说什么，而是迅速转身把灯丢下去，然后跳入了地下的洞里。

随着他落地一声响，这个小洞又发出一阵轰隆声，接着尘土飞扬，洞居然在一瞬间封住了！

在尘埃落定之后，夏乾才明白了自己的处境。

"柳三！"

他大喊一声，声音在空旷的墓室里回荡，形成诡异的回音。柳三没有应答。

夏乾逼迫自己冷静下来。等他呼吸渐渐平稳，他想，必须趁着自己还有体力，赶紧想办法出去。柳三进入的洞似乎是往地下更深处去，也许不是出口，但至少要把门重新打开。

就在此时，大堂内的火焰慢慢熄灭了。

夏乾朝火焰跑去，想重新把它点燃。但最后一丝火星也灭掉了，周遭陷入了一片黑暗。夏乾一下子撞到了棺椁前。他抬手摸索，能摸到棺椁上精美的图案。不知怎的，他忽然想起猜画中所见过的古董盒子，似乎就是棺椁的形状，上面也有图案。

他又想起了韩姜，她一定在等着自己回去。

他像柳三一样在棺材上摸索。过了好一阵，他摸到了一个小小的拉环，似乎是机关。

可就在此时，不远处传来了声响。是脚落地的声音，像是有人从高处跳到了地面。

落地声其实很微弱。只是夏乾习惯了与寂静为伍，这才对声音格外敏感。但夏乾根本就不敢动。柳三已经进入了地下，那这声音应该不是他发出的。

地宫深处，怎么会有声音呢？

咔嚓咔嚓，是燧石的声音。有人在点火。

夏乾鼓足勇气，用暗哑的嗓音问了一句。

“是谁？”

此时，天已经黑了。

向隐洗漱完毕，慢慢躺回床上，盖上毯子。很快，他的呼吸变得均匀起来，很快就睡着了。

客栈内很安静。这时，门嘎吱一声被推开了。妮鲁帕尔提着包袱走进了向隐的房间，悄无声息地站在他的床前看着他。

向隐一动不动，睡得很是安稳。

妮鲁帕尔挑了挑眉毛，低头检查了一下身上的包袱，里面是火把、水和绳索。检查完之后，她又盯着向隐看了一会儿，这才转身走出门去。

她避开了所有人，从客栈大门离开，然后拐进了后院。

今夜无月，群星虽然闪烁在天际，可光芒微弱。西域一带日落得晚，等到黑夜降临，客栈的人都已经睡着了。客栈的院子很小，旁边围着一圈木头栅栏，栅栏旁边有一棵胡杨树。微风浮动，偶有树叶飘下，飞落到一口枯井的盖子上。

若不细看，是看不到这口枯井的——井被封上了。大概是这个地区长期缺水的缘故，这口井很早之前就已经干涸。

妮鲁帕尔看了看枯井和树，灰色的眼眸如漫天寒星一般阴冷。接着，她抽出短刀，并没有使用蛮力，而是轻轻将枯井的一边撬起。然后，她灵活地将木板取下，又从腰间抽出粗绳，拴在旁边的粗树上，整个人拉紧绳子，进入井口。

井口很深，大概有两层楼高，如果人不慎摔下去，很有可能会受伤。但是妮鲁帕尔身法轻盈，她蹬着井壁，很快便到了井下。

她看了看四周，点燃了火把，视野清晰了，可以看到井底有个巨大的侧洞，像是一条走廊，有一人高，里面全是灰尘。然而，这墙壁和地面修整得太过一丝不苟，像是修建它的人耗费心力去修建，却刻意让它尘封于此。

妮鲁帕尔走得异常谨慎，时刻注意着四周的动静。而这四周的井壁越走越宽，最后，她来到一面巨大的墙壁前。

墙壁异常坚实。妮鲁帕尔很少见到这么坚实的墙壁，用刀敲击，却没有留下痕迹。

妮鲁帕尔毫无办法。今天那个小女孩吵嚷的时候，她猜测井中定有秘密，故而半夜来此查看。如今她看了一圈，却没发现什么，便打算打道回府。而就在她往回走的途中，手触到一块松软的墙面，于是掏出刀捅了捅，墙面竟然露出了一个小洞。小洞很小，刚好够一个人钻进。妮鲁帕尔犹豫了一下，然后熄灭了火把，进入了洞中。

她爬行了一阵，觉得整个洞都倾斜向下。爬了好一会儿，终于爬到了头儿，妮鲁帕尔纵身一跃，轻轻落到地面。

这是一个空旷的地方，周围一点儿光亮都没有。妮鲁帕尔摸索了一阵，拿出燧石，打算点燃火把，却听到一个沙哑的声音。

“是谁？”

妮鲁帕尔立即警觉起来。这个坟墓一般的地方突然有了人声，很是诡异。她没有回答，而是将火把燃起，同时抽出刀来——

明亮的火焰下，不远方，出现了一个脏兮兮、如乞丐一般的人。这个人见了亮光，似乎不太适应，一下子用手遮住了眼睛。妮鲁帕尔这才看到他脚上穿的是锦靴。

“太亮了！”

那人不敢睁开双眼。但是妮鲁帕尔看清楚了他的脸。

是夏乾。

妮鲁帕尔很是冷静，垂下火把，柔声问道：“只有你自己？”

夏乾睁开双眼，想仔细看看对方。眼前的回鹘女人看起来有些眼熟，夏乾却一时想不起来在哪里见过。

妮鲁帕尔后退了几步，步子很轻盈，再次问道：“你怎么在这里？”

夏乾拼命地在记忆里搜寻。回鹘女子，步态轻盈，却说着一口标准的中原话。这样的人，夏乾遇到的不多，此时却想不起来。这是为什么呢？也许只是因为这个人不重要……

到底在哪儿见过她呢？

夏乾想着想着，忽然抬头问道："你是猜画时梦华楼的舞姬？我没记错吧？"

妮鲁帕尔没有答话，只是双目带着冷意。

不管她是谁，夏乾心中都充满了希望，因为连续几日以来，他第一次见到生人。这个舞姬显然不是从蜂塔入口进来的，那定然是有别的出口了。夏乾忙问道："你为什么在这里？出口在哪里？"

"我来这里找东西呀。"她的声音很是柔媚，就像是姑娘在唤着情郎，"柳三呢？"

夏乾没明白情况，问道："你有水吗？"

"想喝水呀？"妮鲁帕尔掏出水囊，慢慢地把水倒在地上，"东西找到了，我就给你水喝。再问你一句，柳三呢？"

她给了夏乾一个莫名其妙的下马威。夏乾实在是不明白情况，只得站起来，看着妮鲁帕尔的眼睛，道："柳三进了一个密门，我正在找机关把门打开。"

看妮鲁帕尔的装束，不像是被困了几日的样子，也许是刚刚才下来的。想到这里，夏乾瞥了一眼妮鲁帕尔来时的路。那里似乎有风拂过，是很细微的风，也许那里就是出口。

要不要现在冲过去？

妮鲁帕尔捕捉到他的目光，将身子微微一侧，下意识地挡住路，笑了一声："外面是沙漠哦。"

夏乾目光一滞，内心有些绝望。

"不过没关系，我可以带你出去。但我想知道柳三去了哪里，你们穿过了几道门，有没有碰到什么奇怪的东西。"

她的话很是古怪。夏乾实在懒得回答，因为他真的很渴。他道："我可以告诉你，但你先给我水喝。"

妮鲁帕尔道："你先把我带到柳三那里去。"

夏乾见拗不过她，只得妥协答应，却无意中做了一个万分正确、性命攸关的举动——

"火把，给我。"夏乾声音沙哑，朝她伸出手去。

妮鲁帕尔一怔，有些犹豫。她只带了一个火把过来，但夏乾的要求并不过分。

夏乾显得很是真诚，他真的只想喝口水："我只能把你带到他消失的地方，到了你就给我水喝。"

妮鲁帕尔笑了。她用葱白的手轻轻拍了拍水囊，道："可以，都是你的。"

她将火把递了过去。夏乾接过火把，却觉得妮鲁帕尔在瞬间试探了他的力量。而他又饿又渴，分明没有力气。

"走吧。"妮鲁帕尔放心不少。

夏乾拿着火把，往前走了两步，哒哒的脚步声在黑暗中回荡。

刚走出两步，他突然觉得不对劲。这地下密室太过安静，几天下来，他的耳朵已经习惯了安静。妮鲁帕尔在点亮火把之前发出了一点响动，在那之后，她走路却是没有声音的。

“怎么啦？”妮鲁帕尔歪头问道。

她长得很美，回鹘人的年纪不好判断，瞧她的举止和打扮，大约三十岁的样子。夏乾别过头去，想起一件事。韩姜说过，练过功夫的人，练到一定境界，走路就没声音了。

柳三走路很轻，而韩姜是他见过的走路最轻的人。可是妮鲁帕尔走路是完全没有声音。

夏乾心中有些奇怪，可他都快要渴死了，先不想了。他拖着蹒跚的步伐，慢慢走到柳三消失的地洞边上。

妮鲁帕尔疑惑道：“他是在这儿消失的？”

夏乾点点头。妮鲁帕尔又问道：“周围有什么机关？你们找到了什么东西吗？”

夏乾摇摇头：“没有。”

她看向夏乾，眼睛在火光映照下显得格外明亮：“你还知道什么？”

夏乾此时作了第二个明智的决定。他回答得很简单——

“什么都不知道。”

在妮鲁帕尔进来的前一刻，夏乾其实在棺椁那里摸到了机关。但是他觉得妮鲁帕尔一直在问柳三的行踪，有些可疑，因此就没有说。

妮鲁帕尔看着他，似乎想从他的话中辨出真假。

夏乾无心管那么多了：“水呢？”

妮鲁帕尔问道：“你知不知道我是谁？”

夏乾道：“我只记得在汴京城见过你。”

“只是在汴京城见过？”

“对。”

“那个狄震，”妮鲁帕尔忽然问道，“没有对你说过其他的事？”

她忽然提起狄震，让夏乾一愣。夏乾没有答话，他看着妮鲁帕尔的眼睛，又看了看她手中的两把刀，道：“没有。你认识狄震？”

妮鲁帕尔笑了笑：“不认识。”

人的眼睛是会说话的。她的眼睛在火光映照下，有着透明的颜色，不是黑色，而是灰色，灰色的眼眸中没有一丝温度，有的是恶狠狠的杀意。

夏乾看着这一双眼睛，嗅到了一丝危险的气息。他下意识地后退了一步，同时，一种可怕的、不可思议的联想在他脑中炸开。他想起了狄震对他讲过的故事：十二年前，一群官兵进入安隐寺，最后却被人屠杀——

杀手无面的故事。

“你——”夏乾的“你”字尚未说完，妮鲁帕尔霎时便将刀扬了起来。火光映得刀刃分外闪亮。夏乾被刀光晃了眼，往后撤了一步。他扬起火把，像拿棍子一样抡起来朝妮鲁帕尔打去！

妮鲁帕尔反应极快，一个转身，刀子一挥，只听咔嚓一声，火把的木棍还在夏乾手里，而火焰部分则被短刀齐头割去，瞬间落地熄灭了！

刺的一声，火焰冒出诡异的余烟。妮鲁帕尔这才意识到，周遭陷入了黑暗，只剩夏乾的脚步声在不远处回荡。

跑了？

妮鲁帕尔冷笑一声，顺着脚步声追了过去。

夏乾仓皇地跑着。杀手无面，这四个字如同咒语一般在夏乾心中盘旋。他不能确定妮鲁帕尔是不是无面，但此时是与不是都不重要，二人无冤无仇，而她竟然要杀他！

没有火把，四周一片漆黑，进入地宫几日的夏乾很快就适应了黑暗。他朝着出口的方向跑去——只要先于妮鲁帕尔到达出口，然后逃出去将洞口堵死，便万事大吉了。可是，就在他狂奔时，妮鲁帕尔将刀掷了过来！

短刀划过夏乾的肩膀，咣当一声落地。夏乾“啊”地叫了一声，翻倒在地。黑暗中，妮鲁帕尔轻笑一声，慢慢走了过来。

“虽然我看不见，可我听得到呀。夏小少爷，你的脚步声太大了。”妮鲁帕尔的声音依旧柔媚，“起来呀，我给你水喝。”

她走上前，摸索了一阵，拾起了地上的刀。但她没有把刀收回去，而是屏息以待，想听见夏乾的声音。

万籁俱寂，并无人声。

妮鲁帕尔警惕起来。在这个没有光的地方，什么都看不见，声音就是一切。

但是夏乾受伤了，叫了一声之后，居然再也没有发出声音。

他们此刻都不知道彼此的位置，不知道彼此的动作。也许彼此就相隔两寸，也许相隔八尺，也许一方在准备着偷袭另一方。

妮鲁帕尔有些慌了。她讨厌此时自己的慌乱，索性先发制人，迅速蹲下，手持双刀，伸长双臂，快速画了个圆，从而确定了夏乾不在她的附近。

他在哪儿呢？

妮鲁帕尔想了想，会不会是刚才那一刀扎到了他的要害，人已经死了？

情况难以判断，妮鲁帕尔决定悄声远退，回到刚才的位置，找到火把，想办法将其点燃，再把夏乾找到。其实，夏乾于她而言，是个无用的人。但她面对无用的人，往往就是直接杀掉。

此时，夏乾是在不远处的排水沟里躺着。妮鲁帕尔走路没有声音，夏乾并不知道她在哪儿。但是，他距离出口很近。可他的肩膀受了伤，虽然伤得不重，但在流血。长时间的脱水已经消耗了他大部分体力，现在不能让血再任意流下去了。

夏乾躲在那里，大气也不敢喘。他不知道这个妮鲁帕尔究竟是谁，但她似乎一定会杀掉他。

现在该怎么办？夏乾没有办法行动。他想到一件事——

妮鲁帕尔能下来，也许，外面还有别人也可以下来。

二更天了。伯叔来到绿荫镇，找到了客栈。他身后跟着一个回鹘大汉。大汉腰间佩刀，不情愿地道：“还要回来找他们，真是麻烦。”

伯叔则道：“一切准备妥当，必须让这两个人进入地下。”

他进门，和掌柜的说明了来意。掌柜的带他找到了妮鲁帕尔的房间，轻轻叩了叩门。

无人应答。伯叔眉头一皱，推门进去看，发现房间内没人。他转身去了向隐的房间，发现也是空无一人。

掌柜的皱了皱眉头：“真是奇怪了，他们应该一直在屋里的。”

伯叔问道：“一直没出去？”

掌柜的尴尬道：“我忙着照顾孩子，没有注意到。”

回鹘大汉催促道：“走吧，为什么非要等他们？”

伯叔眉头一皱："妮鲁帕尔是我们好不容易雇来的。猜画时放出的水果图，是她的赃物。她看到后，很快便与我们联系，我们又花了很多钱——"

回鹘大汉笑道："不只是钱吧。光凭钱，能让她做事？"

伯叔道："如果事情办成了，西域地下的财宝有一半归她。"

回鹘大汉的脸阴沉下去。这钱是不可估量的。他不服气地道："杀手无面……竟值这么多？"

"朝廷一直在通缉她，光赏金就不少。她十几岁时，自己一个人可以杀掉十几个捕快，你说，她值不值？"伯叔扬了扬手中的三张纸，"这是她得到的'回'字行密文的解法。一个时辰前，她把这三张纸放到了我们的联络点。可现在，不知道她去哪里了。"

他们说了一路，又回到蜂塔这里。夜风有些凉，天很黑，蜂塔下却闪烁着很多火把。举着火把的是十几个大汉，个个身高八尺，深眼眶，浓眉毛，或赤膊，或围着黑色薄衫。

伯叔看了看为首的大汉，问道："米尔扎提，人找到了吗？"

米尔扎提答道："你说的几个人都没有找到。有人在郎中的帐篷附近看到过慕容蓉，但如今不知他去了哪里。那个姓韩的姑娘，前几日一直在蜂塔附近徘徊，现在也不知去了哪里。和她在一起的人，应该是狄震。"

伯叔的眉头皱了起来："狄震也在？"

米尔扎提道："不能确定。但现在……应该不在附近。"

伯叔心中有些不安。如今要进入地宫了，这些人却统统消失了。

而此时，人群中有个矮小的身影——阿炆。在这一群人中，他显得格外弱小，像是随时都能被人打翻在地。

伯叔问阿炆："咱们现在要进入地宫了，按照之前的约定，我们一起打开地下的门。你们的字条……在身上吗？"

阿炆摇了摇头。

伯叔并不意外："你背下来了？可以。你随我们去地宫，那个要最后才用得上。"说完，他把"回"字形密文的解法递给米尔扎提，"这是解法，用这种方法把蜂塔打开。"

米尔扎提无所谓地道："不用这么麻烦。"

他一挥手，身后的兄弟就抬着一个箱子慢慢爬上了蜂塔。

阿炆有些诧异地问道："那是什么？"

米尔扎提不带一丝感情地道："黑火药。"

阿炆一愣："什么？"

米尔扎提道："炸掉塔，最省事。"

阿炆的脸色一下子白了。伯叔也很吃惊："最好不要这么做。"

米尔扎提则冷漠道："放心，我们查过，东西应该在离这里有些距离的地方。之前没炸，主要是怕蜂塔里面的文字尚有用处。如今解开了，炸掉蜂塔是不碍事的。"

"控制不住药量，蜂塔的根基也会被毁掉！蜂塔底下还有人——"阿炆的脸色依然苍白，声音喑哑，"有人掉下去了！"

"哦，是吗？"米尔扎提转身，露出冷笑，"他们是死是活，又有什么关系呢？"

第十一章

重　逢

“咔嚓，咔嚓”，燧石不住地摩擦。此时，地宫里，妮鲁帕尔试了几次，都没有点着。在这短暂的时间里，周遭死一般寂静。

夏乾是晕倒了，还是有什么诡计？

妮鲁帕尔有些焦灼不安。火把点不着，若是重新折回上面取火把，会不会让夏乾有可乘之机？

她有些气恼地朝不远处喊道：“你躲起来是没用的，不妨现在出来，我可以让你回到地面去。”

她这番话一点儿说服力都没有。

不远处的夏乾躲在排水沟里，什么声音也不敢发出。

此时，妮鲁帕尔又道：“你不出来，我便来找你。”

夏乾屏住呼吸，听见“嘎啦”一声，是刀子划过墙面的声音。这声音是从夏乾正上方传出来的，说明妮鲁帕尔已经到了他的旁边。

一些土和灰掉在夏乾身上，可他一声也不敢吭。

“嘎啦”，又是一声，这次是在夏乾脚上方。夏乾明白了，妮鲁帕尔正拿着刀在空中乱挥，两次挥舞到了墙壁上。显然，她不清楚夏乾躲在排水沟里。

怎么办?

夏乾想了想，等她第三次碰到墙壁，发出声音的时候，自己就用手里剩余的火把棍子直接袭击她，虽不知是否能击中，但好过等死。嗯，成败在此一举。

但周围忽然安静了。良久，夏乾才听到远处一阵窸窣声。他明白了。在黑暗中博弈，只不过是浪费彼此的时间而已，所以，妮鲁帕尔放弃了袭击。因为夏乾已经脱水，如果一味躲藏，晕厥是早晚的事。

但是周围好像亮了一些。

夏乾抬头看了看。他看见了出口——出口似乎和刚才不一样了，闪着微光。

是错觉吗？好像不是。

出口的微光如同星辰，是夏乾近几日看到的最美的光——近在咫尺，却无法靠近。

夏乾看着出口，忽然想起了小时候的事。十岁那年，他跌落山崖，在山间躺了一天，也像今天这样……

想着想着，夏乾缓缓闭上了眼睛，陷入了半昏迷状态。

夜空澄澈，星光灿烂，灰褐色峭壁与暗绿色的大树将夜空遮蔽。透过树影，可以看到夜空中皎洁的月亮。

十岁的夏乾摔倒在悬崖下方，胳膊、腿都像断掉了一样。

他抬眼看看夜空，想哭，可眼泪已哭干了。今夜，他本来应该坐在院子里看星星，听邵雍讲故事，从中原的大山大河讲到西域的雪山大漠。

但现在，他躺在这里，生命垂危。

到底为什么会这样？

今日看到的大哥哥是谁？是山神吗？山神朝他丢石头，他就摔下来了。那他躺在这里，是报应喽？

夏乾想来想去，后悔万分。他不该朝那个大哥哥丢石头。但也不至于这样呀！从娘胎里出来十年，逃学、抓蛐蛐、玩蹴鞠，都是正常孩子该做的……他从来没有做过大逆不道的事，难道就这样死了吗？

“有人吗？救救我！”夏乾用尽最后的力气喊了一声。可天空中还是只有一轮明月，冷冷地照着他，像是没听见他的求救一样。

夏乾“哇”的一声哭了出来，眼泪却再也挤不出来了——他都哭了一下午了，渴得要命。

夏风吹拂，树叶微动，送来一丝暖意。一只鸟从头上飞过去，像一只孔雀。它落下一片羽毛，轻飘飘地落在了夏乾身上。夏乾费劲地用手抓住它，就像抓住了一柄好看的小扇子。

当他再次看向天空，孔雀却不见了。

月亮越发明亮，却好像要轻轻挪移到树影之下了。就在此时，悬崖顶上突然冒出一个少年。他穿着青布衣衫，背着草药篓子，身影在月夜下显得很是瘦弱。他好像也看到了那只孔雀，追着来的，却意外发现山崖下有个人。

“他是谁？为什么会在山崖上？”

“他是谁？为什么会在山崖下？”

明月高悬，夏乾和少年痴傻地对望着，猜测着彼此的身份，谁也没吭声。

蝉在树上知了知了地叫了好几声。夏乾这才明白，这是有人来了。他的眼泪瞬间又流淌出来，大喊一声：“救——”

悬崖顶上的少年唰地一下没影了。

夏乾连“救命”都没喊全。他痴愣地看着悬崖顶。不久之后，那个少年又探出头来。

“你能动吗？”

这是少年开口说的第一句话，声音有些焦急。和夏乾的声音不同，他的声音成熟一些，想来年纪必定比夏乾大一些。

“右手能动，”夏乾声音带着哭腔，“左手扭了，脚好像断啦！”

少年又消失了。不一会儿，悬崖顶上传来窸窸窣窣的声音。很快，上面垂下来一个小篓子，小篓子上挂着绳子。少年招呼夏乾爬进篓子里。夏乾用尽了力气，才爬了进去。之后，少年吃力地将篓子拉了上来。

夏乾这才注意到，所谓的绳子，是少年用身上的衣衫一点一点系成的。少年方才是扯了自己的衣衫卷成绳子，这才消失了一会儿。按理说这种临时的、用衣衫编成的绳子会很不结实，夏乾却被他安然无恙地拉了上来。

少年喘着气，问道：“你真重。你家在哪儿啊？”

夏乾哭丧着道：“庸城。”

“庸城在哪儿？”少年死命地拽着篓子往山下走，手都拉红了。

“在南边。我和我爹住客栈，我爹走了，我就一个人跑了出来。我要找郎中！”

少年“嗯”了一声，呼哧呼哧地道：“去找我师母吧，她可以治病的，然后再去找你爹，告诉他你平安了。你多大了？”

夏乾哼哼唧唧地道：“十多岁。”其实他刚刚十岁，但是他不愿意把自己说得很小。

少年止住脚步，靠着树休息一下。他冷漠地看着夏乾：“十岁还这么傻胖？”

夏乾心中的怒火一下子就升起来了。他最讨厌别人说他胖，更讨厌别人说他傻。但是眼下，他全身都疼，也不好对眼前的救命恩人抱怨什么，遂有些不服地问道：“你多大？”

“马上十三岁。”少年有些莫名得意。

夏乾眉头一皱，总觉得眼前的人怎么也有十六七岁了，怎么才比自己大三岁。少年休息了片刻，看了看夏乾的伤势，叹息一声，又开始拉着绳子往前走：“你要是断了腿，以后可怎么办，真是可怕啊。”

夏乾一听，很是惊惧，嘴上却喊道：“我会好的！”

“那可不一定。”

“我会好的！”

“我看过医书，你这种情况，可能会落下残疾。”

“我肯定会好的！你怎么能胡说呢？”

“我是你的救命恩人，你怎么能这么讲话呢？”

男孩子的斗嘴通常都是很无趣的，坚持己见，来回重复，直到最后对骂起来。可这少年只说了几句，便不再说话了，好像是累了。夏风吹得树叶沙沙响，蝉鸣夜静，月亮西行而去。少年拉一会儿，歇一会儿，手都磨出了血泡，还把绳索往肩上扛。可是他把外衣都做成绳子了，肩膀上的单薄里衫很快也被磨破了。

少年一声没吭，接着拉。

夏乾看着月下的少年，心里很是难过，第一次觉得自己应该减肥了。

“你家是不是还很远？”夏乾声如蚊呐。

少年“嗯”了一声，接着拉绳子。

夏乾觉得很过意不去，小心翼翼地道：“到了我给你银子，我爹有钱。”

少年“哼”了一声，表示不屑。

“我叫夏乾，你呢？”

“我姓易。你的名字真奇怪，带着‘钱’字，家里是做生意的？”

夏乾撇了撇嘴：“是乾坤的乾。你叫什么？”

少年忽然停下。不远处有一座茅草屋，上面写着“安乐窝”三个大字。外面是篱笆小院，修得很整齐，里面种了很多牵牛花。

少年高兴地叹了一声，转过身，笑道：“终于到啦！可把你拉回来了。至于我叫什么，你不用管，反正以后咱俩也没有瓜葛了！”

他第一次展颜大笑，笑得很得意，完全没在意肩膀都磨出了血痕。

月光很亮，漫天的繁星也很亮。

墓室顶上的通道处传来点点微光，像是穿过那些灰土堆砌的通道，就能看到星光一样。

夏乾半梦半醒，觉得自己快要死了。就在此时，洞口传来一阵响动。很快，“咣当”一声，一个火把掉了下来，居然掉到了夏乾眼前！整个墓室在瞬间被照亮。夏乾虽然有些晕眩，却清醒了不少。他迅速闭上眼睛，再慢慢睁开来。

远处的妮鲁帕尔停下动作，诧异地回头看着洞口。

在这短短一瞬间，从洞顶跳下来一个人。他轻松落地，捡起火把，灰头土脸地环顾四周，恰好看到排水沟中的夏乾。

光芒映着二人的脸。

在这短短的一瞬，夏乾脑袋轰然炸裂。

“易……”

夏乾突然觉得自己的眼眶湿了。他说不出话来，他也不能说话。他不知眼前是真的还是假的——易厢泉为什么会出现在这里？这怎么可能？自己是不是要死了？

远处传来妮鲁帕尔的脚步声。她走路本是没有声响的，但这次竟没轻没重地跑来了。而在这一瞬间，夏乾清醒了——他不能暴露自己的位置，于是伸手将火把抓起，压到自己身子下方，生生将它压灭了！

火焰滚烫，夏乾感到后背一阵烧灼的疼痛，但他愣是一声没吭。

周围一下子陷入黑暗。妮鲁帕尔匆匆赶来，厉声喝道：“谁？”

没人回答。

黑暗中，妮鲁帕尔挥着刀，慢慢逼上前：“是谁？”

“我。”

妮鲁帕尔闻声很是吃惊：“向……向隐？”

“嗯。”向隐，即易厢泉，向右走了几步，说得慢吞吞的，“我来看看情况。”

蜷缩在排水沟中的夏乾脑中已经空白一片。这是怎么回事？

妮鲁帕尔轻轻地扬起头。她今日在向隐的茶中下了药，他应该一时半会儿是醒不了的，如今却来到地下，显然是来者不善。她思考了片刻，抬起双眸，问道：“火把呢？”

“落地而熄。”

“给我火把。”妮鲁帕尔的声音冷了下来。

易厢泉没有任何表示。他看似很镇定，脸色却苍白至极。

“不肯给我？为什么不肯？你不信我了？”妮鲁帕尔突然发出一阵轻笑，道，“那就别装了。你们是十年的朋友，他如果没死，不会听不出你的声音。”

易厢泉慢慢道：“你在说什么？”

妮鲁帕尔环顾四周，大声道：“夏乾哟，你的易哥哥来了，你还躲着干什么？”

易厢泉的脸色越来越苍白，他思考着对策。但他不清楚事情原委，便没有说话。

“易厢泉！你就别装了。等你见到夏乾的那一刻，你们俩就注定是一伙儿的。”妮鲁帕尔的声音很轻，却带着危险的笑意，“怎么，夏大公子还不出来？”

易厢泉还是站在那里一动不动。

妮鲁帕尔看着他，问道：“你知道夏乾在这里，对不对？”

“我不知道。自从你在汴京城救了我，很多事我都不记得了。”易厢泉答得很淡然，慢慢朝右边挪了一步。

他的话让妮鲁帕尔有些混乱。如果易厢泉真的不知道夏乾在这地宫里，那他来做什么？

易厢泉问妮鲁帕尔："你到底在找什么东西？"

妮鲁帕尔没有说话。

易厢泉道："我失忆之后，很多事情都想不起来了。"

听了他的话，排水沟中的夏乾脑中思绪纷乱。本来，易厢泉活着的事就已经让他震惊不已，现在又是怎么回事？易厢泉为什么会忽然来到这里？他和妮鲁帕尔是什么关系？

易厢泉接着道："我从爆炸中生还，却不记得为何爆炸。因为我对火焰的惊惧，导致记忆错乱。但我还记得小时候的事，记得庸城抓捕青衣奇盗一事。可记忆停留在城禁最后一日傅上星放火时。在那之后的事，我统统都不记得了。你找到我，为我治伤，说我之前接了圣上的密令，要来西域查案，说这是皇家秘事，关系到大宋的兴衰，故而不得随便与人联系，更不得透露自己的行踪和姓名。但是这期间我还是收到了故人的来信。是夏乾的信，说他在庸城，后来被他爹派去长安谈生意；还有孙洵的信，她在汴京行医，和我许久未见了；还有燕以敖的信，都是问候，还讲述了青衣奇盗的事……就好像，庸城城禁之后，我从未出现在他们的生活中一样。"

易厢泉故意讲这些，是为了让躺在排水沟中的夏乾明白事情的来龙去脉。

易厢泉接着道："这两个多月来，我跟着你一路来到西域，帮助你破解密文，但我还是对你有所怀疑，一来，你对西行的目的讳莫如深；二来，你时时刻刻都在监视我。我见过什么人，说过什么话，都观察得很是仔细，甚至不允许我和慕容蓉私下会面；三来，虽然很多事我不记得了，但凭借我对自己的了解，我是不会轻易接管什么‘影响大宋兴衰’这种连目的都不清楚的案子的。何况，即便是宁烈丢失这种关乎战局的大事，你都不让我去管，只让我破解密文，可想而知，你根本不是皇上派来的人。为了弄清楚你的目的，我帮助你解开了密文，且观察了你几夜，发现你常在我的茶水中下药，然后在深更半夜悄悄出门。我今日跟你下来，就是想弄清事情的原委。”

易厢泉深吸一口气，接着道：“因为，有件事我始终不明白，你处心积虑要我来西域，究竟是为什么。若是嫌我碍事，杀掉我便是，可你为什么要对我撒下这种弥天大谎？谎言总是有漏洞的，今日对峙的局面，你也一定早就料到了。”

妮鲁帕尔盯着他半晌，突然哈哈大笑：“你以为我想带你来？这一路，我可真是累得不轻。若不是拿了好处，谁想带着你这种累赘？”

妮鲁帕尔说得很随便，易厢泉却听出不少有用的信息。首先，妮鲁帕尔是受人委托，她身后有人指点；其次，虽然不知缘由，但她是不会轻易杀掉自己的，否则早就一刀砍过来了。

易厢泉挑了挑眉。只要她不杀自己，事情就还有回旋的余地。他想了想，继续问道：“是谁指使你这么做的？”

妮鲁帕尔笑道：“看来你是真的什么都不记得了。呵，他是谁，你可管不着。”

躲在一旁的夏乾大致听出了事情的原委，很是震惊，但有一件令他感到焦虑的事——他们到底要如何从这里逃出去？易厢泉说了这么多，不仅仅是想讲述事情的缘由，可能还想拖延时间。

他拖延时间做什么？

夏乾实在不清楚易厢泉的想法，但是，要从这里出去，肯定要从通道内爬出去。易厢泉定然是熟悉路线的，但是他们很难逃离妮鲁帕尔的魔掌。

易厢泉又对妮鲁帕尔道："你没必要杀我们，我们也不会对你造成任何威胁。只要你放我们走，一切安然无事，你又何必背上两条人命？"

听到这里，妮鲁帕尔却哈哈大笑："你知道我身上背了多少条人命？我做事一向斩草除根，杀掉你们不过是顺手的事。"

这倒是大大出乎易厢泉的意料。

夏乾暗暗叫苦，妮鲁帕尔恐怕就是杀手无面，但易厢泉不知道。

四周本来就处在一片黑暗中，而此时，妮鲁帕尔突然轻巧一跃，跳到了入口处。她举起刀，道："易厢泉，别以为我不知道你打的什么算盘。你每讲一句话，就悄悄往出口挪一点。怎么，想逃？做梦！只要你发出一丁点儿声音，我随时都能杀了你。"

易厢泉站着没动。

妮鲁帕尔道："怎么，不说话了？你可别怪我刀剑无眼。"

易厢泉道："你不能杀我，没有我，你们是打不开门，找不到东西的。"

妮鲁帕尔的手僵了一下。

就在此时，远处传来一阵巨大的轰鸣声，而此时墓室四周的墙壁也开始颤动。妮鲁帕尔立刻弯腰抱头。而夏乾则用尽全身力气站起，摸着墙壁，拉住易厢泉，朝蜂塔入口的方向跑去！

他原本计划是从出口直接跑掉，但是妮鲁帕尔站在出口下方。易厢泉刚才说他解开了密文，若是他们回到蜂塔入口处，也是可以出去的，只是这段路会很长。

易厢泉没有多说一句话，只是跟着夏乾跑着。他们跑了一阵，听到身后传来衣物的摩擦声——

妮鲁帕尔追上来了，速度比他们快了几倍。

而此时，夏乾和易厢泉刚刚跑到胡斯的棺材旁。夏乾立刻从棺材底部找到机关，打开了地洞，然后立即带着易厢泉右转跳入洞中。落地时，他们踩到了一处踏板，洞口“轰隆”一声合上了。

四周一片寂静，妮鲁帕尔被隔绝在洞外。

周围一片漆黑。二人摸索着墙壁，发现墙壁上有一块活砖。夏乾犹豫着要不要按，易厢泉道：“别动。也许正是将刚才那扇门打开的机关。”

夏乾继续向前探，发现前方有一处向下的楼梯。他们从楼梯上走下去，易厢泉问道：“这是哪里？”

“不知道。”夏乾喘着粗气，声音暗哑，“我本来想带着你从蜂塔正门逃出去的，但她追得太快了，我们肯定会被追上的。这是柳三失踪的洞口。我之前就找到了机关，还没来得及进来。”

“换言之，一旦妮鲁帕尔也找到机关进来，我们就完了。如今只是拖延时间罢了。前方是死路吗？”

夏乾道：“不知道。柳三应该也在这附近，我们三个人一起对付她，可能要好一些。”但其实他心里没有把握。之前柳三独自进洞，也不知目的是什么。

易厢泉问道：“柳三是谁？”

夏乾无奈地叹了口气。显然，易厢泉是真的什么都不记得了。

二人试图点燃火把，但火把燃不起来，他们只得摸黑继续往前走。这里像是一个很长的走廊，尽头还需要拐弯。他们彼此搀扶着，周围只有他们的脚步声。

夏乾浑身无力。他对易厢泉道："你真的没带水？"

"带了。"易厢泉赶紧掏出水壶，"就一壶，你——"

"你不早点给我！"夏乾一把抢过来，咕咚咕咚喝起来。易厢泉赶紧拦住他："千万别喝得太快！"

夏乾放下水壶，呼了一口气，总算是缓过些劲儿来。他还是很渴，但还是忍着把水壶拧紧了。他还想给柳三留一点儿。

夏乾问道："你真的失忆了？"

易厢泉点点头："对。"

夏乾难以置信："怎么会有这种事？"

易厢泉道："不知道，好像是因为爆炸引起的。从城禁一事到如今，我总是记不起发生过什么。妮鲁帕尔也没有为我好好医治。"

夏乾道："青衣奇盗一事过后，我们又去了宿州的吴村，然后一同前往汴京城。在汴京城，你我参与了猜画活动，之后我们破解了仙岛之谜，你抓住了青衣奇盗成员之一，鹅黄。而另一个成员名叫阿炆，他与我们一起来了西域。"

易厢泉皱皱眉头，显然是想不起来。

"之后，你受了吴仲卿大人的委托，在汴京查案，我来到长安，遇到了捕快狄震。他是妮鲁帕尔的死对头。对了，妮鲁帕尔很有可能就是杀手无面。之后你我书信往来，吴仲卿大人和他的女儿都被害死，你查出真相之后，在悬空寺遇害。这些事，你真的不记得了？”

“不记得了。”易厢泉揉揉头。

夏乾“唉”了一声：“你还记得什么？”

“我记得你，记得小时候的事，庸城的事也基本都记得。但以傅上星放火的事为节点，在那之后的事都忘掉了。我应该是因为惧怕大火，记忆有些混乱……”易厢泉摇摇头，问道，“在地宫外，可还有帮手？”

“还有韩姜和慕容蓉。”

易厢泉点了点头：“现在我才明白，他们一直想要救的人，竟然是你。”

二人说着，竟走到了尽头。他们抬手摸了摸，前方是一大片墙壁，又像是门，门上有许多格子，格子里似乎刻着字。就在此时，他们脚下当啷一声响。

夏乾赶紧蹲下，惊喜道：“是长明灯。”

二人将灯点燃。很快，四周亮了起来。出现在他们眼前的是一扇巨大的石门，门上有很多格子。数一数，一共有五行，每行二十个，每个格子都用汉文和回鹘文标注着。汉文全是数字，如“三十八”“六十四”之类，但都是乱序的。

而旁边的角落里，竟然躺着一个人。

“柳三！”夏乾赶紧跑过去。只见柳三靠在角落里，已经不省人事。

易厢泉上前看了看，道：“恐怕是脱水所致。他为何会倒在这里？他是你的朋友？”

“他们应当是都想要这扇门后面的东西。”夏乾看了看大门，“那些人千辛万苦地来到这里，都是要打开这扇门。”

易厢泉点点头：“先救人吧。”

夏乾掏出水囊，用水将袖子润湿，再一点点挤入柳三口中。但是柳三依旧没有苏醒的迹象。

夏乾很是焦急：“柳三必须要看郎中，可我们被困在这里，如果妮鲁帕尔进来……”

易厢泉知道夏乾体力不支，于是让他坐到一边休息，自己给柳三喂水：“事情也许还有转机。妮鲁帕尔的脚步无声，但开门时，声音是很大的。我们把长明灯熄灭，你拿着火把棍子站在墙壁一侧，我引诱妮鲁帕尔说话。我们谈判时，你就在黑暗中击打她的后脑。”

夏乾叹道：“她会不会直接杀了你？”

“不会的，她不会杀我。”易厢泉站起来，很自信地道，“我之前一直不明白，他们为什么一定要带我来西域，如今，看到这‘回’字形密文的墙，我明白了。”

易厢泉微微一笑，没有继续往下说。

夏乾担忧地看看柳三：“他为什么还没有醒？”

易厢泉伸手想帮柳三看看。

夏乾叹道：“小时候，你是一直想做郎中的。”

“我师父说，学医救不了宋人，我小时候一直不懂，后来才明白……”易厢泉叹了一声。

夏乾忧心道：“若是一会儿我真的成功袭击了妮鲁帕尔，我们也需要带着柳三一起走。”

易厢泉问道：“这个柳三……是好人吧？”

夏乾犹豫了一下，没说话。

他没有说柳三是故意诱他进入地宫的，也没有讲他们这几日在地下的经历。他只是有些混乱，想等出去之后再慢慢理清。但是易厢泉察觉到了他脸色不对，道："等咱们都出去了，你再把事情慢慢讲清楚。我先帮他号脉。"

易厢泉毕竟不是真正的郎中，只觉得柳三的气息不是很稳，似乎是疲累、脱水所致，但不至于昏迷不醒。

时间一点点地过去，两个人都有些焦虑了。妮鲁帕尔的武功他们是见识过的，而袭击她的计划只是下下策。万一不成功，三个人都会陷入险境。

易厢泉是个谨慎的人。他伸手想掏掏柳三的衣袋，看看有没有什么能用上的东西。

"夏乾，你朋友有没有什么防身的东西？比如匕首之类的，我们可以先拿出来用用。"

"似乎没有。我先站到门边，防止一会儿措手不及。"夏乾没有往他这边看，而是拿起火把剩下的棍子，靠在门口，紧张地听着门外的动静。

易厢泉掏了掏柳三的外衣口袋，又看了看袖子里面，什么都没找到。当他抱着试一试的想法将手伸进柳三怀中时，感觉里面有不少零碎小物件，像是指环之类，还有一个长棍一样的东西，像是笔。

不对，是两支笔。

不对，没有毛刷，不是笔。

易厢泉很好奇是什么东西。他将东西掏出来。在长明灯的灯光照射之下，一个小小的包裹从柳三怀中露出来，包裹得很是严实。易厢泉把它打开，映入眼帘的，是一双红白相间的筷子，很是精致，上面有镂空花纹。

是犀骨筷。

第十二章

最后一扇门

易厢泉的手一下子僵住了。他开始在混乱的记忆中搜索。看着眼前陌生的年轻人，一阵恐慌感涌上他的心头。

“夏乾！”易厢泉连忙站起。

“怎么啦？”

“倒在地上的究竟是什么人？”

夏乾刚要回答，却听见墙壁上传来一阵嘎啦嘎啦的声音。夏乾顿时慌了，大喊一声：“她要进来了！”

易厢泉还要说什么，夏乾瞬间将火把熄灭。紧接着，大门传来一阵剧烈的摩擦声。

门开了，妮鲁帕尔走了进来。

夏乾贴着墙壁站着，手心已经出汗了——能否一招击中妮鲁帕尔，全在一瞬间。

易厢泉开口道："我们来谈谈吧。"

他的声音很平稳，也很镇定，如平时一样。按照计划，易厢泉诱使妮鲁帕尔发出声音，夏乾直接去打她的后脑。

但事情有变。

易厢泉刚刚说了一句话，妮鲁帕尔就一刀飞了过来！

这一刀来得太快。只听黑暗中，易厢泉呻吟了一声，便"砰"地倒地了。夏乾再也按捺不住，立即挥动棍子。然而，他用尽全身力气，却只是击了个空。木棍在空中发出可悲的"咻咻"声。待夏乾呼哧呼哧站定，手中的木棍已被狠狠打掉，"咣"一声落了地——妮鲁帕尔的快刀已将木棍斩断。

夏乾手无寸铁，立即抱头蹲下。在这一瞬间，他心如死灰。

"你不能杀我们。"易厢泉忍住疼痛，在黑暗中加快语速道，"杀了我们，你的东西是取不出来的！"

他这番话语速虽快，却很无力。妮鲁帕尔没有说话，也没有动。眼下，夏乾和易厢泉二人的位置已经暴露，若她想杀掉他们，他们毫无招架之力。

正在这时，墙壁外传来一阵响动，像是多人走路的声音。

妮鲁帕尔忽然对夏乾道："我可以不杀你们。你去把通向外面的门打开。"

夏乾无奈，走到一处墙壁前，按了一下。门再次被打开，却迅速被一把刀卡住，关不上了。

夏乾抬头，看到门外十分明亮，十多个彪形大汉正举着火把站在那里。他们有的是回鹘人长相，有的是西夏人装扮，却都带着刀。阿炆也在其中。他紧张地看了看夏乾。

夏乾很是吃惊。趁着光线明亮，他赶紧回头，朝易厢泉看去。只见易厢泉受伤的腿，鲜血正不停地在流。夏乾赶紧跑过去扶住他。

妮鲁帕尔举着刀，轻蔑地看着他们，冷笑道："就凭你们，还想偷袭我？"

门外的一伙人齐刷刷地进来。妮鲁帕尔转头，嬉笑着说了几句回鹘语。夏乾他们自然听不懂，但是他们好像提到了个人名，"米尔扎提"。

那个被唤作"米尔扎提"的，是一个威猛大汉。他穿着黑袍，显然是这伙人的头目。他上前一步，以回鹘语和妮鲁帕尔对话。

显然，她和这些人是一伙儿的。

夏乾扶住易厢泉，感到非常绝望。一个妮鲁帕尔已经能把他们置于死地，如今又来了十几个，他们怎么逃得出去呢?

阿炆环顾四周，脸色变得苍白。他没有说一句话，显然和这伙儿人不是一路的。

见状，夏乾思量了一下，低声对易厢泉道："不知你是否记得，那个矮个子汉人名叫阿炆，他是青衣奇盗的一员。"

夏乾有些担心易厢泉会听不懂，但是出乎他意料的是，易厢泉忽然笑了。

夏乾无奈："你笑什么？现在我们怎么办呀？"

在这之前，易厢泉和夏乾要多狼狈有多狼狈，而易厢泉这一笑，却好像掌握了一切。

妮鲁帕尔内心忽然有些惊慌："你笑什么？"

易厢泉对妮鲁帕尔道："你带着这么多人，是来找什么的？"

妮鲁帕尔道："你管不着。"

易厢泉问道："和字条有关？"

"你管不着！"面对易厢泉，妮鲁帕尔心中更慌了。她虽然武艺高强，但她和易厢泉随行了一路，知道这个人主意很多。

"字条有多少张？五张。"易厢泉慢慢问道。但他说出"五张"的时候，并不是疑问句。

在这句话之后，阿炆却出人意料地答道："字条一共五张。"

易厢泉点了点头。看得出，阿炆很紧张，可能是被胁迫来此的。

夏乾看着眼前混乱的局面，回忆起当年易厢泉在汴京城的牢房里和鹅黄的对话。易厢泉曾经提出一个假设，青衣奇盗十几次盗窃可能并不是图财，他们可能是用这些东西去开启某个机关，再拿到某样东西。而且他们如此大费周章，可见这个机关后面的东西极其珍贵。

而这些东西，很有可能不止青衣奇盗想要得到。

青衣奇盗所盗之物涉及扳指、簪子等十三样物件，还涉及五张字条。这些东西数量不少，青衣奇盗很有可能偷不全。如果他们没有偷全，剩下的东西又落入了旁人手中，大家都想来西域开启这个机关，那么就形成了今日的局面。

夏乾看了看妮鲁帕尔，又看了看这些土匪一样的大汉，忽然明白了现在的局势。和易厢泉预估的一样，这里有三伙人，他和易厢泉一伙，阿炆自己一伙，妮鲁帕尔和那些大汉一伙。

夏乾对易厢泉偷偷耳语了几句。易厢泉显然也看明白了，问道："你们是想合作开门，均分门后的东西？"

妮鲁帕尔冷冷道："你闭嘴！"

易厢泉道："可你们是打不开门的。"

妮鲁帕尔眉头紧皱，怒斥道："你再胡说试试！"

夏乾也诧异地看向易厢泉："你这是什么意思？"

易厢泉看着门口的一干人等，眼里闪着光："你们打不开这门，不信可以试试。"

妮鲁帕尔上前，一把推开夏乾，用刀抵住易厢泉的脖子。而易厢泉则毫无畏惧之色。火光下，他将目光投向了阿炆，道："要不你试试？"

阿炆没有动。众人沉默了一会儿。米尔扎提挑了挑浓眉，主动走到墙壁前。

他轻轻碰触上面的密文——那是可以按入墙壁的。

墙壁上一共有五行，每行二十个格子，每个格子里都用回鹘文和汉文标注了数字。米尔扎提拿出字条，又掏出解开密文的三张格子纸。他需要把"回"字形密文对应出数字，再把正确的格子按下去。

妮鲁帕尔用胡语焦急地叫了一声米尔扎提的名字。米尔扎提没有回应她，而是低头看了一会儿，然后转过头来用汉文道："蒙上他们的眼睛。"

很快，夏乾、易厢泉和阿炆的眼睛都被蒙上了。当黑暗再度笼罩的这一刻，夏乾突然明白了，他们手中的字条就是"回"字形密文，当年的犀骨筷里也有。这些字条是用来开启这扇门的。大汉们和阿炆各有部分字条，字条的内容彼此并不知道，故而相互约在此地交易，所以开门的时候，不能让对方看到字条上的具体内容。

他们的目的，正是要打开这扇门。

闭上眼睛的时候，大家都听到了嘎吱嘎吱的声音。这是按压密文，触动机关所发出的声音。夏乾数了数，一共响了十四声。片刻之后，他的眼前又亮了起来。米尔扎提走回去，换阿炆走上前。

阿炆盯着墙壁，有些紧张地看向众人。

刚才米尔扎提按动密文时，夏乾一行人都没有看到他到底按了哪几个。而现在阿炆一旦开始按动机关，他的密文便会被大家看见。

妮鲁帕尔轻笑了一声："别怕，我们的记性没那么好，记不住你按了什么。"

阿炆没动，只是抬头看着他们。他很明白，在这个时候，若要求他们全体背过身去，是一件不可能的事。

米尔扎提轻蔑地笑了笑。

阿炆见状，只得转过身去开始按动密文。他的身材很矮小，只得尽力用矮小的身子遮挡。

墙上的密文，实则是一块又一块的砖。这些砖块后面机关重重，精巧至极。当阿炆慢慢地将砖块往里推，便能听到一阵又一阵的嘎吱声。

这个过程似乎很漫长，阿炆一行一行地推。而一行有二十个密文，在二十个密文中选出七个有次序地按进去，之后再换一行，接着推。夏乾这才明白，五张字条对应五行密文，阿炆有三张字条，妮鲁帕尔他们只有两张，这场交易本身就不公平。若鹅黄没有在汴京城被捕，青衣奇盗的状况会不会好一些？阿炆是不是也不用独自一人冒着这么大的风险来西域？

但是……他们的目的究竟是什么呢？

夏乾越想越乱，转身看了看易厢泉，不知他在想些什么。易厢泉心思缜密，但他现在失忆了，很多信息是不记得的，眼下恐怕也帮不上什么忙。

就在这时，阿炆似乎快要按完了。刹那间，四周墙壁上方的砖块突然动了起来。

门开了。

而在此时，妮鲁帕尔突然用回鹘语大喝一声。易厢泉立即喊道："趴下！"

墙壁上方发出一阵恐怖的响动，几十根利箭从两侧飞射而来！

易厢泉和夏乾立即趴下。阿炆离得最近，但他反应迅速，且身材瘦削单薄，利箭只从他后背的衣服上穿了过去。只听得当当几声，之后就再也没有利箭飞过。大门恢复了原样。等他们抬头，发现妮鲁帕尔根本没有蹲下。她手持双刀，正冷漠地看着他们。

而周围全是利箭的残骸，都是被妮鲁帕尔和她身后的那群大汉生生砍断的。在场十余人，无一人受伤。

夏乾和易厢泉本来应该庆幸，但他们如今冷汗涔涔，因为利箭太多，速度太快，在这短短的一瞬，这些箭居然被悉数斩断，可见眼前这伙人武力之强。再看他和易厢泉，一弱一伤，根本不是他们的对手。

妮鲁帕尔瞥了一眼地上的残箭，呼出一口气，疑惑地看了看墙壁。

易厢泉的身上还有刀伤，血止不住地渗出，脸色也逐渐苍白起来。但他并没有惊慌，而是慢慢抬头，对妮鲁帕尔道："你们手中的字条是错的。"

妮鲁帕尔一惊："你什么意思？"

"我知道正确的，"易厢泉露出一个轻蔑却无力的微笑，"所以那位幕后人一直不敢杀我。”

妮鲁帕尔拿刀抵住易厢泉的脖子，冷笑道：“胡说八道。”

“你们拥有了五张字条，但有一张字条是有问题的。”易厢泉看向阿炆，“阿炆手里的字条，有一张是不正确的。”

阿炆很是震惊。妮鲁帕尔朝阿炆怒喝道：“你敢耍花招！”

阿炆急道：“没有！”

“和他没关系。”易厢泉慢悠悠地道，“那张字条是庸城犀骨筷里的那张。在庸城时，字条曾经落入我手。”

众人被他这番话惊住了。妮鲁帕尔却面不改色，只是眼中闪着寒光。

阿炆急道：“可我们把字条从猫铃铛里偷出来了！”

易厢泉道：“对。但在庸城的时候，我往字条上加了几笔，改变了密文的形态。这件事我写在了信里，把信装入了铁盒，在爆炸之前把铁盒从悬空寺的窗口丢了出去。”

所有人都不说话了。夏乾非常震惊，但此刻他全明白了。易厢泉从悬空寺生还，之后落入了对方手里。对方知道了他改字条的事，所以一直没有杀掉他，只是让妮鲁帕尔跟着他来到西域——他们必须把易厢泉带到这扇门前。

因为只有易厢泉知道怎么开门。

易厢泉又道：“我可没说假话。刚才已经证明了，你们字条上的内容是错的。”

妮鲁帕尔看向阿炆，目露凶光：“字条真的被改过？”

阿炆急忙道：“我看不出来。我已经把字条销毁了，内容都记在脑中。可是……”

“我也记在脑子里了。”易厢泉冲阿炆道，“我虽然记性不太好，但是在庸城傅上星放火之前的事，则统统记得。如果我刚才没看错，第五行的密文是错的。”

余下一群人面面相觑。现在最大的问题是，字条已被销毁，无法证明易厢泉说的话是真是假。妮鲁帕尔忽然提高了音量：“我跟了这个姓易的一路，他最喜欢骗人！你们不要相信！”

易厢泉正经道：“我没骗人。”

妮鲁帕尔道：“那你为什么现在才说？”

易厢泉没有回答她，而是道：“你们要我开门，可以，但也要满足我几个条件。”

妮鲁帕尔就知道他会这么说，怒道：“我凭什么信你？”

易厢泉道：“我刚才说出这些事的时候，你并不惊讶。显然，那位幕后人已经给过你指示了。他都相信我，你为何不信？”

米尔扎提低声对妮鲁帕尔道：“这个人进入悬空寺之后，把这些事写在信里，放到了盒子里，然后扔进了瀑布。盒子被我们捞上来了。信，白大人看过，所以才让他来西域。不论怎样，我们都应该按照白大人的指示做。”

妮鲁帕尔的脸色很是难看。她把刀放低了些。

米尔扎提看了看易厢泉，直接道：“你提条件吧。”

易厢泉道：“先给夏乾喝点水。”

在这种时候，夏乾没想到易厢泉提的第一个条件竟然是这个，心中很是感动。

米尔扎提哼了一声，把水囊扔给了夏乾。

“第二，叫慕容蓉带人来接应我们，我们在蜂塔出口处会合。待我们出去之后，我就把正确的密文告诉你们。”

易厢泉说完这些话，便安静地坐在那里不动。现在，这群人心中已然七上八下。几个大汉开始议论，却都不敢轻易作决定。

这时候，米尔扎提说话了：“可以。”

“不可以！”妮鲁帕尔看看易厢泉，又瞪向米尔扎提，“他在撒谎！”

米尔扎提平静地道：“但是密文的确是错的，而且白大人之前嘱咐过……”

他第二次提到一个姓白的人。夏乾很快就注意到了。易厢泉的眼神也闪了一下。

“他肯定动手脚了！”妮鲁帕尔看着易厢泉，却说不出个所以然来，“总之，这个姓易的即便是失忆了，也滑头得很。”

所有人都看着易厢泉，试图从他的眼神中看出他是否撒了谎。夏乾也抬头看了看。他和易厢泉有十年的交情了，此时他都看不出来易厢泉说的是真话还是假话。

米尔扎提看着妮鲁帕尔，很自信的样子：“即使把他们带到蜂塔出口，他们也逃不出去。”

这两个人本是一伙儿的，如今却有了不同的意见。妮鲁帕尔看了看易厢泉和夏乾，握紧了手中的刀，没有动摇的意思。

阿炆忽然道：“可以让其他人撤出去，让易厢泉留在这里开门。”

他的原意是只留易厢泉在此地。但妮鲁帕尔摇了摇头，冷笑道：“折中一下，米尔扎提，你把人带出去，我、阿炆和易厢泉留下。我们来打开密门，这样谁也不吃亏。”

易厢泉的脸色微变。妮鲁帕尔说得没错，按理说，三方人持有密文，应该三方人都在场才对。但妮鲁帕尔手段残忍，有她在，情况便十分不妙。

易厢泉还想说什么，妮鲁帕尔却伸出刀，一下子划伤了易厢泉的左臂。血光四溅，易厢泉闷哼一声，倒了下去，却被妮鲁帕尔生生拽起：“姓易的，再拖下去，你恐怕会失血更多，那可就永远留在这儿了。开不开门，你自己选！”

易厢泉脸色惨白，紧紧抓住左臂上端，想止住血。

夏乾生气道：“你——”

米尔扎提将夏乾推到妮鲁帕尔身边。妮鲁帕尔立即用沾了易厢泉鲜血的刀子抵住夏乾的脖子。她左右手持刀，两手挟持两个人，竟然毫不困难。

妮鲁帕尔轻笑，眨眼道：“米尔扎提，你出去吧。”

“我留下。”夏乾上前扶住易厢泉，想赶紧给他止血，“我若跟着你们出去了，谁知道你们怎么对我。”

易厢泉没有反对。夏乾说得有理，现在的情况，他们没有任何优势。但如果他们和阿炆三人联合对付妮鲁帕尔，也许会有一线生机。

情况越发复杂了。米尔扎提看了妮鲁帕尔一眼，很是信任地点点头，然后一言不发，将火把放下，带着人走出了密道。凌乱的脚步声响起，之后，门重重地关上了。

这下，这个小小的密道里便只剩下易厢泉、夏乾、妮鲁帕尔和阿炆。这又回到了最初的状况。易厢泉和夏乾一个受伤，一个羸弱，除非出现重大转机，否则，他们很难全身而退。

妮鲁帕尔道："阿炆，你先上。"

阿炆只得听令。他慢慢上前，再一次将"回"字形密文按入墙壁。

接着，妮鲁帕尔狠狠地将夏乾推到地上，毫不留情地一脚踏在他的身上，然后腾出手来，毫不避讳易厢泉的目光，将"回"字形密文按了下去。

夏乾挣扎了一下，却觉得踩在背上的脚有千斤重。

妮鲁帕尔居高临下地看了他一眼，道："我打你们三个人，绰绰有余。"

这是一句轻蔑的话，却是实话。

在妮鲁帕尔按完之后，轮到了易厢泉。易厢泉静静地看着第五行，慢慢地开始一个格子一个格子按下去，地宫内只听见格子传来的"嘎吱"声。

就在此时，易厢泉突然回头，喊了一个名字。

"狄震！"

妮鲁帕尔下意识地回头看。就在此时，易厢泉胡乱地按了一下。阿炆见状，立即趴下。接着，易厢泉也立即卧倒。下一刻，万箭齐飞，密密麻麻地射向毫无防备的妮鲁帕尔！

妮鲁帕尔挥动双手，欲将箭再次砍断。易厢泉却一个翻身，拉住了妮鲁帕尔的腿，想把她拉倒！

妮鲁帕尔一旦失去平衡，就一定会受伤。

然而，易厢泉根本没有拉动她。只见妮鲁帕尔双手持刀，挥动数下，周围立即只剩下一堆残箭。

片刻之后，万籁俱寂。

妮鲁帕尔气喘吁吁。之前，她从来没有喘气喘得这么急过。如今，她双手持刀，艰难地站着，一脚踩着夏乾，而另一条腿则被易厢泉抓着。但她屹立不倒，毫发无伤。

见状，妮鲁帕尔大笑几声，一脚将易厢泉狠狠踹开，尖声道："暗算我！"

易厢泉身上的伤口不断涌出血来，但他一声没吭。而夏乾比他更惨，妮鲁帕尔加重了脚下的力道，似乎要把他的骨头踩碎。她再度喝道："敢暗算我！"

她这声音，简直比野兽发了狂还要可怖。

"好，好得很——"

她举起了刀，想掷过去狠狠扎到易厢泉身上。而远处的易厢泉早已血流不止，脸色更加苍白。他们暗算了妮鲁帕尔不止一次，可都没有成功过。易厢泉虽然聪明绝顶，但在这种绝境之下，聪明是无用的，妮鲁帕尔的武艺太高强了。

正在此时，阿炆突然喝道："不对劲！"

妮鲁帕尔瞥了他一眼。阿炆紧张道："这密文每一行共有二十个数字，要选其中的七个去按。如果易厢泉在庸城的时候真的改过字条，那就会变成别的数字，而不能保证这些字还会出现在这二十个字中。但我第一次按的时候，都能找到对应。"

妮鲁帕尔虽然没有听懂，却明白了阿炆的意思。她朝易厢泉道："你到底改了没有？"

易厢泉没有回答。

妮鲁帕尔真的很想再给他一刀。她现在强装镇定，实则有些慌乱。她一直摸不清易厢泉在想什么，他的主意实在是太多了。万般无奈之下，她瞥了夏乾一眼。

夏乾心生恐惧，想要逃掉。妮鲁帕尔一把将他拽了起来，抬手一刀扎进他的左臂。夏乾闷哼一声。妮鲁帕尔朝易厢泉怒道："你们中原人说，好兄弟就是左膀右臂。现在夏乾的肩膀和手臂，我说砍就砍！易厢泉，你还不肯说实话吗？"

夏乾痛得说不出话来。易厢泉赶紧道："我现在就告诉你开门的方法。"

妮鲁帕尔将刀从夏乾肩膀处拔出。夏乾忍住没叫，脸却失了血色。妮鲁帕尔随意地将刀架到二人脖子上："快说！"

易厢泉道："你放下刀，我先把东西掏出来。"

他又要玩花样！妮鲁帕尔眼中透着杀气。她从来没遇到过这种可笑的事，一个几乎不懂武功的人，竟然捉弄她到如此地步。她的表情很是可怖。突然，她单脚站立，姿势如同胡舞一样，一脚将夏乾踹开。

她看着易厢泉道："这次让夏乾去按。如果再错，他就会被万箭穿心。"

易厢泉道："字条，其实我没有改过。"

妮鲁帕尔一听，气得脸色发青。

易厢泉又道："其他的步骤全都没错，但'回'字形密文和数字的对应是错的。密文的确来自九乘九的格子，但填入的数字顺序不一样。我在客栈时骗了你。我说'回'字形密文是出给胡斯的，密文从左上开始，向下书写。我和你讲了这些，你并没有多想，也没有提出疑问，因为这是回鹘文的书写方式，和你下意识的书写习惯是一致的。但七名道人是宋人，宋人习惯于从右开始，从上到下书写。这就是七名道人的最后一重设计。数字无论从左上开始填，还是从右上开始填，都可以在这面墙壁上找到对应的数字。这便是对联‘左起有误，右行为先’的意思。”

他一说完，妮鲁帕尔才明白事情原委。错的不是密文，而是密文对照表。蜂塔门上的密文也不对，正确的不是第一行的第六个，而是第一行的第二个。

第一间

蜂塔第一间房门上的密文，第二个为正确

“我怀里有真正的密文对照表。”易厢泉艰难地从怀里掏出三张方格纸，扔给夏乾，“你们需要把密文都告诉夏乾，让他对照出数字。”

易厢泉的提议让阿炆为之一振。与其把字条都交给妮鲁帕尔，还不如都交给夏乾来得公平。

妮鲁帕尔没有反驳。她咬了咬嘴唇，从怀里掏出字条，朝夏乾掷过去：“不要耍花样！”

阿炆上前，对夏乾口述了密文的内容。夏乾有些恍惚。他看着阿炆，想起阿炆应该就是当年在庸城打晕自己的店小二。

他是青衣奇盗啊。

妮鲁帕尔又大喝一声：“你记住没有？还不快去！”

夏乾只得上前去按。直到按到最后一行，他不由得紧张起来。

这次应该不会再放箭了吧？

而在这短暂的担心之后，门内突然传来一阵声响。与方才放箭的声音有所不同，这次的声音是闷闷的，像是无数个机械在转动一般。接着，这扇刻满字符的密门在尘土中缓缓升起。

一具尸骨赫然出现在夏乾眼前。夏乾下意识地后退一步，却发现尸骨头朝门、脚朝里地躺在那里。在尸骨身后的屋内，似乎有大量的金器，还有一些绿色的首饰，像是翡翠和玉石。

屋内有些暗。妮鲁帕尔把火把丢了过去，使得房间内亮了一些。

火焰映照下，几人看清了房间内部，都震惊不已。房间的地上铺了一整块黄金，像是地图。最先映入眼帘的，是高耸的、黄金打造的贺兰山。贺兰山下，是一片晶莹的绿色湖泊。原来，是玉石被镶嵌在了黄金里。往远处看，可以看到翡翠拼成的河流，奔腾着向远处的大海流去。而房间的四壁也是由黄金制成，上面雕刻了《千里江山图》。屋顶，则镶嵌着珍珠与宝石——它们构成了璀璨的夜空。

在场的人此刻才明白，真正的财宝不是黄金和珠宝，而是这间墓室本身。

妮鲁帕尔的眼睛亮了。她的手微微发抖。这间屋子里的东西，不知要值多少钱。

而易厢泉和夏乾的目光都看向了那具尸骨。因为在地下，尸体已风干。看装扮，像是回鹘人。他手里拿着一柄小刀，刀刃已经卷边。而在房间的墙上，分别用回鹘文、汉文、吐火罗文和西夏文刻满了字：

李元昊杀我

夏乾认出了汉文，他一下子就明白了尸体的身份。这应该就是破解密室机关的阿里米拉。在李元昊发现此地后，命令两位亲信将部分财宝转移到此地，却将阿里米拉关在了这里。

易厢泉和夏乾还在发愣，阿炆忽然道："我要盒子。"

妮鲁帕尔这才把目光从黄金上挪开，对夏乾道："你，去把盒子拿过来。"

夏乾一时没回过神来。他朝妮鲁帕尔看了看："哪个盒子？"

妮鲁帕尔不耐烦地示意他向左看。夏乾看过去，的确，在火光的映照下，左侧角落有一个半尺长的盒子。它孤零零地尘封在那儿，黑漆漆，破破烂烂的，像块废弃的木料，在金子的映衬下显得更加破旧。

夏乾有些疑惑，但他还是照做了。就在拿盒子的时候，他发现妮鲁帕尔和阿炆的表情都变了。原本他俩一个放松，一个不屑，如今却都满脸紧张。

夏乾瞥了他们一眼，顺手揣了两块金子和一块翡翠。

夏乾根本不缺钱，就是顺手而已。而妮鲁帕尔忽然有点生气。她巴不得自己替夏乾过去，可她偏偏走不开，左手边是阿炆，右手边是易厢泉。这两个人都很危险，绝不能离开她的视线。

夏乾环顾四周，还想再揣点什么，妮鲁帕尔提高了音量："别拿了！把盒子给我！"

她把刀狠狠地压在易厢泉的脖子上。

夏乾有些慌了。妮鲁帕尔更加嚣张："现在就把盒子给我！"

她盯着盒子，眼角余光却瞥向黄金，有些分神。

就在此时，阿炆突然掏出刀子，趁着妮鲁帕尔分神，竟然悄悄往后一跃，以迅雷不及掩耳之势挟持了另一个人，一个已经陷入昏迷、早已在局势之外的人——柳三。

夏乾一惊，他忘了柳三也在这儿。

柳三已经脱水昏迷，如今被阿炆挟持着，脖子上抵着一把刀。

阿炆眼睛微红，沉声对夏乾道："把盒子给我。"

眼前的情形是夏乾万万没想到的，两个人挟持了他的两个好友，最重要的东西却在他自己手里。夏乾怔怔道："你们……我……"

他用求救的眼神朝易厢泉看去，但是易厢泉没有给他任何眼神示意——他没有要求夏乾救自己，因为他清楚，如果把盒子给了妮鲁帕尔，等待他们的就是刀子。

夏乾看着他们，知道自己别无选择。

"不管我给谁，恐怕我们都走不出这扇门。如果我谁也不给，我也走不出这扇门。那我问你们一个问题，"夏乾问得很冷静，"谁先回答我的问题，我就把盒子给谁。"

几人谁都没想到他会提这种要求，不过，这一举动倒是十分公允。但是妮鲁帕尔今日已被骗多次，不等阿炆开口，她便怒喝道："少废话！你没资格谈条件——"

"我只问一个问题，盒子里是什么？"

第十三章

盒　子

妮鲁帕尔只是死盯着他，没有出声。

夏乾又问道："我再问一遍，盒子里到底是什么？"

没人吭声。阿炆也根本不回答他。

夏乾此刻真的很想知道盒子里装的究竟是什么。他觉得在绝境之际，脑袋空空，忽然就产生了强烈的好奇心。但是二人都不说话，夏乾很不满意。

"谁回答，我给谁。"夏乾看着他们，说得很是诚恳。

下一瞬间，阿炆突然开口了——

"是长生不老药。"

这几个字出口后，几个人忽然都沉默了。夏乾惊呆了，他以为自己听错了："什么？"

易厢泉也很是吃惊："你说什么？"

阿炆又说了一遍："是长生不老药。"

夏乾看了看妮鲁帕尔，只见她脸色发白，便知阿炆没有说谎。但这实在太过荒谬了。夏乾惊得瞪大眼睛："真的是长生不老药？"

妮鲁帕尔气急败坏，"咣当"一声将刀掷了过来，却在扎到盒子后被重重地弹开。夏乾这才意识到，这刀可以划破墙壁，却不能伤这个黑盒子一分一毫，那他手里这东西可真是个宝贝。

但他没有多想，而是往右一迈，紧紧踩住了妮鲁帕尔的刀。妮鲁帕尔如今只剩下一把刀了，它挟持着易厢泉，就没有办法再攻击夏乾。

在这个紧要关头，夏乾居然感到有些轻松，也多了几分勇气。他将耳朵贴着黑盒子，晃了晃，听见里面有液体流动的声音。

他抬头看了看妮鲁帕尔，又看了看阿炆："这是长生不老药水，还是不老药酒？"

阿炆第一次生气道："你别晃了！"

妮鲁帕尔也气急道："你再晃，我就杀了你！"

妮鲁帕尔和阿炆，一个是杀手无面，一个是青衣奇盗，如今却在说这些可笑的话。夏乾看着气急败坏的二人，觉得有些好笑："长生不老药？这种话你们也信？千里迢迢来这里拿这盒子？"

易厢泉原本是很紧张的，听了他的话，竟然忍不住嘴角微微上扬。看得出来，他也觉得此事荒谬。

妮鲁帕尔眉头紧锁，抬起下巴，命令道："我管它是不是。你把盒子给我，我给你留个全尸。"

夏乾又晃了晃盒子："那我干脆打开盒子把药喝了，是不是还能复活？"

在这种情况下，他竟然还在开玩笑。阿炆严肃道：“你打不开的，开盒子的东西也在我们这儿。它需要青衣奇盗所偷之物才能打开。”

夏乾又仔细看了看盒子。阿炆说得没错，的确是有机关。

阿炆赶紧道：“只有我才能打开。”

妮鲁帕尔瞪了他一眼：“你敢争——今日若不把东西给我，你们都别想活着出去！”

夏乾瞪了她一眼：“青衣奇盗辛辛苦苦偷了这么多年，这才把东西凑齐，于情于理也不该给你呀。”

“夏乾，你闭嘴——”易厢泉朝他使了个眼色。

夏乾忽然明白了易厢泉的意思。如果把盒子给了其中一人，鹬蚌相争，他和易厢泉也许有逃脱的可能。

给谁呢？

他是想给阿炆的。给了阿炆，妮鲁帕尔必定会去抢，这样她就可以放开易厢泉。而在妮鲁帕尔的攻势下，阿炆必定会放弃柳三。何况阿炆手中还有开箱子的物件，实在不行，他们二人谈判也可以。

就在夏乾胡思乱想之际，妮鲁帕尔挟持着易厢泉慢慢走上前来。

“把东西给我。”她的语气依然很傲慢。

夏乾没有撒手。他再也不敢嘲笑妮鲁帕尔了，因为他看见了她眼中的凶光。

妮鲁帕尔阴狠地道：“罢了，如今东西取出来了，留你们也无用。”

就在此时，顶上突然传来一阵声响。这声响很是怪异，像是铲土的声音。

再一细听，声音又消失了。就在这一瞬间，妮鲁帕尔突然往前一跳，用脚一钩，直接钩起了地上的刀，再一抬手，顺手将夏乾的腿划了一个巨大的口子。夏乾一下子跪倒在地。眼看妮鲁帕尔逼近，就要拿到盒子，夏乾伸手一丢，直接把盒子丢给了易厢泉。

妮鲁帕尔脸色唰一下变了。她用她那灰色的、冷漠的眼睛看向夏乾，嘴角轻扬："好哇！"

她抬手，想直接刺入夏乾的咽喉。

就在此时，墓室的拱顶突然开始晃动。

火把虽然被丢在一边，却将此处照得很亮。妮鲁帕尔迅速向后一跃，靠墙站立。而易厢泉也脱离了她的控制，跌向了一边。夏乾急忙后退，躲到储存金器的地方。阿炆和柳三则逼近出口。一行人纷纷抬头，看向墓室顶端——大片的土块掉落下来，

"要塌了！"夏乾大喝一声，却发现几人根本无处可逃。

但墓室没有塌，土块坠落之后，墓室的顶端出现了一个大洞。

"当啷"一声，有个东西掉落下来，竟是一把铲子。

紧接着，洞口又传来声响，一个人从洞中轻巧地跳了下来。来人穿着青黑色的衣衫，头发乌黑，腰间别着一把刀。

"韩姜！"

夏乾凭背影就认出了她，心中惊喜交加，却又隐隐担忧起来。

韩姜转过头来，见他还活着，眼中很是欣喜。

二人只对视了片刻，夏乾就急忙喊道："危险——"

妮鲁帕尔已经举刀朝韩姜掷了过去！可是韩姜轻轻一闪，就躲了过去，然后迅速靠墙站定，目光死死地盯着妮鲁帕尔，冷声问道："她是什么人？"

她这话是在问夏乾。夏乾立即道："她要杀我们！"

韩姜眯眼打量着妮鲁帕尔。这是个看不出年龄的女人，说二十多岁也可以，说三十多岁也行，走路极轻，刚才那一刀极快，手臂有力，瞄得又准。

她还有一双灰色的眼眸。

韩姜紧紧盯住她，道："无面？"

妮鲁帕尔一听，脸色忽然变了。起先夏乾他们只是怀疑，但是这个姑娘落地之后，竟然十分大胆地直接叫出了这个名字。

妮鲁帕尔没有回答，脸色更加阴沉。她盯住韩姜，一刻也不敢放松。习武之人是很容易识别对手的。这个姑娘从天而降，灰头土脸，但身形敏捷，脚步稳得可怕，刚刚那一刀，竟被她轻松躲过。

一旁的易厢泉捕捉到夏乾的目光，低声问了句："她是谁？"

夏乾没有回答，他看着那抹影子，知道他们有救了。

远处，韩姜站了起来。她脸色苍白，似是多日没睡了。但她双目明亮，格外警惕地盯着妮鲁帕尔。很快，她把手放到了腰间。

这是要拿刀。

妮鲁帕尔在韩姜的眼中读出了敌意，也看清了她的动作。不等韩姜准备好，她便直接攻了过来！韩姜一个回闪，躲过了妮鲁帕尔的进攻。只听一阵哗啦声响，韩姜已经扬起了手中的长刀——

"你们退开！"

韩姜这话是对夏乾和易厢泉喊的。二人连忙想办法后退。

妮鲁帕尔双脚顿地，迅速后退，弓身去找她的第二把刀。

而韩姜没有给她任何机会。她展开长刀，以极快的速度蹿到了妮鲁帕尔面前，如一阵疾风。大刀平砍过去，削掉了妮鲁帕尔的头发。妮鲁帕尔脸色一变，艰难地将刀拾起，迅速跳到了远处。

二人拉开了距离。

妮鲁帕尔气喘吁吁，似乎没那么自信了。

如果距离较远，韩姜的长刀更容易进攻，但如果近身，妮鲁帕尔则更占优势。

可是妮鲁帕尔不敢近身，一旦走近，韩姜会立刻打退她。

二人僵持着。韩姜方才那一刀下去，一攻一守，已经探清了对方的虚实。

韩姜冷声道："你袭击宋军的时候，左臂被狄震砍伤了。"

她这么说，显然是和狄震碰了头。

妮鲁帕尔没有答话。韩姜说的是真的，她的左臂的确受伤了，但对付易厢泉和夏乾还是绰绰有余。可如今的情形很是不妙，面对这个姑娘，妮鲁帕尔有些担心了。

韩姜又将目光转向了夏乾，示意他往出口靠近。

妮鲁帕尔突然喝道："你们休想出去！米尔扎提不可能退回蜂塔外面，他们就守在这扇门的后面。他们都是回鹘和西夏的散兵，武艺高强，你们是跑不了的！"

但韩姜目光坚定，开口道："我肯定打得过你。"

妮鲁帕尔心里一凉，转而愤怒道："胡说——"

"胡说八道"这四个字还没说全，韩姜又动了。她冲向妮鲁帕尔，轻扬大刀。妮鲁帕尔反应极快，瞬间躲过，却不料韩姜根本不是想用刀砍她，而是松开了手，身子一转，狠狠地踢到了妮鲁帕尔的腰上！

妮鲁帕尔在被击中的前一瞬才反应出来，可为时已晚。韩姜一脚下去，妮鲁帕尔便觉得腰间一阵疼痛。但她不甘示弱，甩手用刀划了韩姜的腿。

片刻之后，二人分开，纷纷挂彩。

“韩姜！”夏乾叫了一声。韩姜怒道：“别说话！”

这是她第一次喝斥夏乾。但夏乾懂她的意思，她在此刻不能分神。

妮鲁帕尔站在墙角，气喘吁吁。每过一招，她都觉得消耗心神。她看了看韩姜，从怀中掏出一个小瓶子。懂武功的人都知道，刀剑涂毒，杀伤力极大。

而韩姜没有给她这个机会。韩姜的腿虽然被划伤，但她义无反顾地再次进攻，待到近身，提刀单腿着地，回旋而扬，如疾风暴雨。妮鲁帕尔万万没想到她居然能单脚落地，单手用刀，急忙后退，手中的瓶子滚落在地，扬起一阵诡异的烟雾。而韩姜在一刀回旋之后，右手持刀换到左手，再度刺向妮鲁帕尔！妮鲁帕尔狼狈再退。而这一刀刺空之后，韩姜并无回收之势，将刀横插在地，以作支撑，单脚又踢向对方。

她的动作行云流水，一招都不浪费。妮鲁帕尔素来是一招决胜，如今却遇到这种连环进攻，几乎不给她丝毫招架余地！

而在不远处，夏乾拖着易厢泉，挪到了门口。易厢泉失血过多，已经支撑不住。夏乾的手臂也在流血，只得一手拉着易厢泉，一手抱着盒子，一边还望向不远处正在打斗的韩姜。在叮咣兵器交错之声中，夏乾看向大门。门外不知是什么情况，可能还有数名武艺高强的大汉在等着他们。

突然，有人喝住了他。

是阿炆挟持着柳三走了过来。他用刀抵住柳三的脖颈，低声喝道：“把东西给我！”

夏乾紧张地抱着盒子：“不给……你又能怎样？”

夏乾其实没有把阿炆放在眼里。他是很会看人的，看得出阿炆其实是个心软的人。何况，若阿炆真是青衣奇盗，也从没见他害人性命。

但是在这个节骨眼儿上，阿炆的眼睛发出骇人的红色，如困兽一般，似要做最后一搏。他以迅雷不及掩耳之势，将飞刀掷出，一下子穿透了易厢泉的肩膀！

“厢泉！”夏乾喊了一句，怒瞪阿炆，“你——”

“他欠我们的！”阿炆咬牙切齿，又从袖中抽出一把小刀来。原来，他袖中藏了数片飞刀。

从阿炆猩红的眼中，夏乾感到事情的不同寻常。他口中的“我们”，是指他与鹅黄，而鹅黄，是被易厢泉亲手送进大牢的。

夏乾认真地看着他的眼睛：“你拿走这个东西，是不是要做坏事？”

阿炆怒道：“你管不着，你也管不了！”

夏乾道：“我即便给了你，你也出不去的，一群大汉在门外守着。”

“你给不给？”阿炆的声音喑哑，双目通红，刀子抵上柳三的脖颈，那里慢慢渗出血来，“把东西给我！”

夏乾愣住了。他没想到阿炆真的会伤害柳三。

阿炆又扬起带血的刀片，指向易厢泉，狠狠道：“不管是柳三还是易厢泉，我可以直接要了他们的命！这个姓易的，我杀了他，也在所不惜！如今到底要怎么选，全在你！夏乾，把东西给我！”

易厢泉的气息很微弱：“不要给他……他们是……”。

柳三没有苏醒的迹象。他之前就很是疲累，水喝得又少，嘴唇已经干裂，脖子上血也流了下来。

夏乾看了看柳三的脸，问阿炆："你真的很需要这个吗？"

阿炆被夏乾问得愣了一下，没有答话。

夏乾却没有再说什么，而是直接将盒子递给阿炆，道："走吧，以后不要再害人了。"

阿炆接过盒子，很是诧异。他没想到夏乾居然这么干脆。他的表情有些复杂，却没有再说什么，而是转身按了墙壁上的机关。大门开了，他快速闪了出去，然后，大门又彻底关上了。

隆隆声响过后，夏乾站在原地，扶着已经昏迷的易厢泉，满身都是血。

而不远处，又传来咣当一声响。此时，韩姜已经气喘吁吁地持刀而立，身上被划了数刀，鲜血正渗透她的衣衫。而妮鲁帕尔更是惨，颓然坐在地上，身上的肋骨已断，双脚已伤，无法站立，早已被缴了械。

韩姜一定伤得不轻。夏乾下意识地站起身，想上前搀扶，却被韩姜喝住："不要过来！"

妮鲁帕尔抬起头，看着韩姜，勉强笑道："够厉害呀。"

韩姜拿着刀，指着妮鲁帕尔的脖子，轻蔑地说了一句话："是你老了。"

空气瞬间凝结。韩姜没有说妮鲁帕尔的身手差，只是说她老了。十二年前的无面，如今的妮鲁帕尔，三十岁出头，虽然还是年轻的容貌，但行动已然不如从前。

妮鲁帕尔先是一滞，接着又是满腔怒火。但目前的局势，她只能压住怒火，化为冷静的恶毒。

“你怎么不杀我呀？”妮鲁帕尔眨眨眼睛，看着韩姜笑道，“不杀我，你们是逃不出去的。”

她一下子就抓住了要害——韩姜是不敢杀人的。

妮鲁帕尔紧盯着韩姜，低笑道：“现在不杀我，你一定会后悔的。即便你们真的侥幸逃出去，等我伤口恢复，我定会追杀你们至天涯海角！你，还有你那位没本事的小公子——”

韩姜的刀举高了一点。

妮鲁帕尔又笑道：“怎么，没杀过人？”

“闭嘴！”

“不对吧，你应该是杀过的。”妮鲁帕尔的眼神突然冷了，眼中透出阴毒，“怎么，还想当良家小姐，不敢被你那位小公子知道？要杀便杀，杀伐决断才是好的，免得留下祸患。”

“我让你闭嘴！”

“哟，还真被我说中了，我就知道，你下手没轻没重的，肯定——”

在这短短的瞬间，韩姜将刀旋转了一下，用刀柄对准了妮鲁帕尔。她的意图非常明显，想用刀柄击昏对方。

但妮鲁帕尔等的就是这一瞬间。

妮鲁帕尔突然仰卧，向前滑去，同时伸手拿起之前被打翻的药瓶，顺势往上一扬！

韩姜反应很快，快速后退并闭起双眼，但毒药还是撒到了她的脸上。韩姜痛苦地“啊”了一声，立即捂脸蹲下。而妮鲁帕尔则想夺过她的刀！

就在此时，夏乾冲上来抱住韩姜向左滚去，意外地滚到了妮鲁帕尔落地的双刀旁。夏乾左手托住韩姜，右手拾起了刀。

妮鲁帕尔扑了个空。她没想到自己会失手，更没想到夏乾能捡到自己的刀，顿时恼怒。她紧紧盯着对面负伤的三人，想再搏一次，却见韩姜虽痛苦地闭着眼，却依旧没有认输的意思。

妮鲁帕尔有些犹豫了。她看看上面的洞，又看看一行人，心中有了主意。

“罢了，”妮鲁帕尔扶着墙慢慢向前走，“这次就到这儿吧。”

她走到洞口下边。洞口是韩姜挖的，距离地面尚有些距离。妮鲁帕尔忍痛跳起来，用双手扒住洞口，整个人钻入洞中，很快消失不见了。然后，他们听见洞里发出一阵响动，尘土飞扬。

在这之后，周围一下子安静下来。杀手无面和青衣奇盗统统离开了，只留下夏乾三人在这地宫里。夏乾放下韩姜，急忙撕破自己的衣裳帮韩姜擦眼睛。

“眼睛疼……”韩姜脸上被喷了不知名的药粉，有些红肿。她双目紧闭，泪流不止。

“没事，不会有事的！”夏乾着急地道，“一会儿就好了，有我在呢。我们一会儿出去找郎中！我们都会平安的！”

他一边安慰着，一边站起来看看韩姜来时的洞口。待他费劲地爬上去之后，却发现洞口被堵上了。

是妮鲁帕尔干的！

夏乾只得退回来，看了看韩姜和易厢泉。他们必须尽快出去。现在最好是从易厢泉来时的入口往外走。于是，他一手扶着易厢泉，一手扶着韩姜，走到门口，打算开门。

不知外面什么情况。

夏乾将耳朵贴到门上，可是听不见任何声响。

门外似乎没有人。

易厢泉失血过多，已经晕厥，韩姜的眼睛也需要尽快救治。夏乾看着他们，下定了决心，上前开了门。

映入眼帘的却是他意想不到的景象。

灯光幽暗，却可以看到门外横七竖八地躺了许多人。这些人正是方才那些手持兵器、血气方刚的大汉。再一细看，他们身上都受了伤，现在全部陷入了昏迷。估计是阿炆伤了他们，而刀上又沾了毒的缘故。

韩姜看不见，也没听见周围有响动，于是低声问道："怎么了？那些大汉不在？"

"他们都倒在地上。我们快走。"夏乾声音很低，像是怕那些人醒来发现他们似的。

韩姜还想说什么，但她双眼疼痛，便没再多问。夏乾扶着两人继续往前走。终于，他看到了排水沟。这里就是易厢泉进来的洞口了。夏乾先送韩姜上去，再送昏迷的易厢泉上去。直到三人连拖带拽地爬出甬道，却发现还有一个长廊，他们还要走上好一段路。

"外面通向哪里？"夏乾问韩姜。

"我不清楚，不过我猜，应该离客栈不远。"

夏乾背着易厢泉，一只手还拉着韩姜，三人狼狈地继续往前走。前方越来越亮。夏乾加快了脚步。此时，他们已经身处洞口的下方。夏乾这才看出，这是一口井。他抬头望去，井口是明亮的天空，迎接他的，是灿烂的阳光。

一根绳子顺着井口伸下来，这应该是易厢泉和妮鲁帕尔爬下来时用的绳子。

夏乾眯着眼睛，这是他这几日来第一次看到太阳。眼睛有些疼，但他按捺不住内心的狂喜。

“韩姜，我们到出口了！等下出去，我就去给你找大夫。”

但是韩姜没有说话。

夏乾诧异地回头，却见韩姜呼吸急促，已经昏迷了。

“韩姜——”夏乾赶紧叫她，可她无法回答。夏乾此时也感到有些晕眩。体力尚未恢复，而且不清楚地面的情况，因此他不敢贸然呼救。夏乾想了想，决定先自己顺着绳子爬上去看看情况，若周遭安全，他再求救。

他拽过绳子，用尽全身的力气拼命往上爬。天空照亮了夏乾的眼睛。他觉得眼泪在眼中打转。他眨了眨眼睛，费力地爬着，离井口仅有四尺了。三尺，二尺，一尺……

突然，一个人出现在井口。他冷冷地朝井下看着，表情带着一丝怜悯。

“没想到你还能活着出来。”

这个人遮住了太阳。夏乾眼中的光亮一下子消失了，取而代之的是惊愕。

是伯叔。他站在井口，看着夏乾，突然掏出小刀，割断了夏乾手中的绳子。

“你——”

夏乾还没有说完，只感到手中一松，整个人如落叶般向下跌去！他下意识地用双手双脚撑住井壁，顿时手脚被磨出血来。他在空中调整了一下，再度撑住井壁，却仍然跌跌撞撞地下落。很快，他终于落地，好在并没有砸到易厢泉和韩姜。他觉得头晕目眩，脚踝也扭伤了，双手火辣辣地疼，鲜血已经渗出。但夏乾来不及多想，转头向井口望去，却看到伯叔举起木桶，哗啦一下倒下水来。

空气中弥漫着一股诡异的味道。夏乾闻了闻，这不是水，而是油。

在这一瞬间，夏乾一把拽住易厢泉和韩姜，把他们往旁边的通道拖去。刚跑没几步，一个燃着的小木棍掉入井里。

火苗触地，顿时燃起熊熊大火。夏乾拖着易厢泉和韩姜继续往洞内躲。但他们身上沾了油，火焰很快便追了上来。夏乾带着易厢泉和韩姜入了侧洞，并迅速扯掉身上的衣服，塞在洞口。然后，他连拖带拽地将二人再度带回地宫。

他们又回到了原地。

一股热气从入口逼近，余烟也从洞口飘来。夏乾仓皇地看了看易厢泉和韩姜，二人都还晕着。

前面，地上倒着多个大汉，像是睡死了一般。

身后的洞口已经出不去了。夏乾要带着两个昏迷的人逃出，为今之计，唯有走蜂塔正门了。

“若渡此劫，须回原点。”夏乾此刻才懂了七名道人诗歌的含义。他叹了一口气，拆下胡斯的棺材板，把易厢泉和韩姜放上去，又从韩姜身上找到绳子，准备拖着他们二人离开。

这条路很长，好在夏乾走过太多次，也还算顺利。他走一会儿，坐下歇歇，再拉起二人走一会儿，再坐下歇歇。夏乾的手已经累得发抖，可路还有很长。若他坚持不下去，三个人就都会死在这里。想想以前说过的豪言壮语，再想想韩姜的小店和易厢泉的算命摊位……夏乾好几次都想放弃，可回头看看他们二人，便又继续坚持。

直到他再次看到佛眼之门，夏乾突然有些想哭。他真的走回来了。

当他再前行几步，却发现有些不对劲。

道路尽头原本是蜂塔的下端，如今却是一片废墟。回忆起之前的一声巨响，夏乾忽然明白了，那伙大汉一定是将蜂塔炸毁后才进来的，而石块把进来的路堵上了。夏乾感到一阵绝望。他强迫自己冷静下来。那些大汉当时是急着进去寻东西，顺手将洞口封上的，应该是不让外人轻易发现。若要把石块搬开，肯定也不难吧。

夏乾放下易厢泉和韩姜，上前试着搬开那些石块。好在石块都不是很大，他慢慢地摸索，慢慢地搬，一块一块，直到他扒开最后一块——

夕阳照射进来。那一束光穿过小洞，形成了一道直线。夏乾站在那束光里，眼泪止不住地流。他用力搬开余下的石块，将易厢泉和韩姜都挪到蜂塔外面去。他看着温柔的夕阳，用手擦了擦眼睛，这才闻见一阵浓重的血腥味——他的手上已经全是血污。

蜂塔四周是一片荒凉的戈壁。赤红的夕阳照射着黄色的大地，月亮在天空的另一侧悄然升起。夏乾的心又变得沉重起来。夜晚的戈壁是很冷的，如果找不到可以栖身的屋子，他们有可能会被冻死在这里。

必须立刻离开此地。但他们要往哪里走才能走出去呢？

不远处有一片废墟。那里曾是胡斯的宅邸。夏乾决定把易厢泉和韩姜背过去，先处理一下伤口。

但废墟那里有一个人影在晃。

夏乾看不太清。突然，一支箭从废墟那里射过来，擦着他的肩膀飞了出去！

夏乾立马躲到蜂塔废墟后面。他回过头，看到不远处的废墟上坐着一个人，身形窈窕，手持弓箭。不是别人，正是妮鲁帕尔。

夕阳尚未完全落下，妮鲁帕尔看得见他们的动向。

“喂，出来呀！”妮鲁帕尔喊了一声，饱含怨恨的声音在空寂的戈壁上回荡。她又射了一箭。这一箭却离夏乾远了一些。显然她并不擅长，而且左臂还有刀伤。她没法直接过来砍伤他们。距离太远，何况她的脚踝也受伤了。

但妮鲁帕尔不肯放弃。她抬起手来，射了第三箭。

夏乾彻底慌了。夕阳虽然很快就要落下去，但今日晴朗，如果妮鲁帕尔借着月光胡乱放箭，伤到他们的可能性极大。倘若一直耗在此地，易厢泉和韩姜恐怕支撑不住。

不知度过了多少时间，夏乾终于从地宫中逃了出来，如今却又回到了原点——他们恐怕要死在这里了。

又是一箭。

夏乾没有动。他反复思考着对策。与其留在此地等死，不如奋力一搏。他取下韩姜的刀，朝着废墟走去。

妮鲁帕尔没想到他竟能站起来反抗，先是怔了一下，继而高声笑道：“你以为你打得过我？”

她的声音很尖，气急败坏地又朝夏乾射了一箭。夏乾闪避过去，继续朝妮鲁帕尔走去。

妮鲁帕尔又架起了弓。这次，她要瞄得准一些。

远处，来了一个人。

那人从戈壁深处走来，行进得很快。他悄悄地往妮鲁帕尔的身后走去。妮鲁帕尔没看到他——她的注意力全在夏乾这边呢。她又朝夏乾放了一箭，夏乾又躲过去了。

“好哇，看你躲到什么时候。”妮鲁帕尔笑了几声，再放一箭。

她身后的人越来越近，悄无声息地跳到了废墟的墙上。

这一幕被夏乾看到了。他原以为那人是妮鲁帕尔的帮手，可如今看来，似乎不是这样。

那人手中有刀。

夏乾立刻喊道：“无面！你为了钱，杀了这么多人！这么多年过去，你不愧疚吗？不曾有一点悔意吗？”

“姓夏的，死到临头还嘴硬！”

妮鲁帕尔脸色铁青。她根本不听夏乾的话，再次拉起弓，想朝他再射一箭。可就在此时，她听见了身后的响动，猛然回头。

身后站了一个人，高大魁梧，手中握着一把刀。

妮鲁帕尔来不及闪避，下意识地扬起手中的箭，试图将它作为武器。但对方扬刀一挥，直接将箭砍成两截。

接着，那人再次扬起了刀，冷冰冰地看着妮鲁帕尔。

妮鲁帕尔尖叫起来：“狄震！是你！竟然是你——”

狄震没有说话，一刀斩下了妮鲁帕尔的头颅。

第十四章

月　下

夏乾不知睡了多久才醒过来。他睁开眼睛，发现自己身处一个整洁的房间，夜深了，周围一个人都没有。他坐起身，从窗户向外望去。夜空中一轮金黄的月亮，月下已不是荒凉的戈壁，而是一望无际的大漠。再看屋内，一张床，一个柜子，一张小桌，他的包袱也在这里。

看起来像个客栈。

夏乾浑身疼痛，摸摸额头，好像有些发烧。他环顾四周，起身推门出去。

守夜的伙计听见响动，赶紧上前来扶他："公子快快休息！"

夏乾问道："这是哪里？"

伙计答道："永来客栈。这是在绿荫镇西边，再往前走就到高昌、回鹘了。"

夏乾问道："谁送我来的？"

伙计答道：“一个看着凶巴巴的大汉，还有一个白衣贵公子，他花了大价钱把客栈包下了。”

旁边的门“吱呀”一声开了，慕容蓉披衣出来，惊喜地道：“你醒了？狄震把你们送来的时候，我担心得不得了。”

“慕容？”夏乾很是诧异。

慕容蓉“嘘”了一声，小声道：“他们两个还在睡。我当时觉得不对劲，就去找了狄震，让他在蜂塔那里守着，没想到竟然碰到无面。唉，出乎意料的事情太多了！韩姑娘和狄震早就碰面了，一起在蜂塔附近挖了几日，却不想客栈院子里竟然有地宫入口。这应当是阿里米拉为了自保，自行修建的。我更想不到的是向隐的身份！若我之前就见过易公子，恐怕也不会有这出闹剧了。”慕容蓉舒了一口气，“不管怎样，一切都过去了，谢天谢地，你们都安然无恙。”

夏乾问道：“易厢泉和韩姜呢？

慕容蓉忧心道：“易公子伤得很重，失血过多，好在无性命之忧。韩姑娘中毒不深，还在昏迷，只是郎中看过之后说……”

“说什么？”

慕容蓉有些不敢开口：“说她的眼睛可能会有问题。”

夏乾目光一颤：“什么叫‘眼睛有问题’？”

“这……需要等韩姑娘醒来后再看看，先确定她中了什么毒。这边的郎中比不上京城的，如果回去好好医治，总归是有希望的。”

慕容蓉说了很多，但句句都是不定之词，安抚的意味更多一些。夏乾的心神乱了：“妮鲁帕尔的毒，恐怕不好解。”

“这边的郎中说，不管什么毒，总有法子的。先把眼睛里的粉末清出来，再服一些药，至少可以缓解一下。”慕容蓉拿出一张药方，“先按这个吃，只是药材很难买到优质的。若要好好治病，咱们还得回中原去。”

夏乾赶紧接过来看了看：“我先去看看韩姜。她在哪间？”

“走廊尽头那间。我看这客栈里鱼龙混杂，所以包了下来。应该是没有外人的，你们也可以好好休息。夏公子，”慕容蓉犹豫了一下，道，“这是你与韩姑娘的事，我本不该多话，但是韩姑娘这个人……心思其实是很细的，而且不像你这么乐观。”

慕容蓉说得很委婉，大概意思是韩姜现在心情很不好。

“我知道。”夏乾点了点头，刚要出门，又感激地看向慕容蓉，“谢谢你。”

“都是朋友，我也没帮上什么大忙。”慕容蓉愧疚地点点头，“你们安好，那便好了。”

夜已经深了。夏乾穿过走廊，来到韩姜屋内。他以为韩姜会睡着，于是轻手轻脚地推门。借着月光，他看到韩姜直挺挺地坐在床上。

在这一瞬间，夏乾忽然有种很不好的预感。

韩姜听见了脚步声，问道：“是夏乾？”

夏乾有些紧张，准备好的话，到嘴边却说不出口。他“嗯”了一声，关上了门。

不知为什么，韩姜特别平静。

夏乾道：“我来看看你。”

韩姜却盖上被子，慢慢躺下了：“我没事。郎中来看过了，伤口也处理了，睡一觉应该就能好。”

夏乾疑惑道：“你——”

韩姜道：“我没事，都是外伤。”

夏乾道：“但是……”

韩姜像是真要睡了：“我没事，只是累了。你回去吧。”

韩姜很不对劲，但夏乾不知道该说什么。房间内很是昏暗，月光却很明亮。夏乾看着桌上的烛台，问道：“行，我回去。那……桌上的蜡烛要熄灭吗？”

在这一瞬间，屋内突然安静了。韩姜一时没说话，只是翻了个身，才道：“灭了吧。”

夏乾没动。

屋内根本没点蜡烛。

夏乾知道，但韩姜不知道。

在这一瞬间，夏乾突然觉得心特别痛。他不知该说什么，也不知要怎么办。

韩姜察觉到不对，但是她没说话。

夏乾沉默了很久。他拉过椅子，坐下，才道：“其实我都知道了。”

韩姜躺在床上，没有说话。

夏乾道：“慕容蓉都告诉我了，你的眼睛……”

韩姜还是没说话。月光照着她的脸，她闭着眼睛，脸上没有一点儿生气。

夏乾继续道：“这里看不好，没关系。大宋有很好的郎中，我们先回长安养伤，再一起过年。如果眼睛还是不好，我们就回汴京城。易厢泉认识一位很厉害的女郎中。如果京城看得不行，我们就去洛阳。洛阳治不好，就去别的地方，一边游玩，一边治眼睛。糟糕的日子都过去了，再也不会有危险，我们会过得很好……我只想说，你不要担心，我会一直在你身边。你一定会好的，一定会的……”

他说了很多话，有些慌张。月光下，他看到韩姜一直在流泪。他拿起手帕，帮她擦了擦：“眼睛疼吗？要不要叫郎中过来？”

韩姜忽然道：“夏乾。”

“嗯？”

“今晚的月亮好看吗？”

“好看。”

“但是我看不到了。”

“你会看到的，一定会的。我会陪着你。”

“夏乾？”

“嗯？”

“你觉得我可怜吗？”

夏乾不知该怎么回答她。如果韩姜没去地宫，是不是就没事了？他愣了一会儿，道：“我只知道，我会一直陪着你的。”

“真的吗？”

“真的。”

“那我告诉你一件事。”

“什么？”

“我不后悔去地宫救你。”

韩姜说完这句话，夏乾愣了一下。在这一瞬间，他忽然觉得心头涌起了很多情绪，也有了不一样的感觉。他们能从地宫成功逃脱，平安归来，已经是一件极幸运的事了，但此刻，夏乾才知道，他的人生有两件更幸运的事，第一件事，是在他十岁那年，在山崖间遇到了易厢泉；第二件事，是在元丰五年的除夕夜，遇到了这个拿着长刀的姑娘。

夏乾有些恍惚。一个人怎么会这么幸运呢？也许，从今天起，他很难再碰到这样的幸事了。那他以后尽量不去做危险的事，也不去地宫之类的地方了。他要好好挣钱，带着韩姜看眼睛，平平安安地陪他们活着。

夏乾擦了擦眼睛，站起来，走到屏风后面。那里有一张小塌，他就躺在那榻上歇着："我一直在这里陪着你。如果你要起身喝水，你就叫我。"

韩姜道："你也有伤——"

夏乾道："我没事，不用管我。"

他们又说了几句，韩姜终于睡下了。渐渐地，她的呼吸变得均匀。可能是夏乾在一旁的缘故，她安心不少，睡得很沉。

夏乾舒了一口气，躺在小塌上，看着天花板。

等他们回去，一切真的能好吗？

易厢泉还没有醒来，记忆似乎也很混乱。妮鲁帕尔虽然已经死去，但背后的势利不小，以后不知道还有没有危险。

夏乾又盘算了一阵，虽然身体疲累，伤口很疼，烦心事很多，可想来想去还是很难入睡。

明月高悬，夜色深了。

门外传来了轻微的响动声。

有人在走动。是店小二吗？

夏乾微微侧头，屏风挡住了他的视线。夜里很安静，门外的脚步声非常微弱，像是有人在故意轻声走动。紧接着，韩姜房间的门开了。

有人蹑手蹑脚地进了屋子。

夏乾警惕起来。这脚步声也太过谨慎了一些。夏乾屏住了呼吸，隔着屏风盯着来人，却只能看到一个黑黑的影子。

那人在韩姜床前站着看了看，然后退回桌子旁边，往桌案上放了一些东西。

屋内很黑，看不清来人的脸。夏乾往前探了探身子，想看清一些。

他觉得自己没有发出任何响动，可是来人突然停住了，朝屏风这边看了一眼，并迅速往门口退去。

“柳三？”夏乾轻轻叫了一声。

那人停住不动了。

“我知道是你。”夏乾从屏风后面走出来，看看桌子。桌上放了很多纸包，看着像是包好的药材。柳三还是穿着那身衣服，站在门口，像是随时要走的样子。

夏乾挠挠头：“你……这就走了？”

柳三没说话。

“其实有些事，你不说我也是知道的，能猜个大概。如果你今天走了，我们是不是再也见不到面了？”

床上的韩姜翻了个身，像是被惊扰到了。

柳三回过头来看看夏乾，犹豫了一下，对他招了招手，先行出门去了。夏乾赶紧跟上。

二人穿过空寂的走廊，来到露天回廊上。回廊离客房相对较远，其他房间在客栈另一侧。周围静悄悄的。放眼望去，客栈后面是一片荒漠，荒漠上是一轮圆月。

柳三趴在栏杆上，笑道："我还以为你会问我，'你骗我这么久，怎么还有脸回来'。"

夏乾叹息一声："是想这么问的。"

柳三迟疑了一下，问道："你是什么时候知道的？"

夏乾想了想："其实心里早就有些怀疑了，但是不能确定，而且我们掉下来的时候……"

"在地宫的时候我就说过，是我把你带到蜂塔那里去的。"柳三的声音变得有些清冷。

夏乾点点头："我知道。但我只是有些不敢相信，后来我看到了你腿上的伤疤，我就确定了。"

柳三一愣，下意识地捂向了腿。

夏乾又道："很多人其实对青衣奇盗偷窃的事不清不楚，但我经历了整件事，当然比旁人更清楚。庸城偷犀骨筷的那晚，鹅黄刺伤易厢泉后去了西街，之后留在那里，结果被搜查。而阿炆就是那个打伤我后脑的店小二。即便他们二人在汴京城暴露了行迹，可是……他们只有两个人。再结合当夜发生的事，会发现整个事件没有三个人是完不成的。鹅黄被捕，阿炆暴露，那始终差了一个人。这个人蒙面潜入庸城府衙，打伤余下的守卫，又把犀骨筷丢入盐水里，最后被我射伤了腿，这才逃脱了。"

柳三的眼神有一丝慌乱。

夏乾道："我看到你腿上的伤才确认，你就是青衣奇盗。"

四周很安静，只有呼呼的风声。夏乾说完这句话，像是等着柳三辩驳。

可是柳三什么话都没说，只是低下头去，像是默认了。

不知道为什么，夏乾忽然觉得有些尴尬。他也低下了头："其实以前的时候，我也觉得你有些不对劲。但如果你是坏人，也不会这么明目张胆地在我面前晃来晃去，所以我也不确定……"

柳三听闻，竟然笑了一声："当初我并不想在你面前出现的，但除夕夜，陆显仁在金雀楼闹事，咱俩就稀里糊涂地认识了。咱们在巷口打了照面，你也没有认出我。我又跟你厮混了几日，看你没有反应，这才放心的。"

夏乾撇了撇嘴："你胆子也太大了。"

柳三一摆手："跟着你有很多好处的，尤其是当年鹅黄姐和阿炆的事，我一直跟着你，就是想探探口风，哪里想到鹅黄姐最后还是落网了。你那位易哥哥可真行啊！若他当初就跟着你来长安，我是断然不敢一路随行的。"

夏乾听闻，忽然有点生气，他这是在说自己傻吗?

"你是有点傻，夏小爷，不过，不是那种傻。"柳三晃了晃脑袋，"就是太容易相信朋友了。即便知道我是青衣奇盗，你还是愿意和我说话；即便知道是我带你进入蜂塔，你还是没有弃我于不顾。我真的没见过像你这么傻的人……"

他还是一如既往地调笑着，但语气中多了几分悲凉。

夏乾摇头："可是你也跟我一起下去了。"

柳三垂下头去："如今你知道了，你还当我是朋友？"

夏乾没法一下子回答他这个问题。想了半天，他才道："反正我不会害你的。但我也不能……"

柳三道："原计划是我和阿炆一起下去的，鹅黄姐不放心，说至少留一个人在地上照应。后来我知道了伯叔打算推你下去，这才改变了计划。"

"鹅黄姐？"夏乾听到这个称呼，有些疑惑，"鹅黄是你姐？"

"是亲姐姐。鹅黄不是她本名，但她后来一直让我这么叫。"

夏乾有些惊愕："你们为什么要做这样的事？"

柳三又沉默了。他以前就是个说话没正经的，但感觉今夜的他像是变了一个人。

夏乾道："我只是好奇而已，何况这里不是大宋，你说便是。"

柳三咧嘴一笑："这倒是没错，而且这客栈里一个能打的都没有。那个小白脸慕容蓉，是真的一点儿武功都不懂。韩姑娘又受伤，你易哥哥又醒不过来，狄震还留在绿荫镇喝得酩酊大醉呢。"

他这话说完，夏乾忽然冒出一身冷汗。他和柳三太熟了，一直坚信对方不会害他。可柳三说完这些话，夏乾隐隐有了种危险感。

柳三拍了拍他的肩膀："虽然我是不得已才跟着你的，但韩姑娘是个好人，我又带着药，所以就想给她送一些来。阿炆不同意我回来送药，但他也受伤了，管不了我的。"

夏乾有一肚子的疑问："阿炆和你们是什么关系？"

"他原来是我家的下人，我们一起长大的。后来我们家道中落，只有他还跟着。"

夏乾问道："你们家在大理？"

柳三一下子警惕起来。夏乾见状，终于有些得意了：“易厢泉在进庸城之前就把你们的纸墨分析了一遍，圈了几个地方。看来他还是猜对了。从地宫中取出的盒子里面，究竟是什么？”

柳三认真道：“是刘皇后命太医王林做的长生不老药，之后被长青王爷带走了。”

夏乾怎么也想不到会听到熟悉的名字，问道：“是那个凌波的长青王爷？”

柳三点点头：“对。之后长青王爷回到陆地，长生不老药又辗转到了西夏，落入了李元昊手中，被放入了地宫。”

夏乾问道：“可是长青王爷没有回陆地呀，他明明死在——”

柳三一愣：“什么？”

夏乾想了想，忽然有些明白了，长青王爷逃离宫廷并乘冰舟前往仙岛，其实是带走了长生不老药的，因此，刘太后才派人去搜索仙岛，甚至十年如一日地派人在雁城码头蹲守。她可不仅仅是因为找自己的孩子。

夏乾越想越糊涂，挠了挠头：“这长生不老药真的有用吗？不能多造几瓶吗？你们又是怎么知道这事的呢？”

柳三犹豫了一下。

夏乾知道他有顾虑，急忙道：“你不愿意说就算了。”

“没事的，可以说。今日之后你可能再也见不到我了，但我们的事总得有个知情人才好。”柳三像是思考了良久，才慢慢道，“我的故乡的确在大理，家中做药材生意，和汴京城的商铺有生意往来。但我们家里的人身体都不好。”

“身体不好是什么意思？”

“先祖没有活过三十岁的。我的祖父在二十九岁那年病逝，我父亲精通医术，又对药材有研究，慢慢调养身体，也只活到了三十五岁。”

夏乾心中突然一跳：“那你呢？”

柳三没有回答。

夏乾急了：“也许还有法子——”

“我家世代研究药材，也是这个原因。父亲从不认命，但是到后来，我看到他痛苦的样子……”柳三的声音低了下去，“我的祖父在仁宗明道二年的时候遇到了年迈的太医王林，王林亲口讲述了长生不老药的事。传说也正是那年，太后刘娥去世，靠不老药起死回生。”

夏乾一脸震惊。柳三看了看他：“我知道你没明白。太医王林做的第一瓶不老药，花了四十年的时间。但那瓶药被长青王爷带去了仙岛。太后刘娥一边找寻长青王爷，一边命令王林重新制药，但新制作的药，药效不好。传说在明道二年，刘太后暴毙，服下药物后虽然起死回生，却并未支撑几年，又再度过世了。但这件事惊世骇俗，世人知之甚少。”

“也就是说，”夏乾急道，“不老药是有效的？”

“王林没有留下药方。那药似乎并不能让人长生不老，只能延长寿命。我当初是不信的。”柳三低头，“不光是我，我的祖父、父亲都不信。他们一辈子研究药理，却相继过世……后来父亲过世，母亲也跟着去了。我们家道中落，只剩几人前往汴京城。途中，鹅黄姐被土匪劫走卖入青楼。我在汴京城混了几年，等找到她的时候，皇帝换了两位，神宗登基，已经是熙宁六年了。鹅黄姐那时候……过得很不好。她不愿意我们再叫她原来的名字，说，过去的她已经死了。”

柳三声音很轻，没有把事情细说下去。他用短短的一段话讲述了一段很长的事。

夏乾想起了鹅黄。她一向端庄持重，又非常聪明，哪里想得到她曾经历过那些可怕的变故。

“就在那时，我们偏偏又得到了消息，长生不老药被放入了西域地宫，而犀骨筷等物品已经散入中原。如果要拿到长生不老药，就需要先找到犀骨筷等东西，还要找到密文字条。我们还知道，把东西从西域带到中原的人，姓拓跋。”

“拓跋，”夏乾想了想，“西夏人的姓？”

“对。我们当时只知道散入中原这件事，还知道这个名字。哎呀，”柳三摆摆手，“若是从细处讲，三天三夜也讲不完。我们又跟着查了几年，后来才知道，那个姓拓跋的人从西域回中原时，路上遇到了劫匪，东西大部分被抢了去。最后劫匪被抓，东西被收归朝廷，后来又被赏赐给地方府衙，进了库房。”

夏乾叹道：“这么多东西，这要怎么偷？”

“难度很大。我们当初也犹豫了很久，后来决定偷盗时，已经是元丰元年了。”

“所以，你们是从元丰元年开始偷的？”

“对。第一年我们连偷了八次，地方府衙竟然一直都没有发现。但是第九次的时候，去江宁府偷青玉扳指，地方府衙的库房名册却没有记录，我们怎么都找不到，于是送了通知书。府尹大人姓董，倒是很重视这件事，把青玉簪调了出来严加看管——这正中我们下怀。”柳三眨眨眼睛，“他可真是负责任的好大人。”

夏乾突然想起今年冬天过年的时候，易厢泉对青衣奇盗的推断，于是问道："你们前八次偷盗都没送通知？可是——"

"我们没送。但是第九次偷的时候，事情闹得很大。等第十次偷盗时，我们明明没有送通知，却遇到了埋伏，鹅黄姐受伤了。之后，出现了两次仿冒青衣奇盗的事件，一次是青铜鼎，一次是灵芝。再后来，是齐州府扳指的事。当时我们还有几样东西没有找齐，鹅黄姐很担心后续的偷盗不顺利，结果我们发现现实更加可怕。"

"不仅仅是你们在关注这件事，也有别人想要这些东西？"

柳三有些惊讶地看看夏乾。夏乾道："是易厢泉猜的。"

"我刚才和你讲了，我们不是次次偷盗前都送通知的。但那个幕后人往我们前八次去的库房里送了白纸，坐实了青衣奇盗连续偷盗的事实，引得官府来追查我们的下落。是他拿了易厢泉的黑玉扳指，却让易厢泉以为是我们做的。嘿，说到此处我就生气，你那位易哥哥可真不是省油的灯，庸城偷犀骨筷那次，他想的是什么招数呀！我们三个人围着桌子想了一夜，才想出办法来！"

柳三继续说庸城的事。看得出来，当年他们三个人真的是为了庸城犀骨筷的事殚精竭虑。但夏乾已经恍惚了。在柳三的叙述里，他听到了一个惊人的事实。

"你刚才说，黑玉扳指不是你们拿的？那易厢泉师母被杀、师父被诬陷，又是怎么回事？"

"这件事真不是我们做的。"柳三很认真地告诉夏乾，"这也是我今日和你说这些话的原因。我本来就劝鹅黄姐把这些事直接告诉易厢泉，让他不要找我们的麻烦。但是鹅黄姐一直都没有说。原因很简单，如果说出全部事实，我们偷盗的事也必须要认。鹅黄姐始终认为易厢泉是官府的人，不会站在我们一边，也不会相信我们的话。”

“可是——”

柳三看着夏乾：“但是我和她的观点不一样。夏小爷，我觉得这些事必须要澄清。不管你信不信我，我说的句句是实话。易厢泉想要追查的事，我们的确不清楚。但我们和幕后人曾经有过联系。他是伯叔的上级，伯叔会称他为‘白大人’。”

“姓白？”

“可能是姓，也可能是代号。夏小爷，如果我是你们，我会去洛阳看看。”

“洛阳？”

柳三点点头：“洛阳的地方官极有可能和姓白的人勾结。易厢泉想查他师父和师母的死因，没有比洛阳更合适的地方了。你们回到事件的起点，也许会有新的发现。”

听到这里，夏乾有些吃惊地靠在栏杆上。今日柳三讲了太多的话。这些事，从长青王爷的事开始，横跨了五十多年。其中有不清楚的，有待验证的地方，但夏乾也大致听懂了一些事实。

“柳三，我还有很多事想问你。”

柳三抬头，以为他是想问关于过去偷盗的事，比如庸城的时候，他们是如何做计划的，比如后几次偷盗是如何进行的，比如猜画的时候，是如何布局的。

但是夏乾都没问。他只是看着柳三，问道：“你为什么要偷长生不老药？”

柳三一怔。

夏乾挠挠头："我只是觉得，为了虚无缥缈的传说，大费周章地在中原偷盗，甚至赔上性命……我以为你不会去做这种事，而是找个酒馆喝喝酒，快乐地活着就好了。"

柳三低下头去。

夏乾又道："我只想说，若换作是我……我没有那种勇气。从元丰元年到现在，连续偷盗十几次……最后竟然成功了，而且你们只是三个普通人。"

"怎么啦，我不像青衣奇盗？"柳三头一歪。

夏乾犹豫道："要是我……在庸城的时候就放弃了。一万双筷子，给你们一天的时间去想办法，冒着生命危险去偷，还要走到西域，甚至要下到地下墓室，我……"

"我也不想偷呀。"

"可你们还是去偷了。"

柳三笑了笑："我祖父知道长生不老药的事，但是他没有想过去找。我父亲在世时，其实也可以探听到不老药的下落，他也没有去找。他们的想法很简单——人生在世，他们比常人的寿命更短，要更加珍惜生命，要多花些时间陪着妻儿。"柳三垂下头去，"我也是这么想的。当年来到汴京城，鹅黄姐下落不明。我在汴京城混了几年，不是喝酒就是去赌坊，觉得那样很快乐，却又活得空虚。我在熙宁六年就听说了长生不老药在西域的事，但是元丰元年才开始偷，不仅仅是因为线索少。我……我没有下定决心去做这件事。反正都是要死的，为什么不好好地享乐呢？为什么偏偏要去做痛苦的事呢？"

柳三开始在怀里摸索，掏出一个锦囊递给夏乾。里面有一个小手绢，上面涂满了墨痕。

“这是我女儿画的。”

今夜柳三说了很多事，这是最令夏乾震惊的一件。

“女儿？”

柳三眨眨眼：“你是不是以为我从未娶妻，年纪比你还小？其实我今年二十九岁了，奈何长得年轻。嘿嘿，你也没问过我的年龄呀。”

“柳三，你居然有女儿！”

柳三把画拿回来，脸上的表情很温和：“她叫柳凝，长得很可爱，以后一定是个多才多艺的姑娘。我希望她活得比我长久，长大后相中一个英俊的夫婿，快乐到老。”

夏乾听了，忽然有些难过。他低下头，很久，才问道：“柳凝，很好听的名字。”

“她的小名叫絮儿。我名字里有风，她就是柳絮。柳絮总归是要落地的，但只要有风在，她就不会落下去。”柳三慢慢把锦囊收起来，“她是元丰元年出生的。我看到她的那一瞬，我就知道，必须去找长生不老药。”

夜风很凉，柳三站在夜色里，声音很轻。

夏乾摇摇头：“你去做这些事，就不能陪她长大了。也许陪着她更好。”

“古语都说‘夏虫不可语冰’，夏虫活不过一年，却可以过快乐的日子，但是……一旦夏虫知道人竟然可以这样长寿，它们就不再快乐了，尤其是当他看到自己的孩子也是夏虫的时候。”

夏乾愣住了。他没有说话，却似乎明白了柳三的心。

柳三把锦囊收回怀里："长生不老药的事就像一个传说，每一个长辈谈到它都怀着希望，却没有一个人去找。我一定要去试一试。即便最后证明这药并没有效果，我也会把这件事告诉絮儿，告诉她不要害怕，这么困难的事都做成了，日后无论发生什么，都不要放弃希望。"

夏乾没有说话。

"其实也挺容易理解的。易厢泉也是一样，追了这么多年，一直追到西域来。他也是不肯放弃的人啊。"

天空有些泛白，太阳似乎要升起来了。客栈里传来轻微的响动，是店小二起床了。柳三看了看远处的大漠，吹了声口哨："我要走了，夏小爷，你还有没有问题？"

夏乾开始着急了："有，你——"

夏乾还有好多问题，但感觉柳三没有长久停留的意思，于是急道："你会去哪里？"

"把长生不老药喝了，找个好地方，陪着我的妻子和女儿。鹅黄姐也许会和阿炆在一起，但我们不确定会去哪儿。"

"那以后我要怎么找你呀？"

柳三笑道："等人们把青衣奇盗的事情忘了，我就给你写信。如果我能变老，我就来找你。"

"一言为定！"

夏乾不知道这是什么承诺，他怎么会和青衣奇盗做这样的承诺。但站在他面前的，不是青衣奇盗，而是他的朋友。

柳三只是摆摆手，没说再见，仿佛二人明天还会见到一样。他翻上屋檐，很快便消失在了黎明前的月色里，好像从来没有来过。

尾　声

天亮了。夏乾一夜未眠，也顾不得休息，连写了几封信后，就匆匆上街去了。附近有个小的集市，集市尽头有家驿馆，夏乾进去，见不少商人在这里交换着消息。商人都很是紧张，张口闭口都是战事。

“你听说了吗？大宋战败了，真是可怕呀！”

“西夏三十万大军，大宋怎么打得过呢？”

“永乐城丢了，听说大宋皇帝在朝堂上当着群臣的面大哭。唉……”

听到这些话，夏乾心里越发难受起来。他把信寄了出去，然后问驿站掌柜：“附近有没有好的郎中？”

掌柜的摇了摇头，道：“都是一些卖药的。最好的郎中都在大宋，长安、汴京、洛阳，或者大宋的南边。”

夏乾心中有了数，谢过掌柜，刚要转身离开，又听到旁边的商人议论开了。

“大宋战败，只怕日后还是纷争不断，往来做生意的人都少了。”

“何止呀，大宋又要缴岁币了。我们这种小商人还好，嘿，你知道大宋夏家吗？可要倒霉了！”

夏乾立即停下脚步，急忙问道：“哪个夏家？”

商人被他问得一愣：“江南首富。怎么，你做生意的，夏家都不知道？今年闹了洪灾，水路本来就受阻，夏家的茶叶运不到北方，烂掉了不少。如今战事一败，如果又要给西夏岁币，只怕又要从夏家身上出一些，这一来一去，只怕夏松远要撑不住了。”

夏乾脸色微变，没有说话。那个商人眉头一皱：“怎么，你不信？我可是收到风声了，夏家要卖掉洛阳的宅子，还要遣散下人。嘿，这不就是说垮就垮了？”

夏乾没有答话，急忙又写了一封信，寄去了庸城。然后，他恍恍惚惚地离开驿站。羊肉和烤馕的香气混在空气中，有人唱着歌，卖着鲜甜的瓜果和葡萄。如果再往前走，就会抵达高昌。那里是做生意的好地方，可是夏乾不打算前行了，如今出了这么多事，他必须回到大宋去。

刚回到客栈，就听到了好消息，易厢泉醒来了。郎中为他诊了脉，说已经没有大碍。易厢泉披着被子，对他道：“刚才狄震来过，说他杀了妮鲁帕尔，又跟着地下的那伙西域大汉，发现他们回了西夏。包括那个伯叔，也跟着他们回去了。西夏的边防线离此地不远，狄震就没有再跟。还有，韩姑娘的眼睛……你打算怎么办？”

夏乾没说话。他一进屋，就在一旁发呆。

“怎么了？”易厢泉察觉到了他的不对劲。

夏乾想了想，决定将柳三的事告诉他。

易厢泉听完，一阵唏嘘："我在他身上找到了犀骨筷，但还是觉得有些意外，没想到他竟与你走得这么近。"

夏乾叹道："如果他说的都是真的，那么，那个姓白的人，似乎更加可怕。他拿走了黑玉扳指，你师父、师母的事也和他有关。"

易厢泉的神色有些凝重。他没有说话，似乎在回忆往事。

夏乾忽然意识到，易厢泉可能在汴京城与那位幕后人打过交道，于是问道："你记不记得在汴京城的时候发生过什么事？他们为什么要杀你？"

易厢泉扶住额头："很多事我都记不起来了。"

夏乾道："现在离爆炸刚过去三个月，很多事想不起来也是有可能的。郎中说，你的病需要静养，他还开了一些药方。"

易厢泉接过方子看了看："应该是活血化瘀的，可能我脑中有血块。"

夏乾听闻，更加紧张了："我们必须回大宋，去找郎中再看一看。你和韩姜都需要好好调养。咱们先去长安，实在不行，再回京城找孙洵。如果都治不好，咱们就去洛阳。对，就这么定了！西域之行到此结束，咱们回去。慕容蓉要去蓬莱打理他的铺子，我要把生意的事安排妥当，还要去看看我的父母。"

说完这些，夏乾又开始发呆了。易厢泉觉得有些奇怪，问道："你是不是还有事瞒着我？"

"没有了。"夏乾不打算说夏家的事，摇了摇头，"总之，先把伤养好，其他事慢慢再办。这一切都怪那个姓白的人，他究竟是谁？"

易厢泉道："现下还不知道，但一定会查出来的。"

"现在麻烦的事越来越多了，我心里有些乱。其实……我有点担心柳三的安危。那个姓白的人心狠手辣，不知会做出什么样的事来。”

说完这句话，夏乾呆呆地看着窗外的浮云。今日天气晴好，太阳高悬在天空，像是永远都不会落下去一样。但是它终究会落下去，黑夜迟早要来临。

就在今日，大理的天空也格外晴朗，无风无云，是个阳光明媚的日子。

大理西侧有一座山，山下有座小茅屋。山路崎岖，外人很难找到这里。

鹅黄今晨起得很早。她开始劈柴、生火，熬了一大锅白粥。虽然周围没有人，但她还是喜欢多做一些。

茅屋的窗台上停着几只白鸽，白鸽脚上的信已被解了下来。信上说，柳三和阿炆已经得手。

鹅黄想到这里，舒了口气。她掀开锅盖，白粥的热气冒了出来。不知是哪日，也许就是最近几日了，柳三和阿炆就会回来找她的。

咚咚咚，一阵敲门声响。鹅黄直起腰来，心想，阿炆和柳三应该不会回来得这样快啊。

鹅黄刚想问一句“是谁”，但她犹豫了。就在此时，敲门声再次响起，咚咚咚，比刚才更急促。

就在这短短一瞬，鹅黄忽然心中一冷，立即靠近桌边，拿起了刀。

就在此时，门板咣当咣当地响，有人在踹门。木质的门板很是脆弱，两下就被踢开。

一个男人站在门口。他大概三十岁，瘦高个，脸色苍白而阴郁，眼睛狭长，眼神有些病态和疯狂。他倚靠在门上，朝屋内看了一眼，得意地吹了一声口哨。

“是这里没错，还要谢谢你带路。”他歪头看向旁边的村民小孩，笑了一下，丢给小孩一锭银子。

小孩接过银子，有些不知所措。

“拿了钱就快滚。”男人眼中有了杀意。

小孩被吓到了，急忙跑开。

男人转头看着鹅黄，笑道：“我找了那么多地方，可算是找到了。”

鹅黄的心狂跳起来。她站在屋内，从背后握住刀，警惕道：“你是谁？”

“我是谁，你不用管。”男人懒洋洋地道，“你就是鹅黄？”

“我不是。”鹅黄迅速答道，“我不知道你说的是谁。”

“我见过你一次，那时候你们在齐州府偷扳指。”男人慢慢走进屋，像是进自己家一样，随手掀开锅盖，又吹了声口哨，“可惜了这白粥，做好却没人吃了。”

鹅黄握紧了刀：“我不知你在说什么，不要随意闯进别人家里。”

男人把锅盖一扔，目光冷了下来：“其他的人在哪里？”

“我不知道你在说什么。”

“你们的通信方式是什么？信鸽吗？罢了，这些事不重要。”男人摆摆手，“我可以在这儿等，等他们带着长生不老药回来。他们总是会来见你的，对吧？”

“你快点离开！”

“青衣奇盗，”男人哼了一声，“你藏着刀，可你未必打得过我。”

鹅黄没有说话。这个男人步履稳健，武艺很高，而她也的确藏着刀，可未必打得过他。鹅黄悄无声息地靠近后窗，这扇窗是开着的。如果跳窗出去，外面就是一片树林。她对这一带的山路很熟悉，只要逃入林中，她便能逃脱了。

“我还有几件事要问你。你的同伙，有个叫阿炆的，除了他，还有没有别人？那个柳三是不是你们一伙儿的？”男人问道，问完，还叹息了一声，“罢了，知道你不会说。还有，不要想着靠近窗户，你是逃不掉的。”

鹅黄心中一凉，立即改变了策略，道：“我可以告诉你。”

男人有些讶异。

“但不是告诉你，而是你们的头儿，那个姓白的人。”

男人突然绽开一个可怖的笑容，竟鼓起掌来：“你终于承认了。”

鹅黄冷静道：“如果你今日杀掉我，你就永远等不到阿炆，因为他们不会来这间屋子的——我们会在指定的地方会和。如果你要长生不老药，就必须留我一命。”

男人的笑容冷了下去，变得格外扭曲。他死死地盯着鹅黄，双目泛红：“来时，我家大人就交代了，以后再有人说这种鬼话，他一概不信。你要怪，就怪易厢泉吧，他骗人太多次了。你们都是一样的人，不肯松口，不肯放弃，还喜欢垂死挣扎。遇到这种人，格杀勿论。”

鹅黄的眼神冷了下来。如今必须奋力一搏了，只要看准时机，她便可以——

一支箭飞了过来。

箭的力道巨大，鹅黄整个人晃了一下，下意识地看向心口。箭贯穿了她的心口——是从她身后射过来的。

她怔怔地看着自己的心口，慢慢滑落下去。

男人上前，把小窗推得大了一些，朝着丛林中的弓箭手挥手喊道：“行嘞！一箭穿心！”

他喊完这句话，鹅黄却还有气。她奄奄一息地坐在地上，手中还紧紧握着刀。

男人斜眼看了鹅黄一眼，随即弓下身，一把拔出了鹅黄心口的箭。噗呲一声，鲜血喷射出来，鹅黄很快便不动了。

“叱咤江湖的青衣奇盗，死得可真简单。”男人竟然笑了一下，把沾血的箭丢在一边，用屋里的水洗了洗手，哼着歌离开了这间屋子。

（第五部 完）

读客®知识小说文库

读小说 学知识

《鬼谷子的局》

寒川子 著

讲述谋略家、兵法家、纵横家、阴阳家、道家共同的祖师爷

——鬼谷子布局天下的辉煌传奇

读客®

激发个人成长

多年以来，千千万万有经验的读者，都会定期查看熊猫君家的最新书目，挑选满足自己成长需求的新书。

读客图书以“激发个人成长”为使命，在以下三个方面为您精选优质图书：

1. 精神成长

熊猫君家精彩绝伦的小说文库和人文类图书，帮助你成为永远充满梦想、勇气和爱的人！

2. 知识结构成长

熊猫君家的历史类、社科类图书，帮助你了解从宇宙诞生、文明演变直至今日世界之形成的方方面面。

3. 工作技能成长

熊猫君家的经管类、家教类图书，指引你更好地工作、更有效率地生活，减少人生中的烦恼。

每一本读客图书都轻松好读，精彩绝伦，充满无穷阅读乐趣！

认准读客熊猫

读客所有图书，在书脊、腰封、封底和前后勒口都有“**读客熊猫**”标志。

两步帮你快速找到读客图书

1. 找读客熊猫

2. 找黑白格子